U0606709

作者简介

曾高飞，北京大学客座教授，主要出版文学作品有诗集《青鸟·玫瑰·梦》，小说集《感情通缉令》，长篇小说《手机江湖》《红尘欲望》等，财经作品《决胜话语权》《产经风云》等。

王志武，历任湖南省祁东县县委常委、县委办主任、县政法委书记、县委一级调研员。

贺重阳，湖南省祁东县县委办公室副主任。

曾高飞　王志武　贺重阳　著

生如夏花

作家出版社

根据著名革命烈士王如痴生平事迹创作

目　录

序

　　在中国共产党百年华诞之际，以王如痴烈士生平英勇事迹为题材的长篇历史小说《生如夏花》即将付梓。受王志武、曾高飞同志之邀为该书作序，作为王如痴烈士家乡人，我感到很欣慰。

　　纵观全书，王如痴年少励志，胸怀革命理想。参加北伐、留学苏联、踏上井冈山，跟随毛泽东、朱德、周恩来、彭德怀、方志敏等同志开展艰苦卓绝的革命斗争。身经百战、百炼成钢，成为红军重要将领和高级指挥员。他曾担任过红军师政委、师长、军政委、军长兼政委，荣获中华苏维埃共和国中央军事委员会颁发的二等红星奖章，当选中华苏维埃第二届中央执行委员会委员。在怀玉山激战中，不幸被捕。王如痴一直信守誓言，"革命不成功，不讨老婆"。面对敌人屠刀视死如归、大义凛然，"你们只能砍下我的头颅，却永远不能动摇我的信仰！"英勇就义时，年仅三十二岁。

　　掩卷而思，在那段烽火燃烧的岁月，王如痴浴血奋战，舍命搏杀，勇者无畏，映射着共产党人的血性与光芒。我是一名有着六十二年党龄的党员，深觉王如痴烈士的战斗经历、感人故事，令人敬仰，催人奋进。我们要以王如痴烈士为榜样，学习他对党忠诚，痴心革命的坚定信仰；学习他舍小家为大家、不计得失的高贵品质；学习他英勇顽强、坚贞不屈的斗争精神。

曾高飞、王志武、贺重阳同志坚持"为烈士作传，让精神流传"的创作初心，走访烈士亲朋好友，寻访相关知情人士，探访烈士战斗过的每一个地方，广泛收集史料素材，夜以继日地进行创作，高质量地呈现了一部关于王如痴生平事迹的小说，以此作为建党一百周年的献礼之作，应该说做了一件功在当代、利在千秋的好事。

《生如夏花》以王如痴的成长和革命经历为主线，以跟三位革命女同志的情感故事为次线，全面反映了其求学路、感情线、斗争史。全书共计二十一个章节（含尾声），涵盖了王如痴从出生到英勇就义的历程，全面展示烈士短暂而辉煌的一生。此书语言生动形象，情节刻画细腻，人物的故事性、小说的可读性、史料的真实性都很强，是一部值得一读的历史人物小说。

希望大家在阅读中触摸更加立体丰富的烈士形象，重温革命先烈的逐梦故事，感受革命先烈的家国情怀。正是有无数像王如痴这样的革命先烈对理想信念、革命事业如痴如醉，敢于牺牲一切、奉献一切的大无畏精神，才有我们今天的民族独立、国家富强、人民幸福。

是为序！

刘大响

2021 年 6 月

（作者系航空发动机专家，中国工程院院士。1995 年荣获全国先进工作者称号，1997 年当选党的十五大代表，2001 年荣获"航空报国"金奖，2003 年当选第十届全国人大代表、全国人大常务委员会委员。荣获国家科技进步特等奖一项、国家科技进步二等奖两项）

引　子

山含情，水含笑。

1949 年 10 月 1 日，在中国共产党领导下，经过二十八年艰苦卓绝的浴血奋战，中华人民共和国正式成立。下午三时许，毛泽东同志站在天安门城楼向全世界庄严宣告："中华人民共和国中央人民政府今天成立了！"

消息传来，四万万同胞载歌载舞，普天同庆。

中华人民共和国成立后，邵式平被任命为江西省委常委、第二书记、江西省省长。

邵式平是江西弋阳人，当年弋阳横峰暴动主要领导人之一，闽浙赣苏区和红十军的创建者与领导者之一。

回到曾经战斗过的地方，邵式平心情十分沉重。他站在窗前，看着远处蜿蜒绵亘、黛色隐约的罗霄山脉，看着近处百废待兴、蓄势待发的英雄之城，想起那些烽火狼烟，那些浴血岁月，那些并肩战斗的战友，他心潮澎湃，思绪飞舞，感慨万千。

1927 年 8 月 1 日，南昌起义打响了武装反抗国民党反动派的第一枪，揭开了中国共产党独立领导武装斗争和创建革命军队的序幕。

1

江西是红色革命的摇篮，在这里燃起了星星之火，蔓延全国，形成燎原之势。

这片先烈鲜血浸染的土地，在中国革命史上写下了浓墨重彩的一页。

当年轰轰烈烈的革命时期，赣东北流传一首妇孺皆知的民谣《打倒土豪为人民》：

上有朱毛好主张，下有方邵打豺狼。
第一英雄方志敏，第二将军邵式平。
两条半枪闹革命，打倒土豪为人民。

1928年，风华正茂的邵式平与好朋友方志敏一起，在江西弋阳横峰揭竿而起，带领农民发动暴动，开始了轰轰烈烈的革命生涯。

当年很多战友抛头颅，洒热血，把生命永远地留在了这片英雄的土地上。最让邵式平难以忘记的是一道并肩作战，在革命初期形影不离的战友方志敏、刘畴西、王如痴——他们都为革命事业献出了自己的宝贵生命。南征北战的革命生涯中，这些亲密战友的音容笑貌不时出现在邵式平梦中，告诫他：革命尚未成功，同志仍需努力。

如今革命成功了，全国人民得解放了，很有必要让后代铭记先烈们的丰功伟绩，铭记那段风雨如磐的烽火岁月，让他们知道新中国的来之不易，让他们从中获取建设新中国的力量和勇气。整理先烈遗物，寻找先烈家属，修建革命烈士纪念堂，成为邵式平主政江西后的头等大事。

经过长达三年的努力，相关部门整理出三十七本英烈名册。1952年7月，在邵式平关照下，江西革命烈士纪念堂落址南昌市八一大道，1954年4月，纪念堂落成，1957年10月1日，国庆日当天，纪念堂正式对外开放。

在成千上万的革命先烈中，方志敏、刘畴西、王如痴一直是邵式平心中的伤和痛，尤其是王如痴，情况有点特别。方志敏、刘畴西找得到家人，可以入土为安。王如痴烈士的详细地址、家属情况却一无所知，一片空白。

在近十年的革命生涯中，王如痴对革命"如醉如痴"，坚持"革命不成功，不讨老婆"，没有成家，无儿无女，他的家庭住址和其他家人情况都是不清不楚。

邵式平除了知道王如痴是湖南人外，其他一概不知。组织上曾经多次派人前往湖南查证，但都没有结果。如果能够找到王如痴的家人，也算是对自己、对烈士、对烈士家属有所交代了。

邵式平把希望寄托在纪念堂上，希望熟悉王如痴的人，看到相关资料后，能够提供蛛丝马迹，帮助找到烈士的家属。邵式平特意叮嘱纪念堂工作人员，一有消息，立刻向他汇报。

纪念堂开放后，前来瞻仰先烈事迹的人络绎不绝。但直到1961年7月1日，王如痴烈士的事情才有了眉目。这天，风和日丽，清风徐来，一个年轻帅气、衣着朴实的年轻人，跟随人潮，走进了纪念堂。年轻人走走，停停，看看，仿佛在寻找什么。当他看到方志敏烈士与一道被捕牺牲的战友刘畴西、王如痴的那张合影时，双脚就像钉子一样钉在那儿。

年轻人觉得站在方志敏右边的那个革命前辈是那样亲切、熟悉，好像在哪儿见过。他摸了摸自己的脸，感觉自己长得很像照片中的那个人——当然，年轻人觉得那个人更像自己的父亲王元润，尤其是父亲年轻的时候。

年轻人听父亲说过，他有个叔叔，排行老六，早年投身革命，二三十年来，一直生死未卜，音讯杳无。

但年轻人疑惑，虽然长得隐约相像，籍贯和姓氏大致也对得上，但名字对不上。他叔叔叫王瀋欧，也叫王书铨。当然，年轻人也清楚，当年参加革命，改名换姓是家常便饭。难道这是一种巧合？

这位年轻人叫王溪云，湖南祁东人，大学毕业后，留在江西南昌，从事科研工作。王溪云是1930年出生，叔叔王灊欧是1903年出生。王溪云出生时，叔叔早就追逐梦想，离乡背井，参加革命了，他们从来没有见过面。没见过叔叔不要紧，家里有人认识叔叔。父亲王元润看着兄弟长大，是认识兄弟的。

从纪念堂回来，王溪云心情久久难以平静，他越来越觉得王如痴就是自己失散多年的六叔。因为王如痴跟父亲太像了，那长相，那身材，那精气神，简直就是一个模子拓出来的。

王溪云实在忍不住了，他请了假，回了一趟祁东老家，把在江西革命烈士纪念堂看到的情况告诉了父亲。

听完王溪云的描述，王元润当即确认王如痴就是自己失散多年的弟弟王书铨。为进一步确认，王元润决定跟儿子跑一趟江西南昌，去一趟纪念堂，进行实地查证。

那天年轻人站在那张合影前百感交集，似有所悟，久久不愿离去的表情早被工作人员看在眼里，他们拨通了邵式平省长秘书的电话，把情况做了汇报。邵式平听后，十分高兴，叮嘱秘书转告纪念堂，有进一步消息了，马上带年轻人去见他。

王元润跟着儿子马不停蹄地赶到南昌，来不及歇气，就直奔江西革命烈士纪念堂。当他看到那张合影时，立即泣不成声，老泪纵横！没错，站在方志敏烈士身边的，正是自己失散多年的弟弟王书铨！没想到弟弟早就不在人世了，没想到为新中国的成立，弟弟献出了自己年轻的、宝贵的生命！

纪念堂的工作人员看到这对父子异乎寻常的表情，马上就心中有数了。他们把这对父子请进办公室，详细地了解王如痴的情况。在得到确认后，工作人员给邵式平省长的秘书拨通了电话。邵式平嘱咐工作人员马上带这对父子到省政府找他，他要亲自接见这对故人的亲人。

在省政府办公室，邵式平热情地接待了昔日战友、王如痴烈士的家属。见面后，双方都百感交集，一时无语凝噎。在后续交流中，王元润把王如痴参加革命之前的故事，陆陆续续地讲了出来。

邵式平只知道王如痴参加革命后的相关细节，王元润的叙述帮他把王如痴参加革命前的情况做了详细补充——这对后人了解这位中国工农红军的重要战将和高级指挥员实在太重要了。

生如夏花之绚烂，死如秋叶之静美。从 1903 年出生，到 1935年英勇就义，王如痴的一生虽然只有短短的三十二年，却轰轰烈烈，绚丽灿烂，就像他出生地四明山上的一棵巍巍青松，就像他革命过的井冈山上的一朵绚烂的映山红。

送走昔日战友王如痴烈士的家人，邵式平长长地舒了一口气，他终于找到了王如痴的家人，了却了一桩大心事：革命没成功就牺牲了，这是王如痴的遗憾；终于找到烈士家人了，也算是对革命烈士王如痴及其家属，有了一个还算圆满的交代。

为有牺牲多壮志，敢教日月换新天。革命已经成功，神州大地焕然一新。王如痴烈士的革命理想已经梦想照进了现实；家人也已经找到，王如痴烈士可以瞑目，含笑九泉了。

第一章　凝雾山下，红星降世

远在天边的乌云越过巍峨耸峙的四明山，就像千军万马，乌泱泱地压过来，在头顶上停滞下来，堆积在一起，浓得化不开。

农历壬寅年（1902 年）的最后一天下午，湖南衡永郴桂道太和堂（今衡阳市祁东县太和堂镇）中和堂村，北风凛冽，天地阴冷，细雨夹着冰粒，扑打在脸上，让人感觉又痛又冷。

四通八达的乡村田埂小路上，挑箩提篮，匆匆奔走着三三两两的行人。

他们都是从集市上回来的，箩筐和提篮里，放着灯笼、鞭炮、中国结、三两斤肉，以及没有卖出去的农产品。

年底这几天，乡下流行赶连集，从小年那天开始，到大年那天结束。集市上，农民商贩互通有无，可以用钱交易，也可以以货易货。农民把拿得出手的东西拿到集市上，换回家里急缺的年货。平时赶集是中间隔两天，与附近的集市岔开来，邻村的步云桥是逢一四七，蒋家桥是逢二五八，太和堂是三六九。

远近闻名的风水先生王诗春也没闲着，他在集市上置办年货。直到下午，王诗春才把年货挑选好，准备回家。他背着年货，把双手拢进袖子里，缩着脖子，顶着雨雪往回走。路上碰到熟人，都是机械地点点头，连开口说话的心情都没有——王诗春只想早点回到家里，跟老婆孩子吃个温暖的年夜饭。

春节是中国人最看重、最热闹的一个节日，都在盼望辞旧迎新，送走晦气，迎来好运。对穷人来说，也许这是一种奢望——越是得不到越是憧憬，是名副其实的"年年失望年年望"。

穷人过日子得精打细算，并没有因为春节来了，生活有多大改善；反倒由于青黄不接，缺棉少粮，在稍微放开手脚，奢侈了一回的春节后，日子变得更加窘迫了。

王诗春虽然算不上富贵，却也不能归入穷人行列，他们家比上不足，比下有余。王诗春是"手艺人"，有文化，懂风水，农忙耕种，闲时帮人看风水算命，挣点小钱，贴补家用，日子还算马马虎虎过得去。

从集市到家，那段路泥泞难行，走起来十分漫长，泥巴沾在百层底的布鞋上，铅一样沉重。鞋已经湿透了，袜子也是湿的，冰冷刺骨。冬天天黑得早，直到傍晚时候，王诗春才回到家里。

村里已经有零星的鞭炮声响起，年夜饭做好了，菜被放在柴灶上的大锅里暖着。看到丈夫回来，李氏赶紧招呼孩子把饭菜端上来，摆在桌上。

饭菜虽然不丰盛，却有鱼有肉，肉香飘满了泥瓦房。孩子们的眼睛直勾勾地盯着肉，涎水吞咽得咕咕作响。在一家之主王诗春的主持下，一家人虔诚地祭过祖先，准备开吃。

饿极馋极的孩子们，早就按捺不住了。王诗春一声"开吃了"就像发令枪，他们端起碗，拿起筷子，迫不及待地夹着东西往嘴里塞。

王诗春没有像孩子们那样端起碗筷狼吞虎咽，他夹起那块最大的肥肉放在妻子碗里，看着她，关切地说："你是两个人的份儿，你得吃点肥肉，好好补补身子，不能让孩子吃不饱，长得又黑又瘦。"

农村人，希望人丁兴旺。看着又有孕在身的李氏，王诗春开心极了，集市上没有生意带来的不快一扫而空。

李氏的身孕有七个多月了，已经大腹便便，行走不便。但农民的妻子没有那么娇气，她还是把家务料理得干干净净，井井有条，把老人、小孩、丈夫照顾得妥帖周到。

正在吃饭的李氏，突然"哎哟——"一声痛喊出声。

王诗春看着妻子，紧张地问："你怎么啦？"

李氏一边轻柔地抚摸着肚皮，一边嗔怪地说："他调皮，用力踢了我一脚。"

王诗春喜笑颜开。

"是个男孩！"他十分肯定地对妻子说。

"你咋知道的？"李氏看了丈夫一眼，不相信地问。

李氏对丈夫很崇拜。在她眼里，丈夫是个大能人，他上知天文，下晓地理，远近十里八乡，有点身家、有点名望的人，红白喜事，挑日子，选地址，问前程，甚至包括给新生婴儿取名，都要来问丈夫。那么多远近闻名的"大人物"都相信丈夫，她没有理由不敬佩他。

"错不了的！"王诗春乐呵呵地说，"他调皮，力气大，这是男孩天性。"

李氏觉得丈夫说得很有道理。其实，她自己也隐约觉得肚里的小家伙是个男孩，一个有力量、有个性、爱淘气的男孩。

"应该是个男孩。他经常在肚子里拳打脚踢，力气很大，没有歇气的时候。将来恐怕是个混世魔王，你我都要牵肠挂肚，不得安生了。"李氏说。

"那好呀，将来做护国大将军，带兵打仗，保家卫国！"

王诗春用手轻轻地拍了拍妻子的肚皮，然后回到原位，坐下来，端起碗，拿起筷子，开始扒拉年夜饭。

这是这对夫妻的第六个孩子了。就像那代人一样，他们都有多子多福的想法，都有重男轻女思想。可在那个年代，由于照看不周和疾病、医术医疗条件等诸多原因，老大和老二先后不幸夭折。

饭后，夫妻俩早早上了床。他们一边摸着肚子里的孩子，逗着他玩，一边计算着孩子的出生日期。如果不出意外，这个孩子应该是阳春三月出生，那时候春暖花开，草长莺飞；那时候，气候宜人，万物复苏，适合生长——夫妻俩很佩服这个小家伙，他很会挑日子，出生的时候正好避开三九寒冬。

可出乎夫妻俩意料的是，这个小家伙还是迫不及待地提前来到了世界。腹痛难耐的临盆之际，李氏叹了口气，含怜带嗔地说：真是一个"我命由我不由天"的主！

一年之计在于春。元宵节刚过，王诗春就忙开了。1903年农历正月二十五日，那天，他正在邻村煞有介事地帮人看风水。老三王驭欧就火急火燎地找了过来，拉着他就往家里跑。

老三边跑边气喘吁吁地说："爹，娘肚子痛得厉害，要生弟弟了！"

王诗春听罢，喜出望外，他急忙收拾罗盘，转身就大步流星地往家赶。王诗春把儿子远远地甩在后面，老三赶不上，索性不赶了，自顾自地玩去了——在十来岁的王驭欧看来，娘生弟弟与自己没多大关系，并不重要，玩最重要。他的任务只是给爹报信，信报到了，使命就完成了——与伙伴们追追打打、嬉嬉闹闹比看娘生弟弟更有意思。

刚走到村口，王诗春就听到一声嘹亮的啼哭破空而来，钻进了他的耳朵。

那哭声洪亮，清越，底气十足，在村庄上空，荡气回肠。

王诗春心里一喜，兴奋地自言自语：听这声音，肯定是个带把的！

王诗春跨进门槛，接生婆就把孩子抱了过来，给他展示性别。

接生婆喜滋滋地说："恭喜春大爷，又是个男孩！"

"我知道！"

王诗春捧起孩子，先看下面，再看上面，没错，跟自己想象和梦到的一模一样，是个男孩，是这副模样，是这个德性，虽然是一个早产婴儿，但他额头宽阔，脸蛋儿周正，像一个端端正正的“国”字，将来肯定是治国安邦之材。

王诗春越看越喜欢，他情不自禁地噘起嘴唇，在孩子粉嘟嘟的脸蛋上轻轻地盖了个印，朗声笑道：“孩子，你姓王，叫书铨，字濬欧。以后要好好读书习武，将来文武双全，出人头地，封侯拜相，光宗耀祖！”

刚生育完，躺在床上的李氏有气无力地看了丈夫一眼，嗔怪道：“孩子才刚刚出世，哪听得懂你的大道理，我只希望他快乐、平安、健康、长寿！”

说也奇怪，被王诗春抱在怀里，孩子马上不哭了。他努力地睁开眼，打量着这个陌生的男人，咧开没有牙齿的小嘴巴，开心地笑了。

王诗春十分惊奇，对李氏嚷嚷道：“谁说他听不懂我的话，你看，你看，他听懂了，对我笑了呢，他答应我了，要光宗耀祖呢！”

看来丈夫对这个孩子相当满意，李氏放下心来，十分高兴。前面几个孩子，从来没有被丈夫这样寄予过厚望。丈夫会相面知命运，也许他知道这个孩子将来是个大人物。

有苗不愁长。破土而出的嫩芽在春阳普照下，在春雨滋润下，拔节生长。出宵后没多久，日日暖阳，大地一片翠绿，生机勃勃。

迎春出生的小濬欧就像这个季节的小树苗一样不屈不挠地生长，三五年后，他已经撒开脚丫，系着红色的肚兜，在村前屋后到处乱跑了。小濬欧长得虎头虎脑，聪明伶俐，很是捣蛋。左邻右舍喜欢他的聪明，厌烦他的淘气，给他取了一个绰号——“泼卜”，即“调皮鬼”的意思。小濬欧只体会到叫他“泼卜”的人对他讨厌的那层意思，没有体会出对他喜欢的那层意思，所以，他不喜欢这个绰号，谁这么叫，他就追着谁打——小孩子都喜欢听好话。

对这个孩子，王诗春格外喜欢，一有空，就教他背诵《三字经》《小儿语》《增广贤文》。这孩子不负众望，天赋异禀，虽然淘点儿，但一要他读书，就立马收心凝神。父亲教两三遍，小潘欧就能记下来，摇头晃脑，出口成诵。村人很惊奇，都认为他是"神童"，是文曲星转世。

看着小潘欧茁壮成长，李氏喜在心上。她对丈夫说："我们虽然不是富裕人家，但也不能耽搁孩子的前程，俗话说'养儿不读书，不如养头猪'，我们送他读书吧！"

王诗春说："我们王家要出文曲星了，是要把他送到学校读书了。"

正好中和堂有个私塾，办私塾的匡先生是清朝秀才，他通晓文墨，是远近闻名的高级知识分子。王诗春跟匡先生互相赏识，私交甚笃，前几年私塾开张大业，那些桌椅板凳，就是王诗春捐助的。

八岁那年，王诗春把小潘欧带去见了匡先生。小潘欧一听说要读书了，马上来了精神，他扯开喉咙，字正腔圆，在匡先生面前用稚气的童声流利地背诵了一大段《三字经》。

匡先生一边听，一边笑得合不拢嘴，他不停地捋着山羊胡须，连声说："我要有高徒了，我要有高徒！"

正式读书了，小潘欧如鱼得水，很快就从班上脱颖而出了。他过目不忘，两三年时间就把"四书""五经"等背得滚瓜烂熟，让其他同学羡慕不已。匡先生对小潘欧刮目相看，常常引以为荣，给他开小灶。匡先生认为，如果参加科举考试，将来小潘欧至少是贡士进士的料。

除了读书，王潘欧爱上了吟诗作对和书法。他对写字着了迷，没有纸张、毛笔和墨汁，他就折一根树枝，在沙土上写写画画；从柴灶里掏几根冷却的木炭，在墙上、晒谷坪上描描写写。小小年纪，小潘欧就把字写得像模像样，很有范儿了。

又到年关。湖南乡下过年，辞旧迎新，有贴春联传统，祈求来

年风调雨顺，保佑时来运转，人发财旺。在当地，王诗春算是一个知识分子，写得一手好字。春节，除了给自家写对联，也给左邻右舍免费写上几副，热闹热闹。1912年除夕前夕，王诗春准备写春联，他要小潘欧磨墨，站在身旁观摩学习。

但小潘欧没有从听父亲安排，他主动挑战说："爹，您来磨墨，我来写联。"

儿子的话让王诗春大吃一惊，但他还是听从了儿子的意见，给儿子磨墨，打起下手来。小潘欧也不谦虚，他铺开纸张，提笔蘸墨，凝神运气，笔走龙蛇，一挥而就。

那对联，文采斐然；那字迹，遒劲有力。

王诗春拿起对联，左看右看，越看越喜欢——他看到了儿子的进步，几年私塾下来，小潘欧"青出于蓝而胜于蓝"，已经超过他了。他看到了儿子的远大前程。

听到小小年纪的小潘欧能写春联了，全村人不相信，都赶来看热闹。眼见为实，看着小潘欧龙飞凤舞的字，文采斐然、对仗工整的联，村人都赞不绝口，都认为小潘欧将来必成大器，可以成名成家，封侯拜相。

小潘欧的堂叔也闻讯赶来。他肚里憋着一肚子火。前天，中和堂的大财主王宝田到他家收租，王宝田带过来的升（一种量器）比正常的升大出三分之一，堂叔的六升米，到王宝田那儿就变成了四升米。堂叔不服气，争辩了两句，被王宝田甩了两个耳光，还气咻咻地威胁他，来年不给他田种了。堂叔胳膊扭不过大腿，只得认了王宝田的升。堂叔把这件事从头至尾，详详细细地告诉了小潘欧，要他帮自己把事情写出来，挂在门口，出口恶气，含沙射影、指桑骂槐地批一下王宝田。

小潘欧沉思片刻，在纸上一挥而就，写下两句话来。

上句为：穷人过年，一年不如一年，年年过。

下句为：财主收租，一租不同一租，租租抠。

没想到小潽欧两句话戳中痛处，引发了强烈共鸣，围观者都是穷苦庄稼人，都租种着王宝田的田地，都感同身受，大家心里酸楚，全场鸦雀无声。有的看着对联，悲从中来，不由自主地抹起了眼泪——小潽欧的对联，说到大家心坎里去了。

那个春节，中和堂全村因为王潽欧那两句话，过得很郁闷，一点过年的快乐喜庆都没有，大家都心情沉重，很是不爽，也包括王宝田。

那两句话传到王宝田耳朵里，他越琢磨越觉得不是味儿，被打脸了，让他在村民前声誉扫地、颜面尽失了。他越想越气不过，大年那天下午，王宝田带着两个牛高马大的家丁，气势汹汹，跑到王诗春家里兴师问罪来了。

看到王宝田，王诗春立刻明白了来者不善，赶紧满脸赔笑，端水让座。王宝田没把王诗春的殷勤放在眼里，他翻着白眼，阴阳怪气地讥讽："王诗春，你教子有方啊！你儿子小小年纪，能写出那样骂人气人的话来，不简单哪！"

王诗春只想息事宁人，低声下气地说："王老爷，孩子小，不懂事，您就大人不记小人过，别跟他计较了。"

王宝田得理不饶人，把声音提高了："我想不计较，可你家小兔崽子本事大啊！人有卵大就含沙射影地讽刺我了，以后长大了，那还不上房揭瓦，要把我的命革了？"

"哪敢，哪敢！王老爷说笑了，言重了！"王诗春一边赔着笑，一边吩咐李氏把小潽欧叫过来，要他当面认错，给王宝田赔礼道歉。

小潽欧来了，但他不怕，他冷眼看着王宝田，甚至不屑于父亲对王宝田卑躬屈膝，低三下四。

"你做好了，问心无愧了，就不会有那两句话了！你不能只许州官放火，不准百姓点灯。"小潽欧理直气壮地反驳王宝田。

14

小潘欧的话让王宝田更生气了，他的脸色更阴更沉了，就像那天的天气，阴沉得让人透不过气来。

如果听由孩子这种性格，长大后是要吃亏的。王诗春也火了，他得教训一下这个无法无天的小兔崽子，在社会上要掂轻重，知进退，否则，以后迟早会惹出更大的祸来。

王诗春扬起手，一巴掌扇在小潘欧脸上。

啪的一声脆响，小潘欧那张稚气的脸上立刻现出了五个红彤彤的手指印。

小潘欧感到脸上火辣辣的疼，但他憋着，没有哭，也不愿意顺着父亲的意思，向王宝田道歉。

在小潘欧记忆中，这是疼爱他的父亲第一次动手打他——但他知道，这次挨打，与其说是挨父亲的耳光，不如说是挨了王宝田的耳光，为了给王宝田一个交代，父亲是不得已为之，这笔账不能记在父亲头上，得记在王宝田头上。

看到丈夫打儿子，李氏知道事儿闹大了，她赶紧过来打圆场。李氏从鸡笼里抓出两只肥硕的老母鸡，赔着笑，说着好话，把鸡递给了王宝田，算是替孩子赔礼道歉——那是王家仅有的两只老母鸡了，过年都不舍得宰杀，留着用来下蛋孵鸡崽的。这下好了，由于那两句话，全被王宝田讹走了。

王宝田接过母鸡，塞给了家丁，要他拿着。王宝田看见王诗春还扇了小潘欧耳光，也就可以找台阶下了。但王宝田没有就此罢休，他闻到了肉香味，他蹿进厨房，揭开锅，看到锅里蒸着一碗肉——那是王诗春家年夜饭的主打菜。王宝田把肉端了出来，筷子也不用，招呼两个家丁一起，三下五除二，把那碗肉吃了个精光。

"肉蒸得不错！"

王宝田一边抹着嘴角的油，一边向李氏竖起了大拇指。

吃完肉，王宝田和家丁打着饱嗝，大摇大摆地走了。

15

王宝田一边走，一边悻悻地嘟囔："这次就算了，下次就不会这么轻饶了！"

看着扬长而去的王宝田，小潽欧气不打一处来，他想冲上去把两只母鸡抢回来，但被李氏死死拽住了，动弹不得。

小潽欧一边摸着生疼的脸，一边愤怒地大叫："王宝田，总有一天，我要革掉你的命！"

但小潽欧的话，王宝田没有听到。他的嘴被母亲用手紧紧捂住了，声音传不出来，只听到咕噜咕噜的声音——李氏怕小潽欧祸从口出，再次惹恼王宝田，弄得一家人年都过不好。

对联事件，让小潽欧心里窝着一团火。小小年纪的他意识到，要不被人欺负，就要自己强大，有足够实力。如果王宝田不带两个凶神恶煞的家丁来，他才不怕王宝田呢。那个年，小潽欧生着闷气，没有吃饭，早早上了床。小潽欧躺在床上，翻来覆去地睡不着觉。

那时候，辛亥革命的枪声已经打响，全国各地都在盛传革命军革命的小道消息，革命成为一种时尚。要变天了，真是振奋人心，小潽欧觉得只有革命才能让自己出了心中那口闷气。

"王宝田的命也该革一革了！"半夜，小潽欧从床上爬起来，找来一块木板，用菜刀左劈右砍，把木板削成了手枪模样，并削了枪槽、枪栓，把火柴头或鞭炮火药置于枪槽，用皮筋拉动枪栓撞击火药，发出啪的枪响，就像是真枪的声音一样。

虽然是自制的玩具手枪，但小潽欧感觉像有了真枪。小潽欧把枪身涂上墨汁，让手枪看上去油光锃亮，十分逼真，他把枪别在腰间，感觉特别精气神。

枪壮人胆，提人气。有了枪的小潽欧，在中和堂那帮孩子心目中的地位直线上升，做了孩子王，其他小孩心甘情愿，俯首称臣。小潽欧组织大家玩游戏，他扮成革命者，让最不受欢迎的那个孩子扮演王宝田。革命了的"革命者"把躲在茅厕里的"王宝田"抓了，

"革命者"举起枪，对着"王宝田"脑门，扣动扳机，只听啪的一声，"王宝田"应声倒地，两眼翻白，舌头伸出老长，一命呜呼了。

"革了王宝田的命了，他死了！"

中和堂的贫下中农苦王宝田久矣，孩子们也是耳濡目染，感同身受。枪毙了王宝田，大家兴高采烈，手舞足蹈，欢声庆祝。小潸欧觉得出了胸中那口恶气，有了扬眉吐气之感！

孩子们玩游戏，"王宝田"被革命的事，很快就传到了王宝田耳朵里。

这还得了，王宝田气得脸色铁青，胡子眉毛都竖了起来。他跑到乡公所，向在乡公所做所长的外甥借了两条长枪，带着一群家丁，气势汹汹地奔向王家，找小潸欧算账来了。

王宝田准备把小潸欧抓起来，扭送到乡公所关上一阵子，让他知道他的厉害。

王诗春的邻居在王宝田家做长工，她听到消息，赶紧吩咐女儿陈香香到王家通风报信。陈香香跟小潸欧同龄，也是他的童年好伙伴之一，两人很合得来。

陈香香抄近路，先一步赶到了王诗春家，嘱咐小潸欧赶快逃跑。

听到这个消息，李氏吓得不轻，赶紧领着小潸欧从后门出去，逃回娘家避风头，把小潸欧藏了起来。

王宝田扑了个空，气不打一处来，指挥家丁砸了王家的锅碗瓢盆，临走的时候，王宝田吩咐家丁把王家喂在猪栏里的那头猪顺走了，说是赔偿他的名誉损失费。临走，王宝田指着王诗春的鼻子，色厉内荏地告诫他："如果不管好你家小孩，总是跟老子过不去，总有一天会让他吃不了兜着走的。"

看来，在中和堂，小潸欧是没法待下去了。私塾学校能教的，小潸欧也学得八九不离十了。王诗春夫妻决定将小潸欧送到祁阳初级小学读书，一方面是避祸，躲开小潸欧跟王宝田的正面冲突；一方面是让小潘欧接受更好的教育——尤其是管教。

1916年，十三岁的小潘欧进入祁阳初级小学。鉴于他在私塾学堂打下的良好的国学基础，小潘欧被直接编入了初小三年级。

这座新学堂，给小潘欧打开了一个新世界。祁阳初级小学是一座全新的学校。课程设置上，不再是私塾学堂的老八股，设有修身、文学、算术、历史、地理、格致（自然）、体育等八门必修课。教书的不叫"先生"，叫"教习"，都是三四十岁的年轻人。他们着西装，打领带，穿皮鞋，知识渊博，思想进步，朝气蓬勃，精力充沛，讲一口流利悦耳的官话。

小潘欧一下子就被教习们征服了，喜欢上了这所学校。他只争朝夕，学习刻苦，成绩冒尖，希望长大后成为教习那样有学问、有思想的人。

小潘欧尤其对历史感兴趣，崇拜英雄人物。精忠报国的岳飞、留取丹心照汗青的文天祥、抗倭名将戚继光，成为小潘欧心中的偶像、人生的坐标。

第二章　少年豪情，侠肝义胆

以史为镜，可以知兴衰；以人为镜，可以明得失。

对历史和历史人物情有独钟的王濬欧很快就找到了"带头大哥"，他就是祁阳初级小学的校长张旭先生。

张旭本人就是历史老师，曾经漂洋过海，在日本留过学。张旭学富五车，贯通中西，思想开明，眼界开阔。张旭觉得那群学生中，王濬欧与众不同，有独到见解，对他十分赏识，两人成了忘年交。

人以群分，物以类聚。张旭对王濬欧的赏识源自两人在课堂上的心灵和思想的碰撞。有一次上历史课，张旭讲到《水浒传》，他问全班同学：梁山一百零八位英雄好汉为什么要聚义？

同学们的答案五花八门，莫衷一是。有的说，梁山好汉武功高强，喜欢打架；有的说，梁山好汉都是坏人；有的说，梁山好汉劫富济贫，除暴安良。

这些回答都没有答到点子上，说到心坎上，让张旭很不满意。

最后，张旭把目光落到了王濬欧身上。

受到校长鼓励，王濬欧站起来，朗声答道：梁山好汉，个个都有一身本领，都有一颗忠肝义胆的心。他们都想通过正途，求得一

官半职，救济苍生，报效国家。但在昏君专权、奸臣当道的社会环境下，他们的梦想破灭，上天无路，入地无门，最终被逼上了梁山，落草为寇。纵然这样，梁山好汉义字当先，不忘初心，坚持替天行道，行侠仗义，难能可贵。

小小年纪，有如此洞见，一个"逼"字，揭示了当时社会矛盾的深刻根源，用得妙极了；一个"义"字，把梁山好汉的为人处世准则，总结得恰到好处。

王濬欧的回答让张旭赞不绝口，从此对他刮目相看。

张旭有先进知识分子的情怀，他重才，尤重思想之才。在张旭看来，能够唤醒民众、拯救社会、匡扶国家的，正是那些思想者；思想者正是将来国家的栋梁之材，是民族的希望所在。当然，对这些栋梁之材的雕琢，需要为师者扶上马，送一程。

张旭成为王濬欧的思想启蒙老师。他时不时地把王濬欧叫到家里，跟他一起促膝交流，秉烛夜谈。师母也很欣赏王濬欧，张旭和王濬欧交谈的时候，师母就为他们忙上忙下，默默地准备饭菜，给王濬欧做顿好吃的，改善生活。

这对师生攀谈的话题，范围十分广泛，从历代明君到暴政，从庙堂变法到江湖起义，从古代法治到当下时弊，从救国救民到治国理政，每次都是激情碰撞，畅所欲言，让王濬欧获益匪浅，尽兴而归。

可让王濬欧没有想到的是，他很快也被"逼上梁山"了——在那个年代，但凡有点正义感、同情心的人，往往都被逼得最后不得不挺身而出，揭竿而起。

事情还得从那个给他通风报信的邻家女孩陈香香说起。

俗话说"女大十八变"。陈香香已经长大成人，出落得亭亭玉立，就像夏初村口池塘里的第一朵出水芙蓉，让人惊艳。陈香香家里穷，为了生计，过完十五岁生日的第二天，陈香香就跟着母亲，到王宝田家做丫鬟来了。

陈香香的美艳让王宝田垂涎欲滴，王宝田没想到中和堂还有这么美丽的姑娘。从陈香香踏进王家大院那刻起，王宝田那双色眯眯的眼睛就没从陈香香身上离开过。几天后的一个上午，王宝田趁陈香香到他房间打扫卫生之机，出其不意，从背后一把抱住了她，上下其手。

一张白纸的陈香香还没有经历过这种事，没有见过这种场合，当下吓得花容失色，那颗心蹿上了嗓子眼。在短暂的慌乱之后，陈香香冷静下来，她扯开喉咙，本能地高声喊叫："救命啊，抓流氓！"

脆亮的喊叫声响彻王家大院，在中和堂上空回荡，院里院外的人都听到了。陈香香的母亲和王宝田的几个妻妾循声赶来，闯进了王宝田的卧室。众目睽睽下，王宝田不得不松开陈香香。陈香香趁机夺门而逃，跑回了自己家里。

这件事儿一闹，陈香香再也不敢在王宝田家做丫鬟了。可王宝田没有就此罢休，那几天，他的眼前全是陈香香的影儿，弄得他茶不思，饭不香，睡不着。几天没见着陈香香露面，王宝田对陈香香的占有欲被空前地撩了起来。

暗的不行就来明的，王宝田是王八吃秤砣——铁了心。他叫来媒人，备了丰厚的聘礼，组织了一支乐队，吹吹打打，向陈家走去。王宝田准备纳陈香香为妾。

快到陈香香家的时候，王宝田在路上碰到王诗春。王宝田兴高采烈地说："王先生，帮我挑个好日子，适合婚娶的。"

王诗春煞有介事地掐指算了算，说："王老爷，半个月后是个办红喜事的好日子，早生贵子，人发财旺，供你参考！"

王诗春算计的时间正好跟王宝田心里的想法十分吻合，他很开心，掏出来一个银圆，习惯性地吹了一下，放在耳边听了听，然后赏给了王诗春。心花怒放的王宝田哼着黄色小调，带着一帮人，跨进了陈香香的家。

陈香香的父亲是一个老实巴交的农民，还是王宝田的租户，租种着王宝田家的五亩地。全家就靠着租的这五亩地，靠着陈香香的母亲给王宝田做工，勉强维持生计。

　　听王宝田说明来意，陈父唯唯诺诺，不敢违逆王宝田。他知道，在中和堂这个弹丸之地，王宝田财大气粗，势力强大。王宝田做事极具韧劲，不管是土地还是女人，只要被他看上了，他都要千方百计地弄到手。如果没有如愿，王宝田是什么都做得出来的。对付陈家，王宝田有的是办法，只要不给陈爸地种，不让陈妈做长工，陈家上有老，下有小，一家子就没活路了。

　　所以，王宝田认为求亲一事，十拿九稳，陈家答应也得答应，不答应也得答应，陈香香早晚是他的人。陈香香的父亲也是看清了形势，心想，与其无用抗争，不如逆来顺受，做了这个比自己年纪还大的男人的丈人，也算傍上了一棵大树，说不定还能沾点光，用陈香香的青春换取全家可能的命运转机。

　　可陈香香的母亲不同意，王宝田已经年过半百了，比自己年龄还大，女儿才十五岁，年龄相差太大。在王宝田家做长工十多年了，她对王宝田太了解了。陈香香的母亲年轻的时候，王宝田也曾对她动手动脚，虽然没有得逞，也让她心有余悸，打落门牙和血吞，不敢告诉丈夫。如今她年老色衰了，王宝田才息了这个念头。她知道，凭着王宝田的抠门性格，即使陈香香嫁了过去，陈家也是沾不到什么光的，田租不会减，他们家还是王宝田的租户；她的工钱也不会涨，她的身份还是王宝田家的长工。

　　至于陈香香自己，那是宁死不从的，她从来就没有想过要嫁给一个老头。她盯着上门来提亲的王宝田，恨不得眼睛是一把锋利的刀，盯死他。

　　对自己的爱情和婚姻，陈香香已经有了朦胧的憧憬。被王宝田这么一折腾，陈香香突然发现，原来自己早就已经有心上人了。这个人就是那个被村人称为"神童"的邻家男孩，与自己年纪相仿、知书达礼、刚正不阿的王潇欧。

王宝田没有顾及陈家人的想法，他示意家丁撂下聘礼，不容置疑地对陈父说："以后你就是我的岳父大人了，半个月后，我来接陈香香过门，把婚事办了，把房圆了！"

王宝田的一句话愁坏了陈香香和母亲，她们目瞪口呆，不知所措。

眼看着婚期越来越近，陈香香没有其他办法，只想到了一个字——逃。陈香香强忍委屈，把逃婚的想法告诉了母亲，希望得到母亲的支持。

不情愿把女儿往火坑里推的母亲也觉得除此之外，没有其他办法。

"你逃到哪儿去呢？"母亲问。

"我上县城找潇欧去！"陈香香说。

"可他还是一个学生。"母亲说，她为女儿这个想法感到吃惊。作为过来人，她知道女儿已经把邻家男孩当作依靠和救命稻草了，这是动了情的明显信号。

"我有脚有手，能够养活自己。我只要潇欧先帮我在县城找一个落脚的地方，住下来。"陈香香回答说。

在没有其他办法的情况下，这倒是一个不错的主意，也就只好如此了。

夜长梦多，迟走不如早走。在离王宝田限定的婚期的倒数第三天，天还没亮，陈香香就悄悄出了门，从家里逃了出来，向着祁阳县城的方向，慌不择路地跑了。

陈香香只拿了仅有的两件换洗衣服，揣上三个生红薯就上路了。当天，王宝田和陈父并不知道陈香香逃婚了，陈母也帮助撒谎说，陈香香去了外婆家报结婚喜讯去了。所以，王宝田并没有派人追赶陈香香。

陈香香一路小跑，不敢停歇，直到太阳下山的时候，才赶到祁阳初级小学的校门口。几十里路走下来，陈香香的脚底全是水泡血泡，钻心地疼。她又累又渴，又饥饿又紧张。在传达室门口，陈香香刚对看门大爷说出"我找王潸欧"五个字，人就栽倒在地，晕了过去。

看门大爷被吓了一大跳，他小心地把陈香香扶起来，坐到木椅上，赶紧去找王潸欧。

跟着看门大爷赶来的王潸欧看到昏迷不醒的陈香香，不由得大吃了一惊。先救人要紧，在同学们的帮助下，王潸欧把陈香香背到了学生宿舍，放在了床上。他们给陈香香喂了两口温开水，陈香香悠悠地醒了过来。当看到站在眼前的王潸欧，陈香香悲喜交集，就像见到了亲人，情不自禁地哭出声来。

陈香香一边哭，一边把到王宝田家做丫鬟，王宝田非礼她不成，要强行纳她为妾，她不得不逃婚的事，告诉了王潸欧。

陈香香的遭遇让祁阳初级小学那批被新思想洗礼的年轻人义愤填膺，紧握拳头，眼睛冒火，牙齿咬得咯咯作响。

辛亥革命后，反对包办婚姻，主张恋爱自由、婚姻自主的思想渐渐在年轻人心中种下来，扎了根。陈香香的不幸遭遇，让同学们既同情，又生气。最气的是王潸欧，陈香香是他的邻居，他们一起长大，青梅竹马。王潸欧想找王宝田理论，给陈香香出那口恶气。

当然，当务之急是给陈香香找一个住的地方，把她安顿下来。王潸欧带着陈香香去找校长张旭。张旭听到陈香香的遭遇，也很同情，就把陈香香安排在女生宿舍住下来，吩咐陈香香不要回中和堂了，就留在祁阳初级小学安心读书。这个安排，皆大欢喜，陈香香和王潸欧对张旭千恩万谢。

三天后是月假，有三天时间可以自由安排。王潸欧决定回一趟中和堂，一是找王宝田理论一番——经受了进步思想熏陶后，王潸欧的眼里已经容不下沙子；二是给陈香香家里报个平安。

听到王潏欧要回中和堂找王宝田算账，张旭怕他吃亏，叮嘱他要斗智斗勇，见机行事，好汉不吃眼前亏。陈香香也劝他，不找王宝田算账了，毕竟自己逃出来了，王宝田没把她怎么样。可王潏欧没有答应，王潏欧说，中和堂是陈香香的家，陈香香是躲得过初一，躲不过十五，总有一天要回去的，不能就这么老躲下去；如果不能让王宝田打消欺负女性的念头，陈香香是逃脱魔掌了，但还会有其他女孩遭殃的。

王潏欧要回中和堂找王宝田，全班同学都很担心。他们连夜写了一封措辞激烈的抗议书，告诫王宝田要收敛一点，适可而止，不要惹犯众怒，毕竟是中华民国了。

全班同学集体在抗议书上签了名，其他班上的同学闻讯过来，也签上了名，以示支援。那页抗议书上，密密麻麻地签满了同学们的名字。

王潏欧把抗议书折好，用信封装了，揣进兜里，出发了。

班上有个富家子弟，平时受王潏欧学习上的关照、做人上的点拨很多，对他充满感激，很想出份力。富家子弟雇来四个轿夫，要他们轮流把王潏欧抬回中和堂，以示衣锦还乡，顺便虚张声势，为王潏欧壮胆。

王潏欧想推辞，但没推辞掉。王潏欧上了轿，告别送行的同学，急急忙忙往家赶。出了县城，王潏欧借口从轿上下来，陪着轿夫走路。轿夫们急了，颇为难地说："王少爷，你下来，我们的佣金就拿不到了，我们谋生不容易，一家老小都张口要饭吃呢，我们不能不做事的。"

轿夫们的话听得王潏欧眼泪都来了——虽然他同情轿夫辛苦，但轿夫为了家庭生计，再辛苦都愿意——让他们抬着自己，轿夫才能拿到钱，才是真正地帮助他们；自己不坐轿不是帮他们，而是害他们！

"这样吧，"王潏欧说，"我走路，你们跟我到中和堂，一路上陪我说说话，聊聊天，你们不要说我没有坐轿，我也不说，回去后工钱照拿！"

如此当然甚好，轿夫们从来没有遇到过这么好的雇主，他们感恩戴德，跟着王潇欧，一路上有说有笑，向中和堂走去。

夕阳西下的时候，一行人到了中和堂。王潇欧没有回家，径直向王宝田家走去。轿夫们怕他吃亏，只得一路跟在后面，就像保镖一样。轿夫们长得很壮实，走起路来，虎虎生风，像是行走江湖的练家子——由于没有抬轿消耗体力，他们浑身都是力量。

那天，王宝田带着迎亲队伍，吹吹打打、热热闹闹地来到陈香香家。但他被陈父告知，陈香香已经逃婚两三天，到县城找王潇欧了。王宝田气不打一处来，指示家丁在陈香香家里一顿乱砸，直到没东西可砸了，才停下来，悻悻地往回走。

到手的鸭子飞了，从陈香香家返回来，王宝田余怒未消，回家路上，他越想越气不过，觉得自己成了中和堂一个天大的笑话，这一切都是拜王潇欧所赐。

王宝田回到王家大院的时候，王潇欧已经等候多时了。没想到王潇欧看到王宝田，开口就向他兴师问罪。仇人相见，分外眼红。

王宝田蹿到王潇欧跟前，指着他的鼻子，破口大骂："你个不知天高地厚的兔崽子，拐走了我的香香，我没找你麻烦，你自己倒送上门来了，是可忍，孰不可忍！"

王宝田吆喝来几个家丁，把王潇欧团团围住。王宝田压根儿就没想跟王潇欧讲道理，在他五十年的人生中，他从来就没有讲过道理，他只知道拳头大才是硬道理。他在中和堂要风得风，要雨得雨，能有今天，不是靠讲道理，而是靠拳头说话，讲道理是讲不出他的万贯家财的。

轿夫们看到王宝田动真格了，怕王潇欧吃亏——一路聊下来，他们喜欢上了这个接地气、没架子、处处为他们着想的小书生。他们快速抽出抬轿的木棍，围了上来，跟王宝田的家丁对峙起来。双方剑拔弩张，一触即发。

射人先射马，擒贼先擒王。其中一个轿夫眼明脑活，他一个箭步蹿到王宝田面前，扬起木棍，对准了王宝田的脑袋，厉声喝道："你们谁敢动王少爷，我就敲破了他的脑袋！"

王宝田吃不准这群陌生汉子的来路，他伸手摸了一下脑袋，像是真被敲了一样。他看着壮实的陌生人高高地扬起在自己头顶上的木棍，紧张了，害怕了，颤抖地说："各位英雄好汉，咱们有话好说，有话好说。"

王宝田示意家丁退下。占了上风的王潘欧开始训斥王宝田，他掏出同学们写的抗议书，抑扬顿挫地念给王宝田听。愤怒的声讨就像地震海啸，听得王宝田额头直冒冷汗。但王宝田并不甘心，他一边听，一边咬牙切齿地想：识时务者为俊杰，不能把那么多年轻的学生得罪了，今天暂且忍一忍，好汉不吃眼前亏；过了这一关后，冤有头，债有主，王家小子老坏我好事，总有一天，我要让他连本带利一起偿还！

交涉下来的结果，是王宝田不得不打消纳陈香香为妾的念头，但王宝田要陈家退回彩礼，补偿他五个银圆。陈香香的父亲很不情愿地把丰厚的彩礼退给了王宝田，却不愿意补偿王宝田五个银圆——陈家也拿不出五个银圆来。

王潘欧没有办法，自己把这个钱认下了，但王潘欧没钱，只得向父亲要。五个银圆是一笔不小的财富，相当于王诗春看风水差不多两个月赚的钱了。但王诗春还是给了儿子五个银圆。这件事，王诗春觉得儿子做得对，是在救苍生，济天下，做善事，积阴德，就算倾家荡产也要帮儿子一把。

看着身材跟自己一样高大的王潘欧，王诗春觉得儿子长大了，有了梁山好汉的侠义心肠，也具备了"护国大将军"的风范。

最高兴的还是陈香香，她因祸得福，被留在祁阳初级小学，成为为数不多的女学生之一，有书读了，可以做文化人了。虽然陈香香和王潘欧不同年级不同班，但王潘欧一有空就过来帮陈香香补习功课。在王潘欧帮助下，陈香香进步很快。

本来就对王潘欧有好感，朝夕相处，陈香香看王潘欧的眼神就有了朦胧的春色。陈香香是真心喜欢上了这个有才华、古道热肠的邻家男孩，一种特别的情愫在那颗少女心中萌芽了，含苞了，开放了。陈香香暗暗告诫自己，不要辜负了王潘欧，要像王潘欧那样，做一个品学兼优的人。

陈香香读书，是靠学校减免学费和王潘欧发动同学资助。大多数同学家庭都很困难，靠资助不是长久之计，陈香香不愿意给大家添麻烦。功课之余，陈香香到校外四处揽零活，给人洗衣，到饭店洗碗，做家务，打短工，赚小钱，努力让自己活下去，让学业继续下去。后来，陈香香找到了一份比较固定的工作，即在教堂打扫卫生，早晚各一次，周末帮传教士洗衣服。

1840 年，英国发动了鸦片战争。1842 年，在英国坚船利炮进攻下，清政府一败涂地，不得不跟英政府签订了丧权辱国的《南京条约》，闭关锁国的政策土崩瓦解。后来，其他西方列强如法炮制，逼迫清政府签订了一系列的不平等条约，打开了中国的大门，洋人洋货潮水般地涌了进来。金发碧眼、高大威猛的洋人开始出现在大街小巷上，他们与本土黑恶势力勾结，欺行霸市，肆意掠夺，到处都是英国的鸦片、美国的煤油、日本的纱布，真金白银通过这些商品掏空百姓家底，源源不断地流向国外。

清朝倒台后，军阀横行，战祸四起，老百姓依旧处在水深火热之中。1918 年 5 月，"北军"击败"南军"，占领了祁阳县城。他们把招兵买马的各种费用变本加厉地算在老百姓头上。贪官污吏作威作福，趁机搜刮民脂民膏，土豪劣绅肆意兼并土地，掠夺财富，帝国主义、封建主义、官僚资本主义成为压在中国人民头上的"三座大山"。在他们统治下，老百姓吃无隔夜粮，出无遮体衣，逃荒要饭、卖儿鬻女者，家破人亡者不计其数。

1914年，第一次世界大战爆发，中国作为协约国成员之一参战。1918年11月，第一次世界大战结束，同盟国战败，协约国获胜，国人扬眉吐气，奔走相告，以为这下可以翻身了。1919年初，战胜的协约国在法国巴黎召开巴黎和会，签署了巴黎协议，瓜分胜利果实。

作为战胜国之一的中国，不仅没有享受战胜国待遇，同盟国在中国的权益和势力范围反被其他协约国的帝国主义重新瓜分了。消息传回来，举国震惊、悲愤。1919年5月4日，北京大学的学生走上街头，他们高呼着"外争国权，内惩国贼""拒绝在巴黎和约上签字""抵制日货，废除二十一条""誓死力争，还我青岛"等口号游行抗议，爱国学生的行动得到了工人、农民、知识分子等响应，迅速成为全国性的反帝反封建、打倒北洋军阀的爱国运动。

此时，王潘欧已经从祁阳初级小学毕业，在祁阳高等小学学习。这个学校成为祁阳县学生运动的策源地。革命形势的蓬勃发展让王潘欧热血沸腾，投身其中，积极声援北京的学生运动。王潘欧冲上操场讲台，对着全校师生，慷慨陈词，动员大家奋发图强，再接再厉，坚持抗争。王潘欧挥舞双臂，一遍又一遍地带头呼喊五四运动的爱国口号。

王潘欧由此成为声援北京五四学生爱国运动的学生会骨干成员，王潘欧代表学生写信，要求北洋军阀释放被捕学生，组织学生上街游行，上店铺收缴日货，统一焚烧，组织控诉会控诉帝国主义的罪行。

五四学生运动，让外国人感到了中国人民觉醒过来的伟大力量。在祁阳的外国人被群情激愤的学生浪潮吓得躲进了教堂，不敢出来。教堂里人满为患，聚集了心惊胆战的洋人。教堂里洋人多了，闲了，卫生就自己搞了，他们欠下陈香香的两个月工钱也不准备给了。

陈香香觉得委屈，把这个事告诉了王瀿欧。王瀿欧早就看外国人不顺眼了，他带着游行的学生冲进了教堂，放起了火。虽然火没有烧起来就被外国人扑灭了，但虚惊一场的外国人，牢牢地记住了那个差点烧了他们的大本营、要了他们的命的"暴民"王瀿欧。

五四运动陷入低潮后，封建军阀重新得势，逐渐控制了局面。祁阳县被文武两霸瓜分，画地而治，议长肖翠楼号称"北区王"；县团防分局长郭子安号称"南霸天"，两人沆瀣一气，祸害乡里，鱼肉百姓。

看到"北区王"和"南霸天"胡作非为，自己又无能为力，王瀿欧感到前途一片迷茫，一遍又一遍地问自己路在何方。

1922年，王瀿欧十九岁了，已经长成了一个结结实实、满脑子都想着革命的进步青年。这一年，他高小毕业。这一年，陈香香也从祁阳初级小学毕业了。王瀿欧从街上买了一块圆圆的小镜子送给陈香香。拿着小圆镜，陈香香真是高兴极了，她第一次清楚地看到了镜子中的自己长得珠圆玉润，白里透红，美丽极了。让陈香香更兴奋的是，这是王瀿欧第一次给她送礼物，在她眼里，这礼物跟"定情信物"差不多了。

王瀿欧毕业离校前，有一个一脸正气、朝气蓬勃的年轻人风尘仆仆地来找学校找他。来者找到王瀿欧，伸出手，紧紧地握住王瀿欧的手，自我介绍说他叫雷晋乾，是祁阳老乡，1918年毕业于湖南第三师范学校。

看着这个谈吐不凡的雷晋乾，王瀿欧佩服极了，觉得他是一个见多识广、满腔热情的热血青年，值得深交。王瀿欧把陈香香一起叫上，请雷晋乾下馆子吃饭。他们喝了点米酒，在酒精作用下，两人话匣子打开了，高谈阔论，交流当下时局，谈人生理想，谈救国救民，颇有相见恨晚之感。

"既然如此投缘，我们何不结为异姓兄弟？"喝完最后一口米酒，王潇欧兴奋地提议。

"这个提议好，我也正有此意！"雷晋乾豪气地答应了。

两个年轻小伙子，在一个年轻姑娘陪同下，来到了校长张旭家里，他们在校长见证下，拜过香火，磕过头，结成了异姓兄弟。

其后数天，这对异姓兄弟出同行，住同床，被对方深深地吸引，也被对方深深地折服。雷晋乾说他们就像马克思和恩格斯的友谊那样伟大。王潇欧不知道马克思和恩格斯是什么人，后来在雷晋乾的详细介绍下，王潇欧才知道世界上有一个无产阶级革命学说，叫共产主义，而马克思和恩格斯就是这个学说的奠基人。

那个时候的雷晋乾已经从社会主义青年团转为了中国共产党党员，成为祁阳县的第一个中国共产党党员。

雷晋乾给王潇欧讲了很多革命道理，让王潇欧深受启发，他第一次意识到，要救中国人民出水火，要建立一个国富民强的新中国，只有跟中国共产党走。

雷晋乾的到来，在王潇欧心里升起了一轮鲜艳的红太阳，把他眼前的迷茫和阴霾一扫而光了。

针对当时的主要社会矛盾，雷晋乾告诉王潇欧：军阀是社会障碍，非打倒不可！是他们把中国搞得稀巴烂，我们有责任把国家整理好，中国人民要众志成城，勇敢地横扫旧世界！

雷晋乾的话，让王潇欧认识到，打倒旧军阀，成了中国革命的当务之急，刻不容缓。

当然，封建军阀也没有放松警惕，在他们重新得势后，马不停蹄地进行秋后算账。

在五四运动中，祁阳县的积极分子王潇欧声名在外，又因为火烧教堂，被外国人添油加醋地告了一状，王潇欧成为县城旧军阀圈定的准备重点追查的"反动人物"之一。

王潇欧不得不仓促从县城逃回中和堂躲避。但没多久，得知王潘欧回来了的王宝田向乡公所告了密,乡公所派人跟着王宝田到中和堂来抓人。在当地秘密发动群众、动员群众的雷晋乾闻讯赶来,领着农民拿着锄头耙头扁担,把乡公所的人赶跑了。

王宝田并没有就此罢休,他秘密写了一封信,交给心腹送往祁阳县城,向县团防分局局长郭子安告密,请求他派人来抓王潘欧。郭子安接到密报,大喜过望,派出一百多人,浩浩荡荡地向中和堂奔来,准备把王潘欧抓捕归案,向洋人和上司邀功请赏。

陈香香的妈妈听到了王宝田的密谋,她在郭子安的团防队没有到来之前,就把消息悄悄地告诉了王诗春,要王潘欧逃命要紧。中和堂是没法待了,祁阳是没法待了,王潘欧不得不连夜跑路。在雷晋乾和张旭等人帮助下,1922 年,王潘欧冒着雨,连夜逃往省会城市长沙。

王潘欧离开家乡的时候,只拿了一把木梳。三年前,母亲因病去世。那把木梳是母亲留下来的为数不多的遗物。听母亲说,那把木梳是当年母亲的嫁妆之一,跟了她二三十年。

陈香香赶到村口送他,分手的时候,王潘欧拿出那把木梳,突然对陈香香说:"香香,你帮我梳一下头吧。"

陈香香有点诧异,但她还是很高兴地拿过木梳,给王潘欧梳头。

陈香香给王潘欧梳头的时候,王潘欧有了一种异样的感觉:他很想带着陈香香逃离中和堂。

但自己都是亡命天涯,不能给陈香香带来什么。看着美丽娇艳、温暖贴心的姑娘,王潘欧终于忍不住了,眼泪簌簌地掉了下来。

黑暗中,王潘欧目不转睛地盯着陈香香,四目相对,有千言万语,却不知从何说起。不知不觉,两个年轻人已经双手紧握,十指相扣,久久不愿松开。

直到民团追赶的脚步声越来越近,王潘欧才万般不舍地松开陈香香,迈开大步,消失在茫茫夜色中。

第三章　长沙求学，向往革命

1923 年秋天，在长沙居无定所地漂荡了一段时间后，王潜欧以优异成绩考上了湖南省公立工业专门学校（即湖南大学的前身）。

放榜那天，王潜欧兴奋极了，觉得自己的理想照进了现实。报考这所学校，是因为王潜欧看到了近代中国落后挨打的一个重要原因是工业不兴，技术不强，没有西方的坚船利炮，所以他希望学好技术，富国强兵，实业救国。

这所学校设在中国四大书院之一的岳麓书院。入学那天，站在那副"惟楚有材，于斯为盛"的对联前，抬头仰望的王潜欧心潮澎湃——这副对联扑面而来的强大气场让王潜欧震撼不已，有了一种窒息的感觉。

跨进书院大门，王潜欧感到这座举世闻名的千年学府的每一座院落、每一块碑石、每一片砖瓦、每一株风荷，都沉淀着"吃得苦，霸得蛮，耐得烦"的不屈精神，孕育着坚韧的伟大的灵魂——甚至堪称"民族之魂"。

那些学富五车、才高八斗的大儒们的对论；那些矢志不渝走在时代前列的先贤们的求索，无不诠释着湖湘文化的恢宏气度和热血情怀。王夫之、魏源、曾国藩、左宗棠、胡林翼、熊希龄等，无一不是从岳麓书院走出来，在中国历史上惊天地、泣鬼神的大人物。

在这个人杰地灵的地方学习生活，听着他们的轶事，读着他们的著作，熏陶于他们的思想，王潜欧感觉这些大人物，尤其是那些可爱的灵魂、可敬的精神，简直触手可及，扑面而来，与自己迎面相撞。入夜，躺在床上，听着岳麓山上的松涛，王潜欧希望自己有朝一日能够被后人位列其中，成为"惟楚有材"的"楚材"之一。

进岳麓书院，王潜欧跟一代伟人擦肩而过，伟人前脚走出书院，王潜欧后脚走进书院，把他们的相遇推延了数年。1916年至1919年，毛泽东寓居岳麓书院半学斋，在这里读书、作文、闹革命，尽情汲取湖湘文化的精髓，实现了知行合一的进阶。

当时，湖南省公立工业专门学校有"中南七省第一校"之称，校长是大名鼎鼎的宾步程。宾步程早年留学德国，就读于柏林工科大学。宾步程是湖南东安人，在德国留学期间，跟孙中山相识，是孙中山先生的挚友兼救命恩人，也是早期的中国同盟会成员，在国民党内部和湖南省当地享有崇高威望。宾步程学成归国后，先后担任粤汉铁路机械工程师，南京机器制造局局长兼火药局局长。宾步程酷爱枪炮改造，弹药生产，亲自设计了七五山炮。在宾步程带领下，湖南省公立工业专门学校以"实事求是"为校训，注重经世致用的实学之道。这种办学风格受到了当时的进步青年欢迎，早期的共产党员何孟雄、周炳文，科技专家唐伯球、范澄川、刘岳厚，军事干部王尔琢、黄鳌、邓乾元等一大批时代精英都慕名前来求学。

湖南省公立工业专门学校共设有机械科、土木建筑科、采矿冶金科三个专业。王潜欧认为中国落后挨打的原因在于没有坚船利炮，所以，他选择了能够制造坚船利炮的机械科。机械科重理论，更重实践，是一门典型的知行合一的学科，操作性非常强。王潜欧疯狂地迷恋上了那些昼夜不停地运转的冰冷机器，他利用节假日，跑工厂，实地观摩，看机器运转，帮工人师傅干活，向他们虚心求教。入学半年时间，王瀞欧就把长沙的三十多家工厂跑遍了，把所有机器操作弄熟了。他被同学称为"操作狂"，也深得宾步程欣赏喜爱，把他树为机械操作标兵。

在实践中，王瀞欧跟工人师傅打成一片，建立了深厚的感情。有个刘师傅，父母患肺痨，相继咳血死了，两个子女无钱读书，做起了童工。刘师傅自己也染上了肺病，一干活就咳个不停，气喘吁吁，十分可怜。王瀞欧省吃俭用，从嘴巴里抠出钱来，给刘师傅抓了十多服中药，煎了送过去。这令刘师傅很感动，把王瀞欧比作"黄爱再世"。

黄爱是湖南常德人，周恩来的挚友。1919 年 2 月，黄爱考入天津直隶高等工业学校。五四运动中，黄爱积极参加反帝爱国斗争，在天津学联执行部、《天津学生联合会报》工作，与周恩来并肩作战。1919 年 9 月，黄爱被周恩来邀请，成为觉悟社的第一批社员。1920 年 1 月，经李大钊介绍，黄爱去了上海的新青年杂志社工作，深得陈独秀赏识。1920 年 9 月，黄爱回到长沙，与老战友庞人铨等人发起组织了湖南劳工会，并被推选为主任干事和教育部主任。1922 年 1 月，黄爱发动了湖南第一纱厂工人大罢工，组织大规模的游行示威，声势浩大。气急败坏的反动军阀赵恒惕派军警包围了湖南劳工会，逮捕了负责人黄爱、庞人铨等。1922 年 1 月 17 日，黄爱被反动军阀赵恒惕残酷杀害，年仅二十五岁。

听完刘师傅的讲述，王瀞欧深受震动，他也希望做一个黄爱那样受人尊敬的革命者。

那时候，人民群众的革命热情高涨，全国革命如火如荼，形势一片大好。

1924 年 1 月，国民党第一次全国代表大会在广东召开，大会重新解释了"三民主义"，确定了"联俄、联共、扶助农工"三大政策，国民党和共产党求同存异，开始了第一次国共合作。

在国共合作的大背景下，共产党人领导的工人运动、农民运动在全国各地遍地开花，革命运动渐入佳境，迎来了一个又一个革命高潮。

1925 年 9 月，雷晋乾被中国共产党派到广州农民运动讲习所学习，并以个人身份加入国民党。几个月后，从讲习所毕业，雷晋乾作为农民运动特派员回到了祁阳。雷晋乾的活动能力很强，在当地积极发展党组织，领导农民运动，轰轰烈烈的革命浪潮波及中和堂，王宝田在这场运动中真"被革了命"，其中的导火线就是陈香香被绑。

陈香香从祁阳高级小学毕业后，回到了家乡中和堂务农。二十岁的陈香香褪去了十五岁的稚气，桃李年华的陈香香出落得窈窕多姿，袅袅婷婷。

年轻气盛的王潘欧跑路了，在中和堂没人再叫板王宝田了，他以为自己的机会来了。听说陈香香回来了，王宝田很是兴奋，觉得陈香香成了自己的囊中之物——在中和堂，王宝田谁都不怕，当然也不怕王潘欧，只是数度与王潘欧交手，在心里留下了巨大的阴影，王宝田觉得王潘欧从一生下来就是他的克星、他的冤家对头。

得知陈香香回到中和堂的第二天清早，王宝田叫了两个精明强干的家丁，跟着他出了门。王宝田一边想着美事，一边向陈香香家的方向溜达。

远远地，王宝田看到了挑着一担水、晃晃悠悠地走在田埂上的陈香香。

沾了书香的女人就是不一样，几年洋书读下来，陈香香的气质也出来了，在王宝田看来，陈香香与目不识丁的农村姑娘有天渊之别。

早晨的阳光打在陈香香那张娇嫩的脸上，就像镀了一层金；细密的汗珠沁出来，闪闪发光，就像珍珠一样闪烁。那担水，压在瘦削的肩膀上，有些分量，把陈香香压得娇喘吁吁，惹得人从心底生出无限怜爱。

这一幕，看得王宝田两眼发直，双腿哆嗦。他钉在地上，树生了根一样。王宝田眯着眼，看着陈香香，狠狠地想：奶奶的，如果不能把陈香香弄到手，我王宝田这辈子就白活了，白混了，要那么多家产有个卵用！

三五年不见，陈香香出落得更加水灵了，把王宝田撩得心猿意马，魂不守舍——年近花甲的王宝田，已经很久没有这样内心冲动，身体也发生变化了。

眼看着陈香香就要从身边走过去，王宝田从臆想中清醒过来，他一个箭步，蹿到陈香香面前，张开双臂，挡住了去路。

王宝田声音颤抖地说："我的个小乖乖，你可不能干这么粗重的活！你累坏了，我怎么办？你爸不疼你，我疼你！以后跟着我，不用干粗活了，吃香的喝辣的，你说啥就是啥，我都听你的！"

已经在祁阳县城见过大世面、经历过五四运动洗礼的陈香香根本不吃王宝田这一套，她怒目圆睁，气沉丹田，对着王宝田厉声喝道："好狗不挡道，给我滚一边去！"

在中和堂，还从来没有人敢骂他王宝田，尤其是女人，女人对他只有顺从。如果换作别的女人，王宝田早就生气了，叫家丁收拾她了。但这话从陈香香那张可爱的樱桃小嘴里脱口而出，让王宝田感觉别有一番风情，别有一番滋味，他如沐春风，感觉自己那颗心被这春风撩得更加痒痒，更加摇曳了。

"哟，在县城几年，长见识了，学会炝蹶子了，有朝天小辣椒味道了。我最爱朝天小辣椒的味道了！你把担子放下，我安排人给你挑回去，你跟了我，上我家做姨太太，享清福去！"

一个家丁走上来，准备从陈香香肩上接过那担水。陈香香不让，两人抢了起来。咣当一声，水桶从陈香香肩上滑落下来，倒了，全洒了出来，陈香香被淋了个落汤鸡，浑身上下湿淋淋的。

夏天衣服本来就穿得少，穿得薄，一沾水，就全贴在身上了。浑身湿透的陈香香，就像一朵出水芙蓉，看得王宝田眼睛冒火，鼻孔生烟。

王宝田哑着嗓子，声嘶力竭地对家丁吼道："还愣着干什么，快把小娘子请回家去，我今晚就要跟她拜堂成亲！"

两个家丁蹿上来，不由分说，一左一右，一人抓住陈香香一条胳膊，边拽边拉，边拖边推，架着她向王家大院走去。

陈香香不从，伸拳踢腿，拼命挣扎，大声喊叫，但在两个孔武有力的男人面前，弱女子陈香香的反抗一点作用都没有。

村里几个浣衣洗菜的妇女看到，想过来劝阻，但都被王宝田恶狠狠地骂跑了——在中和堂这地方，她们都知道王宝田的势力，惧怕他的淫威，害怕被事后报复，惹祸上身。

当然也不是没人敢管，任由王宝田胡作非为。骑着牛、放牧回来的王潸欧的弟弟正好看到了这一幕。他知道香香姐跟哥哥好着呢，他跳下牛背，顾不上牛了，火急火燎地跑到王家祠堂，连比带画，把事情告诉了正在给农民上早课、讲授革命道理、分析革命形势的雷晋乾。

雷晋乾听后，顿时火冒三丈，觉得很有必要抓一个被革命的典型，打击地主恶霸的嚣张气焰，好借机告诉劳苦大众，不要逆来顺受，要奋起反抗，要革恶霸劣绅的命，要自己当家作主，掌握自己的命运！

这个王宝田撞在了枪口上。

那些正在听课的农民，听说陈香香被王宝田绑架了，就要被祸害了，想起这些年来所受的委屈和欺凌，大家都感同身受，义愤填膺——在中和堂，他们都苦王宝田久矣。香香姑娘在光天化日之下被绑架，就像一根导火线被点燃了，他们操起锄头、耙头、扁担、棍棒，在雷晋乾的带领下，浩浩荡荡地奔向王家大院。

把陈香香弄进王家大院后，王宝田吩咐家丁把她的双手绑了，关在自己的卧室里。王宝田看着陈香香，越看越喜欢，他情不自禁地伸出双手，捧起了陈香香的脸，噘起嘴，蛮横地在陈香香脸上亲下去。

陈香香左躲右闪，还是被王宝田亲到了。陈香香感到很恶心，不由自主地伸出脚，踢向王宝田，但被王宝田躲开了。陈香香吐了王宝田一脸口水，王宝田也不恼。

亲到了陈香香，王宝田不由得心花怒放。这次，煮熟的鸭子是飞不了了，他一心盼着天黑，等着晚上洞房花烛时刻的到来。

从卧室出来，王宝田把门反锁了，不给陈香香任何逃跑的机会。王宝田摇头晃脑地哼着黄色小调，背着双手，踱到了客厅，坐在太师椅上，跷着二郎腿，指挥下人打扫庭院，布置新房。

见到王宝田落座，早有仆人给他递上了泡好的南岳云雾茶。王宝田闻着茶香，喝着温度正合适的茶水，心里美滋滋的，他觉得人间美人，不过香香；人间美辰，不过今宵。

由远及近，越来越大的动静，并没有引起王宝田的足够重视。

一个家丁慌慌张张地跑进来，脸色煞白，上气不接下气，嘴唇哆嗦地说："主子，不好了，农民杀过来了！"

"慌个屄！"王宝田眼睛都没抬，不屑地说，"就是借他们一百个胆，中和堂的农民也不敢造反，更不敢造我王宝田的反！"

王宝田听说过农民造反，他觉得那是地主没用。在中和堂，他把农民治得服服帖帖，他快活到六十岁了，在中和堂，他还没看到过农民造反，听都没听说过，谁都对他心服口服。

"这回不一样了，真不一样了——"家丁并没有因为主人的处变不惊消除紧张，他惊恐地分辩。

"大惊小怪，自己吓自己！"王宝田很不爽地白了家丁一眼，觉得家丁小题大做，坏了自己的兴致和心情，给自己添堵了。

王宝田还是没把家丁的告诫当回事儿，也没把中和堂的农民当回事儿。在中和堂，他王宝田纵横几十年，作威作福惯了，不可一世惯了。在王宝田的意识里，那些在他面前连放屁都不敢大声的农民，从来没被他放在眼里。在王宝田看来，阴沟里的泥鳅是掀不起大浪来的，只要他站在农民面前，眉毛一竖，眼光一横，他们就唯唯诺诺了，老实巴交了，点头哈腰了，谁也不会妨碍他的好事。

但这次王宝田确实失算了。看到来势汹汹的农民杀过来，家丁下意识地把院门关上，农民就把院门撞开了。愤怒的农民潮水一样涌了进来，把王家大院挤得水泄不通。他们挥舞着手里的武器，见啥砸啥，院子里一片乒乒乓乓的声音，满地狼藉。

王宝田跑到庭院，大声喝止。但打砸红了眼的农民，根本就听不进王宝田的话。王宝田绝望地意识到，这次确实跟以往不一样了，他很后悔没有听家丁劝告，早点重视，从后门逃出去，或者跑进地堡躲起来。

王宝田惊慌失措地指挥家丁："快，给我挡住，给我挡住！"

已经觉醒的劳苦大众的力量是无穷的，王宝田的家丁根本挡不住了，他们不是愤怒的农民的对手，农民举起手里的锄头、耙头、扁担、棍棒，跟家丁对干起来。农民人多势众，家丁寡不敌众，被打得抱头鼠窜。家丁扔下武器，捂住脑袋，自顾自逃命去了，主子也不顾了。

见势不妙，王宝田急忙往后院溜。可已经没有退路了，他被农民团团围住了，世世代代累积的仇怨在这一刻找到了决堤口。团结就是力量，这力量是铁，这力量是钢。平时连一个响屁都摁不出来的陈香香的爹也彻底爆发了，他蹿上前，高高地举起扁担，一边怒吼："我打死你个狗日的！"一边把扁担重重地落在王宝田身上。其他农民愣了一下，马上依葫芦画瓢，刹那间，锄头、耙头、扁担、棍棒，雨点一样落在王宝田身上。

血就像泉水一样从王宝田脑袋上喷了出来。王宝田捂着脑袋，慢慢地倒了下去。农民们没有解恨，也停不下来。王宝田被打成重伤，当天晚上，又气又怕，一命呜呼了。

雷晋乾砸开了卧室门，把绝望中的陈香香救了出来，给她解了绳松了绑。

自己得救了，陈香香喜极而泣。她感谢在危难时刻，革命群众给她解了围。

乡公所听说中和堂的农民冲击了王家大院，一面派人向祁阳县政府报告，一边吆喝了几个当差的前往王家大院镇暴。看到乡公所那几个平日作威作福、帮王宝田干了不少坏事的差爷，农民们也来了气，把他们围了，下了他们的枪，把他们绑在王家大院门前的大树上。

当天下午，在王家大院，雷晋乾主持召开了公审批判大会，公开揭发审判财主王宝田，揭露他的累累罪状。

中和堂的男男女女、老老少少轮番上台，一把鼻涕一把泪，历数王宝田的种种罪恶。王宝田一死，中和堂农民扬眉吐气，就像过年那样喜庆。公审完王宝田后，夜里，有人偷偷放了一把火，把王家大院点着了。熊熊大火烧了整整一夜。第二天清早，王家大院已经倒塌了，一片残垣断壁，满目疮痍。

这件事，给中和堂农民，甚至祁阳人民，上了一堂生动深刻的革命教育课。附近十里八乡的农民纷纷效仿响应，掀起了批土豪、斗劣绅的高潮。雷晋乾就汤下面，组织成立了祁阳县农民自卫军，他当选为总队长。随后，雷晋乾又领导成立了祁阳县惩治土豪劣绅特别法庭，处决了一批罪大恶极的地主恶霸。在雷晋乾等共产党人的领导下，祁阳县农民运动蓬勃发展，到1927年，全县共成立农民协会一百三十多个，会员多达十五万人。中国共产党在祁阳成立了特别支部，由雷晋乾担任书记；雷晋乾也当选为国民党的祁阳县农协委员长。

祁阳县农民运动的成功，点燃了星星之火，周边地区的农民运动雨后春笋一样爆发了。其他地方需要借鉴祁阳农民运动的宝贵经验，雷晋乾被党组织派往衡山县领导农民运动。在那里，雷晋乾组织成立了湖南农村第一个农民组织——岳北农工会，动员农民以工人阶级为榜样，团结起来，跟地主阶级作斗争，岳北农工会发展迅速，很快就有了七千多会员。

衡山农民运动的发展，让当地达官贵人陷入了深深的恐慌之中，他们生怕成为王宝田第二，筹了很大一笔钱，谋求自保。他们找到了当地出生的军阀赵恒惕，请求他出兵镇压，捉拿雷晋乾。看到雷晋乾领导的农民运动冲击到自己的统治基础和自己家族在当地的利益，赵恒惕答应了达官贵人的要求。

雷晋乾从祁阳带了两个人跟着他一起在衡山活动，一个是陈香香，负责文书宣传；一个是王宝田的外甥，负责联络。王宝田的外甥是个革命投机分子，头脑灵活，善于见风使舵，在雷晋乾面前，他表现出极高的革命积极性，做到了大义灭亲，揭发王宝田比谁都积极；看到兵强马壮的赵恒惕准备动真格镇压农民运动了，认为自己升官发财的机会来了，连夜向赵恒惕告发了雷晋乾。

赵恒惕大喜，带着一营荷枪实弹的士兵，深夜冒雨出击，破门而入，把雷晋乾从被窝里抓走了。

那天晚上，陈香香寄住在当地农民家里，听到风声，见势不妙，连夜跳窗逃了出来。

第二天清早，陈香香躲躲藏藏，在当地农民帮助下，坐着船，顺着湘江，从衡山逃往了长沙。下午，陈香香来到了湖南省公立工业专门学校。

找到王潜欧，陈香香扑进他怀里，终于忍不住了，号啕大哭。

"晋乾哥被赵恒惕抓了！"

陈香香边哭边把这个坏消息告诉了王潜欧。

王潜欧一听雷晋乾被抓，如五雷轰顶，但他没有慌乱——王潜欧已经成长起来了，对革命突发事故，有了一副成熟的应对心智。王潘欧觉得当务之急，就是在雷晋乾惨遭毒手前，把他营救出来。

王潘欧一边把事情写成文章，投给当地进步报刊，揭发赵恒惕破坏革命的卑劣行径，寻求道义支持；一边快速地梳理了一下资源，寻找关系营救雷晋乾。想来想去，王潘欧认为靠自己没有用，但校长宾步程肯定有办法，于是带着陈香香去找宾步程。

宾步程不关心政治，只想教书育人，实业救国。但宾步程很欣赏王潘欧，也赞同共产党的政治主张，同情共产党人。宾步程答应试试，看赵恒惕给不给他面子。

宾步程准备了礼物，上门拜访，找赵恒惕说情。

赵恒惕和宾步程都是 1880 年出生，都是留学出身，同朝为官。赵恒惕对宾步程颇为敬仰，他军队用的七五山炮就是宾步程为他设计的，加上宾步程湖南省政府官员的身份，赵恒惕不看僧面看佛面，答应释放雷晋乾，但要求雷晋乾不能再留在衡山领导农民运动。

那是一个阳光灿烂的下午，王潘欧正在机器旁边埋头作业，突然听到有个熟悉的大嗓门在激动地喊他名字。王潘欧抬起头，看到了理着精神的平头、目光如炬的雷晋乾。他刚从狱中出来，第一件事就是过来找王潘欧。

大难不死，兄弟相见，分外亲切。王潘欧跳下机器，跑向雷晋乾，两人紧紧地拥抱在一起，大呼小叫。

雷晋乾给王潘欧带来了一个新朋友，郭亮。

郭亮中等身材，英气逼人，双眼炯炯发光。

对郭亮，王潘欧是久闻其名了，这次终于得见了。

郭亮是新民学会会员，当时已经在湖南的革命运动中脱颖而出，做了湖南省工团联合会总干事。郭亮在长沙领导和组织过一系列工人和学生运动，在工人和学生中享有崇高的威望。

"我是小弟，你们是大哥。你们闹革命，一定要带上我！"王潘

欧欣喜万分，向二位兄长表达了心意。

"我们就是来跟你聊聊这件事情的！"雷晋乾和郭亮对王瀇欧说。

他们边聊边回到了湖南省公立工业专门学校。陈香香也来找王瀇欧，看到雷晋乾被释放出来了，也是十分惊喜。当天下午，四个年轻人，坐在湖南省公立工业专门学校的操场上，热血沸腾，激扬文字，粪土当年万户侯。他们有说有笑，一直聊到第二天天亮了才意犹未尽地各自散去。

雷晋乾说："工人和农民都是劳苦大众，一天辛辛苦苦，流血流汗，还不能养家糊口，日子过得惨极了。那些不劳而获的家伙都是社会的毒瘤，没办法医治，必须彻底切除。"

郭亮对王瀇欧说："学校是思想迸发的源地，社会是实践的天堂，你要走出校园，多实践，多贴近工人阶级，把思想和行动结合起来，这样才能把自己的革命素养提高，把外面的世界改造好。"

聊得一时兴起，郭亮掏出一个小本子，从衬衣口袋上取下一支钢笔，借着月光，唰唰唰地在小本子上写下了《爱国岂能怕挂头》一诗。这首诗后来发表在郭亮创办的《救国周刊》上，被革命群众广泛传颂，激励着湖湘儿女、华夏志士跟反动军阀作斗争。

写完后，郭亮站起来，用抑扬顿挫的声音，气度不凡的手势，给年轻的革命同志朗诵了起来：

湘水荡荡不尽流，
多少血泪多少仇。
雪耻需倾洞庭水，
爱国岂能怕挂头。

他们在晨曦中，太阳升起来的时候挥手告别。分手的时候，雷晋乾看着王瀇欧和陈香香，打趣地说："香香，你以后不用跟着我跑了，跟着潘欧就行了！潘欧，我代表党组织把香香交给你了，你也年纪不小了，可以讨老婆，为革命培养接班人了。"

听着雷晋乾的玩笑，陈香香的脸一下就红到了脖子上，她低下头，双手搓着衣角，默不作声。

王潘欧看了一眼陈香香，不好意思地笑了。

从那以后，郭亮、雷晋乾、王潘欧结成了"铁三角"，他们经常在一起谈理想，闹革命。在郭亮和雷晋乾帮助下，王潘欧立足湖南省公立工业专门学校，以演讲、讨论会、文化书社等丰富多彩的形式，组织同学们讨论国事，抨击时弊，把湖南省公立工业专门学校的学生运动搞得风生水起，为当时湖南省的工人运动和学生运动培养和输送了一批骨干力量。

1924年下半年，鉴于王潘欧的突出表现，他被湖南省学联、湖南省工会组织的学生和工人宣传队吸纳，从此有了更大的舞台，积极性更高了。针对当时长沙教会学校盛况空前的现状，王潘欧反对帝国主义的文化侵略，在长沙掀起了教会学校的学生转学高潮。

1925年，日本帝国主义和英国帝国主义在分别在青岛、上海屠杀工人、学生，制造了震惊世界的青岛惨案和五卅惨案，举国悲痛。两万多长沙工人、学生、市民在郭亮组织，雷晋乾、王潘欧协助下，成立了青沪惨案湖南雪耻会，郭亮任主席，领导工人罢工，学生罢课，市民罢市；王潘欧带着工人学生纠察队，昼夜执勤，到码头检查，严格执行与英日经济绝交八项公约。

规模浩大的革命运动让赵恒惕如坐针毡，他极力讨好英国和日本，出动军队，对工人、学生、市民进行恐吓、诬蔑、血腥镇压；光天化日之下，便衣在大街上肆意抓人，革命运动受到残酷打压，被迫转入低潮。

反动军阀的倒行逆施，让王潘欧备感无奈，也看清了现实，对实业救国从根本上产生了动摇。

1925 年底，王瀎欧从湖南省公立工业专门学校高中预科班以优异的成绩顺利毕业。三个月后，湖南工专、湖南法专、湖南商专三所高校强强合并，成立了湖南大学。

是继续学习深造，偏安校园，还是投身轰轰烈烈的革命洪流？

王瀎欧第一次面对艰难的抉择烦恼。从他个人前途来说，继续升学更重要，这也是父母的期望；从革命发展形势来说，时代需要他挺身而出，勇敢担当，时不我待。

经过一夜未眠的慎重考虑，王瀎欧毅然选择了后者。

想通了，一切豁然开朗，王瀎欧如释重负，他披衣下床，点亮煤油灯，在昏暗的灯光下奋笔疾书，写了一份热情洋溢的入党申请书，要求加入中国共产党。

天亮后，王瀎欧揣着入党申请书，心如鹿撞，一路小跑，找到雷晋乾，郑重其事地把入党申请书交给了他。

雷晋乾把王瀎欧的入党申请书转交给了党组织。

党组织的大多数同志对王瀎欧很了解，觉得他革命意志坚定，才华出众，品质优秀，是一个值得信赖的同志。

那一年，王瀎欧开始正式接受党组织的考察。

第四章　投笔从戎，如痴如醉

第一次国共合作，最大的行动、最丰硕的成果就是北伐战争。

在完成两次东征和南征，分别打败了叛乱的陈炯明和广东西南部地方军阀邓本殷，巩固了广东革命根据地后，为打倒帝国主义、封建军阀，把革命从广东推向全国，1926 年 5 月，国民革命军在广州誓师，挥师北上，开始了秋风扫落叶的北伐战争。

直系军阀头子吴佩孚成为北伐战争的第一个目标。两个月后，即 1926 年 7 月，北伐军拿下了湖南省会古城长沙。

这个消息让长沙沸腾了。北伐军进城那天，老百姓倾城而出，夹道欢迎，他们奔走相告，载歌载舞，有了终于苦尽甘来的感觉。

郭亮、雷晋乾、王瀓欧忙着组织工人、学生和市民欢迎北伐军进城，帮助维持秩序。

北伐军进城，意味着长沙革命成功了。

看着穿戴一新，步伐齐整，雄姿英发的北伐军，王瀓欧心潮澎湃，激动得热泪盈眶——等这一刻，盼这一刻，已经太久了。为这一刻的到来，王瀓欧曾经眼睁睁地看到自己的战友、兄弟姐妹蹲监狱、砍头颅、挨枪子。

城门打开，看着叶挺独立团雄赳赳气昂昂地开进来，王潆欧兴奋地想：这就是人民的军队，这就是革命的军队，这就是全新的军队！

王潆欧不知不觉地攥紧了陈香香的手，越来越用力。陈香香被他攥得生疼，但陈香香忍着了，没有抽手，没有吭声，她懂王潆欧，知道他此刻的心情。

看着叶挺独立团从身边经过，王潆欧突然想起了李清照的诗：生当作人杰，死亦为鬼雄。至今思项羽，不肯过江东。在那一刻，王潆欧突然觉得自己的人生应该重新规划了，他产生了投笔从戎、追随北伐军队、冲锋陷阵的想法。

事不宜迟，欢迎完北伐军进城返回，王潆欧要陈香香跟他一起去爬岳麓山，说有要事商量。陈香香有点儿累了，但她瞟了一眼王潆欧，看他欲言又止的样子，以为王潆欧所说的要事是革命成功了，准备向自己表白呢——这正是她期盼已久的，就愉快地答应了。

正值盛夏，阳光炙烤，长沙城热火朝天，但西郊的岳麓山却别有一番天地。山上树木郁郁葱葱，浓荫蔽日，清风从林间穿越，发出阵阵涛声，树荫下凉爽宜人，小草柔软，真是一个避暑的好地方。

两人不知不觉地爬上了山顶，也不觉得有多累。革命的成功，对爱情的憧憬，都让他们心情舒畅，精力和心情都被调整到了最佳状态。到了山顶，他们在一块干净的大石头上紧挨着，坐了下来，谈天说地，畅想人生。

快乐的时候，时光如飞。不知不觉，太阳落了下去，天色暗了下来。倦鸟归巢，洞穴里的虫子开始出来，四处活动。它们扯开喉咙，歌唱美好的夏日生活。

弯月如钩，月色暧昧，如同烛光；繁星满天，调皮如同躲在远处的眼睛，远远地窥视着这对人间恋人，不忍心惊扰。

"你不是有什么话要对我说吗？"看到王潆欧一直顾左右而言他，没有切入正题，陈香香按捺不住了，情不自禁地问。

王潇欧认真地看着陈香香，嘴唇嚅动，欲言又止。

陈香香被看得紧张起来，但更多的却是期待。她在心里嗔怪道：都把人家带到山顶上来了，都到这个夜深人静的时候了，都没有第三者在场了，你把那三个字说出来，就那么困难吗？

"我要去当兵，跟着北伐军，打倒旧军阀，解放全中国！"

迎着陈香香热切的目光，王潇欧知道她期待自己说什么，自己也想说，可从王潇欧嘴里说出来的话，却是那样不识时务，甚至大煞风景。

但王潇欧知道，其实对他和陈香香来说，说不说出那三个字，都是一样的。与其现在说出来，不如以后革命成功了（不止长沙），条件成熟了，再说不迟——看着北伐军气贯长虹，势如破竹，胜利或许指日可待，到革命成功那天，再跟陈香香说那三个字，可能是最好的时机，水到渠成，瓜熟蒂落。

尽管有些失望，但王潇欧把这么重大的人生选择第一个、第一时间告诉她，已经证明了自己在王潇欧心中的分量，陈香香充满了感激，她很知足了，她感动地把头靠在了王潇欧的肩膀上。

"好的呀，你去当兵，我也去；你当男兵，我当女兵。我们夫唱妇随，你在哪儿，我在哪儿。我们一起去当兵。"

冰雪聪明的陈香香十分巧妙地使用了"夫唱妇随"这个成语，希望继续引导王潇欧对自己有所表白——陈香香希望王潇欧在谈完革命理想和人生抉择后，能够回到她预设的正题上来。在陈香香看来，王潇欧都要去当兵了，就更应该把两人的关系确定下来，不要变了。

"战场上子弹不长眼睛，不像我这样懂得怜香惜玉。你一个女孩家，冲锋陷阵跑不到前面，抢不到功；撤退求生也是要落到后面，保不了命，当兵可真不适合你！"王潇欧不客气地否决了陈香香的想法，"你还是安心地留下来帮助晋乾哥和郭亮发动群众，做好支援工作，革命胜利不能没有稳固的大后方。"

"我才不要做你的稳固的大后方，我要跟你一起上战场，并肩作战！我只想跟你在一起，看着你，护着你，要生一起生，要死一起死。只有一起见证过生死的感情，才更加天长地久，坚不可摧！"

陈香香顾不了女孩的矜持，把期待王潏欧说给她听的，只好自己说给王潏欧听了。她知道王潏欧一进军营，要见一面就不容易了，更甭说像这样单独在一起无拘无束地谈情说爱了。

"你在我身边，可不是好事，会让我分心，影响我杀敌的态度和效率，也不利于我保护自己的安全！"

虽然王潏欧不希望陈香香去当兵，也没有直接回答陈香香关切的感情问题，但他用行动说明自己被陈香香感动了，他把她揽过来，拥进了自己怀里。

"六哥（潏欧在兄弟姐妹中排行第六），你还记得晋乾哥说的话吗？"

依偎在王潏欧怀里，陈香香意犹未尽，喃喃自语，委屈得眼泪都快掉下来了。陈香香知道战争的残酷性，正如王潏欧所说，子弹不长眼睛，对她一样，对他也一样。他们俩，无论是谁，只要上战场，就意味着生离死别。

王潏欧当然记得很清楚，这些天，雷晋乾对他们说的话一直萦绕在王潏欧耳边。晋乾说他已经不小了，到了娶媳妇，为革命培养下一代的时候了。

陈香香的提醒，让王潏欧心跳加速，脸上一阵阵发烫，发紧，喉咙干涩。

"等北伐胜利，革命成功，我们就结婚吧！"王潏欧就像做贼被抓一样，紧张得心都提到了嗓子眼，他惊慌失措地说。

说出这句话比做出投笔从戎的选择要艰难多了。王潏欧的声音很低很轻，低轻到话一出口就被夜风吹走了，消失了，只停留了一瞬间。

可就是这停留的一瞬间，陈香香还是捕捉到了。那一夜，陈香

香感觉自己等这句话就像等了一辈子。功夫不负有心人，陈香香还是等到了。

陈香香兴奋得调整了一下身体姿势，把头枕在王潴欧的腿上，用双手环住了他的腰。陈香香的头发披散开来，倾泻下去，把王潴欧的双腿都淹没了。

看着满天繁星，陈香香觉得它们在为自己发光；听着百虫歌唱，陈香香觉得它们在为自己高兴。

"你看，那颗是织女星，那颗是牛郎星。它们虽然隔得远，但能天天晚上遥遥相望，相印相守，千年万年不变，也是幸福的。"陈香香喃喃地说。

终于如愿以偿，等到了自己想要的承诺，陈香香高兴极了。她看着满天繁星，一遍又一遍地数着，不知不觉地睡着了，发出均细的鼾声。

这些天来，陈香香经历了自己一生中最惊心动魄、漂泊不定、辗转奔波的一段时光。作为一个二十岁出头的小女生，她又惊又怕，实在太累了，她太需要一个结实的肩膀、宽阔的胸膛靠一靠了，太需要安安心心地睡一觉了。

王潴欧把衬衣脱下来，轻轻地披在陈香香身上，自己光着膀子，任凭蚊虫叮咬。王潴欧久久地凝视着那张娇嫩漂亮的脸，不愿动弹，哪怕蚊虫叮咬得他难受极了，也全力忍着，生怕惊醒了陈香香。

夜里的风吹过来，王潴欧感到有了点凉意，但他心里是温暖的，热血是沸腾的，为即将到来的戎马生涯，为他与陈香香这份生死契阔的爱情；对他来说，革命也好，人生也好，感情也好，都将掀开崭新的一页。

这么一睡，就是一夜。直到晨曦微露，鸟儿欢叫着，从爱巢飞出，开始殷勤地觅食，陈香香才悠悠醒来。虽然不是睡在床上，但陈香香觉得这是她这一辈子睡得最安稳、最踏实的一个觉了。

醒来后，陈香香也没有动。她睁开眼睛看了看，发现王潽欧光着膀子，赤裸着上半身，他的衬衣披在了自己身上。王潽欧闭着眼睛，还在睡眠中。为守护陈香香的梦，王潽欧一直睁着眼，看着她，直到后半夜，实在坚持不下去了，才闭上眼睛，沉沉睡去。他的身上被蚊虫叮咬得满是大大小小的包，看得陈香香很是心疼——陈香香知道王潽欧的想法，蚊虫叮咬他了，就不会叮咬她了，他在保护她呢。

无情太阳有情郎。世间万物按照自己的规律运行，不因人的悲欢离合而改变。太阳从地平线上跃起，冲进云海，挣脱云海束缚，喷薄而出，悬在头上。刺眼的阳光照到身上的时候，王潽欧才蓦然惊醒，睁开惺忪的睡眼——他希望醒在陈香香之前，让她一睁眼就看到自己醒着。但陈香香早就醒来了，王潽欧感觉有些内疚，但没有道歉。因为他知道，他和陈香香之间，已经心灵相通，用不着繁文缛节了。

真是甜蜜幸福、让人流连的一个晚上。两人深有同感，会心一笑，几乎同时起了身。两个人站起来，手拉着手，肩并着肩，彼此依靠着，看着日出，看着太阳冉冉升起。

"真是太美了，要是有人给我们照一张相就好了！"陈香香感慨地说。

"就把这一刻记在我们心里，用我们的心给这一刻拍个照吧。无论走到哪里，无论发生什么，我们都不要忘了这一刻！"王潽欧看着陈香香，认真地说。

"嗯，六哥说得真好，肯定是忘不了的！我们把这一刻永远地留在我们心灵的底片上，直到我们白发苍苍，变成了走不动的老头子、老太婆！"陈香香开心地说，阳光温柔地照在她脸上，给她脸上涂了一层淡淡的金黄，就像化了妆，恰到好处，一切都是那么美不胜收。

北伐虽然进了长沙城，但放眼全国，革命尚未成功，同志仍需努力。各有各的事要干，各有各的路要走，不能因为儿女情长耽搁了风雨兼程。他们看了一会儿日出，就手牵手，下山去了。在岳麓书院门口，他们挥手告别，各忙各的去了。

王潆欧直奔北伐军的长沙驻地，准备报名当兵。但北伐军驻地戒备森严，两边都有哨兵把守。王潆欧在驻地前徘徊，看到站岗的哨兵对他投来怀疑和警惕的眼光了，王潆欧才鼓足勇气，跑过去，大声地对哨兵："我要当兵！"

两个哨兵看了王潆欧一眼，严肃地问他有没有熟人，进军营需要熟人引领。王潆欧没有熟人，哨兵没有让他进去。王潆欧不甘心，他是铁了心要当兵。他没有马上离开，站在军营边耐心地守候，认认真真地盯着每一个进出军营的人，希望奇迹出现。

皇天不负有心人，奇迹果然来了。两三个小时后，从军营里走出来一个满脸严肃、腰挎驳壳枪、英姿飒爽的军官。王潆欧觉得那军官十分面熟，揉了揉眼睛，再仔细一看，他激动得心都快蹦出来了。

几乎在同一时刻，那个军官看到了王潆欧，也惊呆了。他们都不敢相信自己的眼睛，迟疑了片刻，几乎同时，向着对方快步跑去。他们一边跑，一边激动地喊叫：

"哥——"

"书铨——"

相遇了，两人紧紧地拥抱在一起，欢呼雀跃，大呼小叫——天下就有这么巧的事，王潆欧等到了自己的三哥王驭欧。

兄弟俩已经三年多没有见面了。王驭欧从祁阳高小毕业后，一心向往革命，就南下广州，报考了黄埔军校，成了黄埔军校第一期学员。王驭欧分在第四军，这次也随军北伐了。

"书铨，你长高了，长大了，成人了，可以为国家、为人民做些事情了！"王驭欧看着弟弟说。

"我一直都在从事革命工作呢，跟你一样！"王潆欧很不服气地向兄长汇报，他马上又调皮地补充说，"你满脸胡子了，都让我差点认不出你来了！嫂子没跟你一起来吗？"

"太忙了，没有时间修边幅！等北伐成功后，我就把胡子好好刮刮，"王驭欧尴尬地说，"你嫂子在后方随军医院做医生。"

"那蛮好的，都夫唱妇随了，一对让人羡慕的革命夫妻！"王潘欧说，"哥，打仗亲兄弟，上阵父子兵。我也要当兵，跟你一起打军阀，闹革命！"

王驭欧再次认真地打量了一下自己的兄弟，觉得他太年轻了，身体太单薄了，瘦得就像家乡四明山上的一根营养不良的竹笋，仿佛经不起革命的暴风骤雨。

"革命不是冲动，不是闹着玩的，你好好念几年书再说。"王驭欧劝道，"我已经在部队了，家里总得有人在后方，父母年纪大了，也需要照顾。"

"我已经毕业了，我要跟您一样，当兵打仗，流血流汗，救国救民！"王潘欧执拗地说。

"好吧。"王驭欧看弟弟就像家里那头犟牛，难以驯服，知道没法改变他的主意，只得服软，"我给你写一封推荐信，你去找邓演达同志，他在负责管理征兵工作。"

王驭欧把王潘欧带进了军营，他取出笔墨纸砚，龙飞凤舞地写了一封推荐信。王驭欧把信折好，装进了一个部队的专用大信封，递给弟弟，同时又提出来一个条件："这么大的事，你得告诉父亲，征询一下老人的意见。"

"好呢！"王潘欧接过信，兴奋极了。

王驭欧叫来自己的勤务兵，吩咐他带王潘欧去找邓演达。

虽然王潘欧满口答应了哥哥给父亲写信征询意见，但信是写了，可除了问候，王潘欧把自己当兵的事隐瞒了，只字没提，因为他知道，父亲可能不会同意他当兵打仗。父亲只希望他读书出来，找一份稳定的工作，找一个贤惠的姑娘，结婚生子。所以，王瀚欧只得先斩后奏了。

邓演达是广东惠州人，1895年出生。邓演达早年追随孙中山闹革命，深受孙中山赏识。1926年，邓演达刚过而立之年，就已经身居要职，成为国民革命军总政治部主任，是北伐军的主要指挥者之一。

看到英姿勃发，一身戎装，威风凛凛，传说中的邓演达，王瀚欧有些紧张，更多的却是羡慕和敬佩，他希望邓演达收下他，带着他好好干革命，将来他也做一个像邓演达那样伟大的革命者。

邓演达快速认真地看完推荐信，并没有马上答应王瀚欧。他上下打量了一下王瀚欧，很不客气地说："你一个文弱书生，太瘦了，拼刺刀干不过敌人，逃跑跑不过子弹！"

王瀚欧一听这话就急了，他嚷道："瘦有瘦的好处，机动灵活，打仗要巧干，不能蛮干，更不能当逃兵！只有保护好了自己，才能更好地消灭敌人，况且我身手敏捷，一般人打架，两个人一起上，我都不怕，我们中和堂村的大地主王宝田谁都不怕，就怕我呢！"

这倒是稀罕事，老谋深算的王宝田怕书生意气的王瀚欧？邓演达不相信地问："王宝田怕你，是因为有你哥为你撑腰吧？"

祁阳农民运动闹得轰轰烈烈，王宝田被处死，邓演达知道，他看过雷晋乾写的工作汇报。

听邓演达这么说，王瀚欧不高兴了，他分辩说："我哥和王宝田没有冲突，我和王宝田有冲突，王宝田是真心怕我，我写对联骂他，我做游戏枪毙他，我破坏他纳妾的美事，他恨死我了。不信，你可以问我哥。我也能打，不信叫你勤务兵，跟我认真打一架。我赢了他，我当你的勤务兵；我赢不了他，我不当兵了！"

王瀚欧的回答把邓演达逗乐了，他把自己的勤务兵叫了进来。王瀚欧一个箭步，蹿上去，抓住勤务兵就是一个倒背摔。勤务兵猝不及防，被不明不白地摔倒在地，半天爬不起来。

邓演达被王濬欧的表现逗得哈哈大笑，他边笑边摇头说：“他还没准备好，不算，不算，重新再来！”。

王濬欧也不含糊，生怕打不过勤务兵，邓演达不要自己了，他说：“君子一言，驷马难追！再说了，都是当兵打仗的，常言说，兵不厌诈，结果是我赢了！”

这个机灵的年轻人的表现，让邓演达彻底动心了，但他继续问：“你好好的书不念，为什么非要参军、当兵打仗呢？”

王濬欧说：“长官，我已经顺利完成学业了，现在一心只想革命。不打倒帝国主义，不打倒反动军阀，农民没地种，工人没工做，学生没书读，国都不国了。我希望以后的中国是农民有地种，工人有工做，学生有书读，老有所终，壮有所用，幼有所长。要实现这个理想，需要我们革命者打破旧世界，建立新政权！”

邓演达满意地笑了，能有这种觉悟来报名当兵的为数不多，他问：“子弹不长眼睛。你一个文弱书生，不怕吗？”

王濬欧说：“我哥也是一个读书人，长官您也是一个读书人。你们都不怕，我怕什么！大丈夫一生当马革裹尸，轰轰烈烈，岂因祸福避趋之？北伐是革命，很多革命军人都是读书人出身，他们能当兵，为什么我这个读书人就不能了？”

邓演达彻底刮目相看，心满意足了，他伸出拳头，重重地捶在王濬欧的胸脯上，高兴地说：“好，年轻人，有志向，有才华，觉悟高，不简单，我收下你啦！明天你去长沙新兵速成训练处报到，新兵训练结束，你去第四军十二师做宣传工作。我们就缺你这样能想能说能写的思想宣传鼓动家！”

什么？不是端枪打仗，冲锋陷阵，英勇杀敌，而是说说、写写、画画？

王濬欧对邓演达的工作安排很不满意，他来当兵，就是奔着骑马端枪、冲锋陷阵、英勇杀敌来的，而不是来当一个宣传兵、上不了战场的，王潇欧大失所望。

王潇欧的不满被邓演达看在眼里，他笑着对王潇欧说："小子，你不要小看了宣传工作，它是一部机器上的发动机，机器能不能转动起来，发动机起关键作用。不是每个人都能做好思想宣传工作的，没有两把刷子，宣传工作是做不来的。部队在前线前锋陷阵，多你一个不多，少你一个不少。但部队的思想工作，宣传工作做好了，部队的士气就上来了，所以，思想宣传工作做得好不好，比你一个人在战场上冲锋陷阵作用大多了。这个工作，别人做不来，我看你是轻车熟路。听说你在长沙的工人学生中宣传工作做得很到位，成绩很好，名气很大。"

邓演达一席话拨云见日，让王潇欧茅塞顿开，他对部队的思想宣传工作有了新的认识。

王潇欧不再坚持当兵一定要冲锋陷阵，宣传兵就宣传兵，看样子，邓演达的国民革命军总政治部主任也是一个宣传兵，是北伐部队中的最大的宣传兵。告别邓演达，王潇欧高高兴兴地前往长沙新兵速成训练处报到。

在新兵登记的时候，书记员程序性地问他姓名，王潇欧没有马上回答，他认真地思索了一下，响亮地答道："王如痴！"

书记员抬起头，满腹狐疑地看着王潇欧，说道："邓长官不是说你叫什么王潇欧吗？"

王潇欧站直身子，毕恭毕敬地回答："报告长官，我以前叫王潇欧，从今天报到起，我把王潇欧改成王如痴啦！"

书记员笑了，说道："嗯，看起来是有点儿痴痴呆呆的，王如痴更合适，说说看，你为什么要改名字？"

王潇欧说："报告长官，不是痴痴呆呆的'痴'，是如痴如醉的'如痴'。新名字代表一个全新的开始！我对革命工作如痴如醉。所以，以后就叫王如痴啦！"

书记员看了王潀欧一眼，满意地在新兵花名册上，工工整整地写下了"王如痴"三个字。

"给你一天时间处理好自己的事情，后天八点前来报到，开始新兵训练！"书记员对王如痴说。

终于如愿以偿当上兵啦，终于成为北伐军中的一员啦，还和叶挺独立团都是第四军的！

王潀欧兴高采烈地离开了长沙新兵速成训练处，去找陈香香——他得向她告别，同时把这个好消息跟她分享，不是还有一天嘛，这一天就陪陈香香过了。

王如痴把陈香香约了出来。走着走着，他们来到了湘江边上。

正值多雨季节，湘江涨水了，江水浩浩荡荡，滚滚北去；惊涛拍岸，卷起千堆雪，甚是壮观。

他们在湘江边上站立。

王如痴看着陈香香，一本正经地说："香香，我当上兵了。不过，以后你来部队找我，如果报王潀欧，你就找不到人了。"

"恭喜你，终于如愿了。"陈香香一边替心上人高兴，一边紧张地问，"那我该说找谁？"

王如痴说："你就说找王如痴！"

陈香香皱了皱眉，说："改名啦？我觉得王潀欧挺好的，有文化底蕴，又洋气，中西合璧。你当兵就当兵，当个兵还把父母起的名字改掉了？"

王如痴兴致勃勃地说："对！当兵是我人生中的一个重要里程碑！我对革命是如痴如醉，准备奉献一生！为明志，勉励自己，我就把名字改了。"

陈香香半开玩笑半认真地说："你真是一个痴心汉子！希望你对革命如痴如醉，对爱情也这样！"

"能两全其美是好事。如果不能，嘿嘿——"王如痴狡黠地笑了。

61

"如果不能，你想怎样？"陈香香紧张地问。

"生命诚可贵，爱情价更高。若为自由故，两者皆可抛。"王如痴给陈香香背了一首诗，继续说，"爱情是很美好，革命是为了让更多相爱的人能够更美好地生活在一起！"

"你的心胸倒是蛮宽广的，心里只有天下百姓；可我也没那么自私，一心只想着自己，只想着我们两个呀！"陈香香分辩说。

两个年轻人看着对方，心领神会地笑了，他们的意见高度统一了。

"娘送你的那把木梳呢，你带了吗？"陈香香突然问。

陈香香叫得很自然的那声"娘"，让王如痴感觉很受用：香香已经跟着他称呼家人了，一点不自然的感觉都没有。

但王如痴没弄明白陈香香是什么意思，感觉有点错愕，他以为临别在即，陈香香向他要木梳，作为定情信物来看。

"带了，那把木梳，我时刻都带在身上。"王如痴如实回答。

王如痴把木梳掏出来，递给了陈香香。

陈香香没有接，她看着王如痴，嗔怪道："我才不夺人所爱，不夺人所好呢，木梳是娘送给你的，你自己留着。你明天就要去当兵了，我给你一个机会，你给我梳梳头，留个念想！当年你离开家乡，是我给你梳的头呢！"

江面上帆影重重，岸边人来人往。王如痴左右看了看，感到四面八方的人都在看着他们，觉得有点难为情——在那个年代，两个年轻人肩并肩地站在江边，就已经有点出格，被人视作异类了。

"等以后吧。"王如痴婉拒了陈香香，"那么多人看着我们，多不好意思呀，以后我们有的是机会。"

陈香香颇感失望，但她没勉强，虽然她很想，但她更尊重王如痴的决定。

王如痴看出了陈香香的不快，希望给她补偿，让她高兴高兴。

"我见到我哥了，你不是也想当兵吗？"

陈香香的眼睛亮了，高兴地问："我当兵，你找到门路了？"

王如痴说："门路是有，而且把握很大，还很安全，不用担心挨枪子。我嫂子在随军医院，我们去找大哥，看他能不能给嫂子说说情，把你收下，让你跟着她做军医，这样我们以后见面就容易了。"

"那太好啦！"陈香香出其不意地在王如痴脸上亲了一口，打趣地说，"不过，我可不愿意在医院见到你，在前线打仗受伤，缺胳膊断腿的军人才被送到医院来。你当兵，我希望你健健康康，无病无伤，永远不要到医院来！"

两人说走就走，当即就去军营找王驭欧。

见到两个有说有笑、情投意合的年轻人，作为过来人，王驭欧一眼就明白了他们的关系。他是看着他们一起长大的，也觉得两人郎才女貌，十分般配，王驭欧由衷地为他们高兴。

可王驭欧不希望陈香香到随军医院。在他看来，军队医院太残酷，太血腥，见多了，待久了，让人心理承受不了。王驭欧觉得自己老婆就有点难相处。作为兄长，王驭欧希望陈香香有更加稳定轻松的工作，希望他们俩有美好幸福的生活，而不是像自己和老婆一样，离多聚少，见面了还没什么话说。

可是两个年轻人不达目的不罢休，王驭欧被缠得没有办法，只得带着他们去了随军医院。

王驭欧没有找自己老婆，而是直接找了院长，他和院长关系好着呢，自己老婆的工作也是他找院长安排的。

前方战事吃紧，每天都有军人伤亡，医院里伤病员人满为患，医务人员忙得团团转，极缺护理人员。

王驭欧一说，院长看了陈香香一眼，啥也没说，就满口答应了。

陈香香也是如愿以偿，顺理成章地成了北伐部队的一名随军医务工作者。

第五章　临机献计，毅然入党

在革命统一战线作用下，人民群众的积极性被充分调动起来。北伐战争的节节胜利，也让他们看到了希望。工人、农民、学生、商贩、知识分子等纷纷行动起来，支援北伐。全国革命气氛高涨，革命形势一片大好。

北伐部队乘胜追击，1926 年 8 月，打到了湖北省蒲圻县（今咸宁市）境内的汀泗桥。

汀泗桥在粤汉铁路线上，是一个举足轻重的军事要隘，是武汉三镇的南大门，地理位置非常重要。攻克了汀泗桥，就意味着决战武汉，距离实现北伐战争的首个目标指日可待了。

汀泗桥东面高山，其他三面环水，地势险要，易守难攻。攻打汀泗桥的时候，正逢大雨，水位陡然暴涨。水位暴涨加固筑牢了汀泗桥的天然屏障，对守军防御有利，却极大地增加了北伐军的进攻难度。

但攻打汀泗桥意义重大，只要拿下汀泗桥，武汉三镇就门户洞开了。

老谋深算、负隅顽抗的直系军阀头子吴佩孚深知汀泗桥意义重大，对这一仗十分看重，在那弹丸方寸之地，精心部署了两万精兵驻守。对每支派往汀泗桥参战的部队，吴佩孚都要去慰问和动员。他对部队说，汀泗桥战争打响的时候，他要前往汀泗桥，亲自督战。

汀泗桥是块难啃的硬骨头。不出意外，攻打汀泗桥的重任还是落在了第四军头上。接到命令，第四军代理军长陈可钰紧急召开了临时军事会议，商讨作战方案。临时军事会议上，军官们认真地研究了一下地图，各抒己见，最后一致认为，要攻打汀泗桥，得首先拿下中伙铺火车站，切断汀泗桥守军的退路和援军。中伙铺火车站距汀泗桥三十公里，是其连接外界的唯一交通枢纽。只要攻克中伙铺火车站，汀泗桥守军就成了瓮中之鳖，战略物资和援军进不来，汀泗桥的守军也无路可退，从根上动摇汀泗桥守军的军心，搅乱其士气。

对中伙铺火车站的重要战略意义，吴佩孚心知肚明，他在中伙铺火车站足足部署了一个团的精兵强将。这个团的武器先进，装备精良，是吴佩孚的嫡系部队，战斗力极强。

负责侦察敌情的人员在会议上把中伙铺火车站的兵力和工事部署情况大致一说，大家就低下脑袋，默不作声了。都是行伍出身，他们都知道中伙铺火车站一仗很不好打，光行军就让部队受不了。受命部队必须在三十个小时内强行军一百多里路，路上要翻越三座高山，横渡两条河流。在这个行军途中，随时都有可能与溃敌相遇或被南下支援的直系部队主力咬住，导致全军覆没。

陈可钰在会议上连问了三遍，一遍比一遍语气重，一遍比一遍烦躁。但与会的军官都躲开了他的目光，把眼睛转向别处，只有独立团团长叶挺身姿挺拔地坐在那儿，目不斜视。北伐战争，一路上都是叶挺独立团冲锋在前，陈可钰有点心不忍。但没办法，最后陈可钰还是把目光落在了叶挺身上。

本来叶挺独立团准备夜间进攻，但被中伙铺火车站的守军发现了，战斗提前在下午打响。这是叶挺独立团在北伐战场上碰到的又一场硬仗。中伙铺火车站守将赵精明，人如其名，为人精明，他早就筑好了牢固的工事，守株待兔，以逸待劳，准备跟叶挺独立团打消耗战。

赵精明命令士兵待在牢固的工事里，据险固守，只守不出，只防不攻。守军密集的枪林弹雨把叶挺独立团的官兵们压制在铁路路轨和铁道两旁，头都抬不起来。叶挺独立团伤亡很大，寸步难行。

半夜三更，辗转难眠的王如痴披衣下床，偷偷地溜出宿舍，来到了操练场上。

四周黑黢黢的，透过黑黑的天空，可以看到中伙铺火车站方向，天空被战火烧得一片通红，王如痴仿佛听到了枪炮声隐约传来。

看到师部作战指挥室还亮着灯，看着师长的身影在走来走去，王如痴知道师长还要为前方战事操劳，与自己一样夜不成寐。他情不自禁地向作战室指挥室走去。

王如痴给站岗的哨兵打了声招呼，在门口喊了声"报告"，就径直进去了。

看到负责宣传工作的新兵蛋子王如痴闯了进来，正烦着的张发奎更不耐烦了，他大手一挥，示意王如痴出去，不要影响他思考和判断。

没想到王如痴很不识趣，大声地说："报告长官，我睡不着，我要上战场！"

又来了！张发奎皱了皱眉，很不高兴地说："前方战事吃紧，胶着得很，你一个宣传兵，不安分守己，这个时候要求上战场做什么？"

虽然心里不耐烦，但张发奎嘴上说话还是留有了余地，毕竟大家都是革命同志，都在为革命工作，作为长辈和长官，张发奎不忍心打击这个年轻人的积极性。

"中伙铺火车站久攻不下，前方战士一定十分焦虑，这个时候，思想工作更加重要；再说了，没有上火线亲身经历过战争，闭门造

车，写出来的宣传标语和文章都空洞无物，是在无病呻吟，不深刻，不生动，说不到官兵们心坎上，激不起他们的斗志，经不住战争检验！我上战场，说不定还能帮上忙！"

王如痴不管三七二十一，一口气说了一大通。

还真是做思想宣传工作的一块好材料，张发奎有点心动了，除了叶挺独立团，张发奎还没见过这么积极主动请战的年轻人，这点让他欣赏，觉得王如痴是一块璞玉，玉不琢，不成器啊。

王如痴一番话让张发奎认了真，他激将道："你上战场能帮到忙吗？是帮倒忙吧！年轻人真有点不知天高地厚。如果你帮我解决了眼前这个难题，我派副官亲自送你上前线找叶挺团长。"

"真的？"王如痴兴奋地问。

"我是军人，是你长官，军中无戏言。"张发奎笑道。

张发奎示意王如痴走到作战地图前，跟他一起商量对策。

张发奎用手上的笔在军用地图上敌我双方的位置画了两个圈。

此刻，苦闷无助的张发奎还真对这个年轻人燃起了希望，三言两语下来，他觉得王如痴思路开阔，头脑灵活，说不定真能想出办法来——实在没招的张发奎，只能把死马当活马医了。

看着军用地图，王如痴陷入了沉思：从地图上看，地面进攻是一个解不开的死结，除非有空中力量。

过了好一会儿，王如痴说话了："从地图上看，独立团地面上前进的道路都被敌军火力封锁了，很难找到突破口，要是有飞机支援就好了！"

"这就是我军的难关，我的难处！"张发奎说，"飞机是不可能有的，这个梦就别做了！"

张发奎有些失望，但他还是对年轻人充满了赞赏，他们毕竟想到一块儿去了。他是一个久经沙场的老兵了，而王如痴才是一个刚走出校门、刚当上兵的年轻人，看地图能说出这份见识已经不错了，比自己当年要强，真是后生可畏啊。

"既然如此，为什么不考虑从地下进攻？"王如痴反问。

这倒是一个好主意，这句话问得张发奎兴奋了，感觉眼前一亮，茅塞顿开，感觉思路受到了启发。张发奎似有所悟地接过话茬："从地下挖地道进攻？"

王如痴摇摇头，说："挖地道太慢了，地道还没挖好，战斗就结束了。"

这是事实，也是张发奎担心的。他知道王如痴所说的"战斗结束"就是意味着叶挺独立团战败。

可如果不挖地道，难道这小子能变戏法，变出地下通道来？

张发奎望着王如痴，眼睛发亮，他问道："不挖地道，你有办法？"

王如痴说："我想应该是有的。长官，您想想看，中伙铺火车站是交通要道，湖北经常下大雨，容易冲毁路基路轨。按道理，为防止大水破坏铁路，工程师在设计建造时，是在中伙铺火车站这一段铺设了排水系统的，而且应该很发达。如果我们能够找到下水道，就可以从地下神不知鬼不觉地摸上去，打敌军一个措手不及！"

这个分析让张发奎两眼放光，他伸出手来，重重地拍在王如痴的肩膀上，赞赏地说："很有道理，小伙子，很不错！成败在此一举了。这个任务就由你来完成，你负责找到下水道，并把这个重要信息告诉叶挺团长！"

张发奎叫来副官，安排了一辆军车和十多个士兵，协助王如痴找中伙铺火车站的下水道。

事不宜迟，一伙人连夜出发，直奔前线。

他们到达中伙铺火车站的战场外围，天刚蒙蒙亮。王如痴让副官和士兵在车上等他，自己一个人下了车，敲开了一户老百姓家的门，一个老汉满脸惊恐地看着一身军装的王如痴。

中伙铺火车站的战斗打响后，村上男女老少害怕战火，都吓得躲到山上去了，老汉家里只有他一个人留守。

"老伯，您不用怕，我是国民革命军，劳苦大众的部队。请您帮个忙，向您打听个事。"王如痴心平气和地对老汉说。

见王如痴态度很好，没有恶意，没有坏心眼，跟平时见过的凶巴巴的直系军阀的兵痞截然不同，老汉放下心来，态度也温和了，他小心地说："长官不客气，什么事，你说。"

"我们在攻打中伙铺火车站，反动军阀很顽固，久攻不下，我们被堵在路上，伤亡很大，需要想其他办法。中伙铺火车站有下水道吗？"王如痴问。

"有的，有的。"老汉忙不迭地说，"当年修建中伙铺火车站的时候，我还年轻，是其中的一个工人，我知道下水道的入口和出口，我带你们去！"

"那太好了，多谢老伯，战争胜利后，我叫叶挺团长给您奖励！"王如痴说。

"奖励就算了，你们为我们老百姓好，为我们流血打仗，献出生命，我带个路是举手之劳。"老汉说。

老汉跟在王如痴后面，一起上了车，向炮声隆隆的前线奔去。

有张发奎的副官通融，他们一路畅通无阻，直奔叶挺独立团前线指挥所。

为战事胶着、焦头烂额的叶挺团长正无计可施，听到王如痴说有下水道直达中伙铺火车站，顿时眉开眼笑了。叶挺把一百多名敢死队队员从前线撤了下来，让他们跟着老汉，进了下水道，直插中伙铺火车站。

王如痴请求上战场一线体验。叶挺满口答应了，又怕他有闪失，给他派了自己的一个贴身警卫保护他，让警卫带着王如痴上一线。

叶挺卸下腰间的驳壳枪，递给了王如痴，作为战场上防身之用。

"战斗结束了，把枪还我。到了前线，你给我传个话，叫他们暂停猛攻，半小时后里应外合，但在这个过程中，进攻不要停，枪要继续打，炮要继续放，尽可能地分散敌军注意力，给敢死队争取时间。"叶挺吩咐王如痴。

王如痴领了命，跟着警卫员直奔一线。

王如痴是第一次上战场，看到堆在地上、伤痕累累的尸体，看到断胳膊断腿、不住哀号的伤员，看到身边不断有战友倒下，听到子弹从身边呼啸着飞过，听到炮弹在身边轰的爆炸，王如痴感到了战争的残酷性。起初有点紧张害怕，但他马上就镇定下来，视死如归了：革命是要流血牺牲的，流谁的血，牺牲谁的命，都一样。自从参加革命那刻起，王如痴就做好了流血负伤，甚至牺牲的心理准备！

王如痴找到前线指挥官，向他传达了叶挺团长的命令。前线指挥官正在为叶挺在胜负未分的关键时刻把敢死队从一线抽走，窝了一肚子气，但听到调走的敢死队是从下水道直插敌人心脏，不由得眉开眼笑了。凭经验，他知道战争的转折点要来了！他命令士兵躲在掩体里，不要强攻，不要露面，不做无畏牺牲，但要不停地射击以为佯攻，分散敌军注意力，等听到车站里敢死队的信号枪响了，再里应外合，前后夹击。

战斗打了一个下午，双方都很疲惫。中伙铺火车站守军见北伐军的进攻慢了下来，就有些松懈，赶紧抓住机会打个盹儿，吃点东西，补充体力。

这时候，北伐军阵地上热闹起来，有人送弹药、食物和水来了。战士们饥渴难耐，趁机休息，吃东西，补充体力，为即将到来的决战养精蓄锐。

让王如痴惊喜万分的是，领着革命群众送弹药补给的，居然是郭亮和雷晋乾——他们带着工人、学生和市民，手提肩扛，拿着东西，上前线慰问来了。

三个老朋友在战场上相见，激动得紧紧地拥抱在一起，在掩体后面连蹦带跳。

"如痴，看到香香了没有？"雷晋乾问。

"香香在后方医院呢，估计此刻也在忙着护理伤病员！"王如痴自豪地回答。

"不，香香也来一线了，前方的卫生员忙不过来，她请求上前线来了。见到你，我们还以为你们是商量好的呢。看来，你们这对革命伴侣是心有灵犀，想到一块儿去了！"郭亮说。

"香香也来了？她在哪儿？"听到香香上前线来了，王如痴的脑袋嗡的一声大了，那颗心蹿上了嗓子眼。枪炮无眼，他得早点找到香香，把她保护起来。

王如痴招呼都没跟雷晋乾和郭亮打一下，就冲进了枪林弹雨中，心急如焚地找起陈香香来。

王如痴找到陈香香的时候，她正在给一个胳膊受伤的士兵包扎伤口，子弹卡进了骨肉里，伤员痛得嗷嗷直叫唤。

手忙脚乱的陈香香头发凌乱，衣衫不整，脸上和身上沾满了泥巴和血渍。但这个"肮脏"的陈香香在王如痴眼里，格外美丽，妩媚动人，让人感动，让人怜爱。

见到陈香香，王如痴眼里霎时蓄满了泪水。

见到王如痴，陈香香也是愣了一下，很快就热泪盈眶了。

战场上相遇，两人都很激动。

"别傻看了，快帮个手！"陈香香吩咐王如痴。

王如痴赶紧把驳壳枪插进腰带里，听从陈香香的指挥，做起了助手。

伤员包扎完，王如痴拉起陈香香就往后撤。

"你不在后方医院待着，来前线做什么？"王如痴大声问。

战场上枪炮声太大，只有大声，对方才能勉强听得清楚。

"你不在十二师政治部待着，来前线做什么？"陈香香大声地反问。

他们都在为对方担惊受怕，怕不长眼睛的子弹和炮弹。

"我是来实地体验战争，帮助作战，出主意来了！"王如痴说。

"我说过，你在哪儿，我在哪儿。你来了，我就来了。我们要生一起生，要死一起死。冥冥中都是天注定的！"陈香香调皮地答。

"不要贫嘴了！"王如痴急了，战场上可不是谈情说爱的地方，他命令陈香香，"快撤到指挥所去，注意保护好自己！"

"伤病员太多，我撤不了！"陈香香大声说。

既然谁也说服不了谁，那就既来之，则安之。两人开始默契配合，救死扶伤。

这时候，从下水道进攻的敢死队已经成功地冲进了中伙铺火车站，发起了进攻，从火车站中心传来了密集的枪声；冲锋号吹响了，独立团战士纷纷跳出掩体，边喊边打，边打边冲，与敢死队里应外合。

中伙铺火车站的守军也急了，负隅顽抗，垂死挣扎，两面作战，战斗更加激烈了。

突然，一颗炮弹呼啸着，画着弧线，向王如痴和陈香香的方向飞过来。

陈香香眼疾手快，用力一推，与王如痴同时跌倒在地。陈香香在上，王如痴在下，陈香香覆盖在王如痴身上。

炮弹轰的一声在他们身边爆炸，发出震耳欲聋的声音。炮弹爆炸掀起来的黄土，落下来，把他们覆盖了起来。

王如痴和陈香香都被炮弹震晕了，昏迷了过去。

这是中伙铺火车站守军打出的最后一颗炮弹。炮弹爆炸后，天也亮了，一轮红日从山顶上一跃而起，红彤彤的，霞光万道，给山川河流披上一层喜洋洋的金黄。

炮声停了，枪声稀了，喊杀声没有了，中伙铺火车站战斗结束了，守军缴械投降，叶挺独立团胜利拿下了中伙铺火车站。

王如痴被人猛烈摇醒的时候，已经在叶挺独立团的指挥所了。王如痴被炮弹爆炸的强大冲击波震晕了过去，但没受什么伤——他身上完好无损，连皮外伤都没有。这让叶挺、郭亮、雷晋乾、副官等围在王如痴身边干着急的人如释重负。

看到王发痴睁开眼睛，一张张熟悉的面孔灿烂地笑了。

"香香呢？"醒来后，没看到陈香香，王如痴紧张极了，第一句话就问，他记得香香把他扑倒，用身体做了自己的掩体。

"陈医生没伤着要害，就是被震晕了，脸部受了伤，被送到后方医院去了。"副官说。

"伤得严重吗？有没有生命危险？"王如痴松了口气，但语气和心情还是紧张。

"说不准，她的伤不轻也不重，但可以肯定没有生命危险。"副官说。

雷晋乾看着王如痴，欲言又止，最后还是没能忍住，"香香是伤在脸上，恐怕要破相。"

破相没关系，只要人活着就好，何况陈香香是用她的破相来挽救、换回了自己的生命。王如痴想。

第一次上战场，就感受了战争的残酷和无情。在战斗中，能活下来就好，就是苍天有眼，祖上烧高香了。

他和陈香香都上了战场，都没有生命之忧，这是天大的好事。王如痴那颗悬着的心放了下来，他情不自禁地长舒了一口气。

叶挺独立团攻下中伙铺火车站，王如痴功不可没。张发奎发电报给叶挺，要他给王如痴记上大功一件，好好表彰。

看到王如痴醒来，叶挺十分高兴，对他说："如痴，你很有军事才华，比很多黄埔军校的毕业生都强，在师部做宣传工作，太委屈你了，就留在我们独立团吧，做我的高参，我们一起打到武汉去，活捉吴佩孚！"

能跟随北伐先锋叶挺独立团一起行动，正是王如痴梦寐以求的，他一骨碌爬起来，下了床，啪的一声立正，对叶挺行了一个标准的军礼，高兴地说："谢谢叶团长收留，那我就留在独立团，一边做您的参谋，一边做好我的本职宣传工作。"

　　郭亮和雷晋乾都为王如痴立下大功高兴，他们向叶挺团长报告说，党组织正在考察王如痴呢。

　　叶挺听了，更高兴了，他说："还考察个屁！没想到我们还都信仰一个主义呀！我来做主，择日不如撞日，现在就让王如痴在战场上入党，这既是对王如痴同志的最好奖励，也用王如痴同志入党这件大事来庆祝中伙铺战争的胜利！这个日子，这个场合，这两件事都有特别联系，都有特殊意义！我代表党组织批准王如痴同志加入中国共产党，你们俩做他的入党介绍人！"

　　王如痴更加兴奋了，他举起拳头，在叶挺、郭亮和雷晋乾等同志的共同见证下，在叶挺指挥所的党旗下庄严宣誓，成了一名光荣的中国共产党党员。

　　中伙铺火车站战争的胜利，为攻克汀泗桥奠定了基础，开了个好头。随后，叶挺独立团一鼓作气，冲锋在前，帮助北伐军相继攻克了汀泗桥和贺胜桥，为最后攻打武汉扫清了障碍。

　　1926年9月，北伐军开始攻打武汉，第十二师攻打武昌宾阳门。城内守军非常顽固，凭借坚固工事拼死抵抗，北伐军两次冲锋都以失败告终，伤亡较大。在战场上，王如痴目睹身边的战友一个个倒在冲锋道路上，心如刀割。

　　为更好地鼓励官兵冲锋陷阵，奋勇杀敌，在张发奎和叶挺支持下，王如痴创办了一份战地简报。在简报创刊号上，王如痴树了一个典型，刊登了叶挺独立团一营营长曹渊"留书攻城"的英雄壮举。

　　攻城前，曹渊将生死置之度外，留书写道：

现状至危，但革命军有进无退。我誓必率我可爱同志达成竖青天白日旗于城上之任务！

历史的车轮滚滚向前，碾压一切旧恶势力；革命的洪流势不可当，顺者昌，逆者亡。

在人民群众高涨的革命热情中，北伐部队得道多助，直系军阀失道寡助，颓势渐露，战争的天平开始倾斜。在坚守了四十多天后，武昌城内的直系军阀渐渐落了下风。吴佩孚见势不妙，赶紧带着嫡系部队退到河南，驻守信阳。

1926年10月1日，被困在武昌城内的刘玉春部试图突围，被唐生智率领的国民革命军第八军成功拦截下来。10月8日，国民革命军总指挥唐生智和北伐军队总政治部主任邓演达、湖北省省长兼汉阳防守司令刘佐龙，与吴佩孚手下将领刘玉春、陈嘉谟等订立收编吴军的七条协定。10月9日，唐生智、邓演达与守军河南第三师订立开城条约。

1926年10月10日，河南第三师开放武昌保安门，迎接国民革命军第四军进城，万余守军缴械投降，守军将领刘玉春、陈嘉谟被俘。至此，武汉三镇被北伐军全部占领，北伐军在两湖战场上取得了全面胜利，北伐的首期战略目标如期完成。

鉴于战场上的表现，英勇善战的叶挺独立团赢得了"铁军"的光荣称号。

作为北伐军的一员，王如痴经历了北伐的洗礼和淬炼，迅速成长成熟起来。这三个月，对王如痴以后的革命生涯意义重大，影响深远。

第六章　良缘未结，再启征程

那颗炮弹的威力真大，陈香香被震晕了过去，送到后方医院的时候，还没有醒过来。抢救的医生以为她没救了，可把耳朵贴到她胸口却听得到她的心脏在有规律地咚咚跳动。

陈香香受了伤，她的伤说轻不轻，说重不重，但部位却很关键。爆炸掀起一块土疙瘩砸在了她的脸颊上，顿时皮开肉绽，血流如注。血把陈香香的半边脸都糊住了，头发上全是血痂，一绺一绺的，纠结在一起。

陈香香醒来的时候，已经是第二天上午，窗外的阳光透过玻璃照进来，温暖和煦，柔软安静。没有战争的地方，岁月静好。躺在后方医院的病床上，陈香香感到脸上撕裂般的疼痛，那痛一阵紧似一阵。

陈香香感觉到了不妙，下意识地伸手一摸，右脸颊被包上了厚厚的一层纱布。受伤不要紧，要紧的是受伤的部位，让她没法接受。要是换成其他部位，陈香香不会那么紧张，但在那个部位受伤，她紧张极了，她一边摸着纱布，一边闭上眼睛，痛苦地询问自己："我会破相吗？破相了，我怎么面对如痴？"

陈香香挣扎着坐了起来，下了床，走到了镜子前。她看到了镜子中的自己，半边脸被纱布包裹着，鲜血渗了出来，在纱布中间结了厚厚一层痂。由于被纱布包裹着，还看不到有没有破相。但那张被纱布包一半、露出来一半的滑稽的脸，让她感到特别绝望。已经不用说了，纱布和血痂说明了一切，破相是铁板钉钉的了，现在问题的关键是破相到底有多严重。从那块纱布的大小、渗血的面积，以及感受到的疼痛程度来看，情况不容乐观。

　　以前那张人见人爱、白嫩无瑕的脸算是彻底给战火毁了，陈香香的容貌再也回不到从前了！这对一个恋爱中的女孩来说，比直接要了她的命还要难受。

　　陈香香宁愿在那一刻死在战场上！一种空前绝后的悲观情绪从心底涌起，迅速游遍全身，把她紧紧地包裹住了，就像那半边被纱布包裹住的脸颊，让她感到呼吸困难，说不出话来。

　　陈香香一生中，劫难不断，但这是最害怕的一次，最紧张的时刻，就连那次被王宝田捆住双手，反锁在卧室里，她都没有这么害怕过，绝望过。陈香香不知道等伤好了，纱布拆除后，右边脸颊是怎样的丑陋？这样一张脸，如何去面对心上人王如痴？

　　如果没有爱情，破相就破相了，倒也无所谓。可女孩一旦动了情，容颜就成了她的第一生命，她总是希望把自己最美的、最好的那一面展现给自己最心爱的人。别人怎么看她，都是次要的，关键是自己怎么看，心上人怎么看。俗话说，女为悦己者容，而破相者自己在意的，也是心上人对自己的感受。

　　是福不是祸，是祸躲不过。该来的最后还是会来，不会因为个人的主观愿望有所改变。在茶不香、饭不思、睡不安的煎熬中度日如年地过了十多天后，医生告诉陈香香，伤已经好了，可以拆纱布了——尽管平时也拆过纱布，但马上又被换上了；医生给她换纱布的时候，陈香香一直都是躺在床上，痛苦地闭着眼睛。医生要给陈香香拆纱布，但被她阻止了，她要自己拆，她不希望别人看到她那张脸。

陈香香莫名其妙地把病房里的人赶了出去，砰的一声关上了门，把门用力反锁了。她脚步沉重地走到镜子前，痛苦万分地闭上了眼睛。陈香香伸出手，摸索着，一点一点地拆着脸上的纱布。纱布拆下来后，她还是没敢睁开眼睛看一眼。她又摸索着回到床边，上了床，躺了下去，用被子蒙住头，伤心地失声痛哭。

陈香香的泪水汩汩滔滔，不止不休，就像雨季的时候家乡中和堂村前流过的那条小河。痛苦的泪水把被子打湿了很大一块。

这一刻的陈香香，迎来了生命中最痛苦的时刻，她刻骨铭心地感觉到了什么叫作"生不如死"！她多么希望自己这条命就在炮弹炸响那一刻，永远地留在战场上，留在王如痴身边，不要再醒来了。这样，还能给王如痴留下她的美丽，留下一份永远的记忆！

陈香香用手摸着疙疙瘩瘩的右脸颊，那儿就像是那枚炮弹炸起的土疙瘩种植在自己脸上似的——她太想把那块与那张脸格格不入的肉疤就像抠土疙瘩一样从脸上抠下来。

摸着那半边脸，陈香香对自己破相的情形就心里有数了，但她还是希望看一眼，脸上到底怎么了。她从口袋里掏出王如痴送给她的那面小圆镜，想看，却又不敢面对，仿佛那面小圆镜是王如痴的眼睛似的。

陈香香清楚地记得王如痴送她小圆镜的时候，半开玩笑半认真地对她说："都成大姑娘了，懂得爱美了；你长得这么好看，每天照照镜子，心情就很阳光了，不开心的事情就离你远去了。"

陈香香很喜欢这面小圆镜，不仅是因为这面小圆镜能让她想看就看得到自己那张美丽生动的脸，更重要的是这面小圆镜是王如痴送的，有一种特别的情意在。陈香香记得王如痴送小圆镜的时候看她的神情，那绝对是一个动了情的，而且是情窦初开的少年郎的眼神。

陈香香一直把小圆镜随身带着，放在口袋里。独处的时候，闲下来的时候，她喜欢掏出小圆镜出来照一照，看看小圆镜里那张漂亮极了的脸蛋儿。每次用小圆镜看自己，陈香香都感觉就像王如痴在看自己一样。可现在，以前那张让她自己都觉得好看的脸却成了自己的噩梦，没有什么比这更捉弄人的了。甚至那面小圆镜也无缘无故地成了这噩梦的一部分，至少留在身边已经没有任何意义和用处了，只能给她添烦，添乱，添堵了。

陈香香悲伤地举起那面小圆镜，狠狠地把它摔在地上。

啪的一声，小圆镜破碎了，地面满是碎片，陈香香那颗支离破碎的少女心，也像地上的玻璃碎片那样，碎了一地，一片狼藉。

既然活着，生活还得继续，工作还得继续，革命还得继续。

陈香香下了床，戴上医务口罩，走出病房，匆匆忙忙地赶往自己的宿舍。

一路上，陈香香低着头，不敢看人，不敢跟熟人打招呼，她就像一个逃兵一样，她要逃离的是整个世界，她真想逃离这个世界。对陈香香来说，以前那个熟悉的世界已经远去了，变得陌生起来，封闭起来。进了宿舍，她害怕有人追来似的，赶紧闩上了门。

陈香香上了床，躺了下来，把自己捂在被窝里，藏进黑暗中。纵然是这样，她还是提心吊胆，心跳加速，老觉得有人要来摘她的口罩，看她的伤疤。陈香香想到了死，但又很不甘心。

既然老天爷那天不让她死在战场上，那就苟活着吧，以后不要有太多奢望了，老老实实、平平淡淡就算了——当然，陈香香也希望轰轰烈烈，以前是在爱情上，希望跟王如痴轰轰烈烈地爱一回；现在她已经心如死灰，不敢奢望爱情了。她要在革命上轰轰烈烈，随时准备以身殉国。曾经经历的美好爱情，憧憬过的美好爱情，就让它成为过去，成为回忆，永远地留在心底。

现在那张自己曾经最得意的脸蛋都这样了，爱情就到了该放手的时候了。

蒙在被窝里，悲伤的陈香香一直痛苦不堪地想着，饭也懒得吃，懒得做了。天渐渐地黑了，她也没有点灯。她觉得黑暗挺好，别人看不清自己的脸，自己也看不清自己的脸。在黑暗中，陈香香才敢勇敢地睁着眼睛。直到后半夜，她才迷迷糊糊地睡去。这一觉睡得很沉，第二天日上三竿了，陈香香才悠悠醒来。

一觉醒来，陈香香已经想开了，放下了，没有什么纠结了。但她还是想看看那张脸到底怎样了，她伸手一摸，口袋是空的，她突然想起，那面用习惯了的小圆镜被自己摔得粉身碎骨了。她突然很懊悔自己的莽撞和冲动——不管怎样，那面小圆镜是王如痴送给她的，是他和她的美好经历的一部分、幸福感情的一部分，现在却被自己摔碎了，一点念想都没留下。她应该把那面镜子留下来，放进箱底，作为一种永远的纪念。

陈香香用手捂着破了相的那边脸，下了床，艰难地走到穿衣镜前——她还是想看看自己破相有多严重，只一眼，这一生只看这一眼就够了，以后再也不看了。陈香香看到了镜子中捂着脸的自己，破相的那边脸被捂着，镜子中的自己还是那样美丽生动，一双大眼睛水汪汪的。在镜子前，陈香香站立了很久，才鼓起勇气，一点一点地移开右手，她看到了半个巴掌大的一道疤贴在自己脸上，与那张美丽生动的脸是那样格格不入，就像崭新锃亮的衣服上打着一块破旧的补丁，是那样突兀，是那样凸显，是那样不和谐。

看着那半边脸，想着王如痴，陈香香死的心都有了，她那颗憧憬爱情的心已经死了。还好，她已经想开了，放下了，做好离开王如痴的准备了。

让陈香香唯一感到欣慰的是，她还有很多革命工作要做，还有那么多伤病员需要她护理，她可以忘我地工作，借此减轻破相带来的折磨和对王如痴的越来越重的思念。陈香香更加喜欢这份工作，更加投入了。那个硕大的医务口罩一戴，整个脸就剩下了光洁宽阔的额头和水汪汪的大眼睛，那道大疤就被遮住了，看不见了。镜子中的陈香香，别人眼里的陈香香，还是那样娇艳美丽；一投入到工作中，对王如痴的思念也就不知不觉地淡了，心里的痛苦不知不觉地轻了。

为了治愈心里的伤痛，减轻相思的煎熬，陈香香一天二十四小时尽可能地待在医院里，戴着口罩，照顾病人。口罩一戴，陈香香就恢复了天性，恢复了自信。只有每顿饭的一二十分钟，陈香香才不得不摘下口罩。吃饭的时候，她总是一个人，端着碗筷，远离人群，跑到没有人的角落，一个人蹲下来，摘下口罩，默默地扒拉着饭粒。一吃完饭，她就匆匆地戴上口罩，赶回医院，出现在病房里。

追歼逃兵，抓捕散兵游勇，剿灭土匪，零星的小战斗陆陆续续，直到1926年10月底，两湖战场才全面结束，十二师奉命进行休整。

没有仗打了，夜里躺在床上，王如痴才发现自己排山倒海地想念陈香香。

不知道陈香香的伤好了没有，她伤得到底怎样了。

王如痴拦住几个从后方医院伤好归队的战友打听陈香香的情况。他们告诉他，陈香香已经伤好了，开始工作了，这让王如痴放下心来。王如痴想知道更多的细节，可战友欲言又止，含糊其词，似乎又有什么事瞒着他。这让王如痴心急如焚，希望早点见到陈香香，只有见到陈香香了，王如痴才感觉心里踏实。

王如痴向张发奎师长请了一周假，准备到后方医院看望陈香香，好好陪陪她——这个在最危险的关头，用自己的身体做盾牌来保护他的女孩，让王如痴心里充满感激和柔情。陈香香的这个动作，让王如痴感觉到，在陈香香心里，自己比她的生命更重要。

这一个多月来，在硝烟纷飞的战场上，王如痴忙得就像一只陀螺，没有一点空闲，陈香香被他珍藏在心底最深处，只有在夜深人静，闭上眼睛，准备睡觉的时候，眼前全是陈香香，那水汪汪的眼睛，那美丽生动的脸蛋，那窈窕婀娜的身材，都让王如痴着迷，似乎都触手可及。

王如痴觉得，他浑身有使不完的劲，那是因为对革命的向往；他有源源不断的灵感，能够写出那么多鼓动人心的宣传标语和文章，那是因为有陈香香的爱情滋润。

战争期间，挤得出点时间的时候，王如痴也给陈香香写信，告诉她自己的行踪，战场上的见闻，战争的胜负，自己对战争的看法，在信末也倾诉一下对她的思念。但这些信件都泥牛入海，他从来没收到陈香香的回信。王如痴也没有多想，战争年代，行踪飘忽不定，信件丢失是常态，自己写了就好了；即使她收到信了，但可能忙得团团转，没有回信在情理之中，也有可能陈香香没收到信呢。

师长张发奎听到王如痴要请假去后方医院看陈香香，很高兴，大手一挥，朗声说："恋爱也是革命打仗。我在后方医院见过她，那小姑娘不错，你小子有眼光，给你七天假，把那小姑娘办了！"

张师长的话，把大家逗乐了，一阵哄堂大笑，笑声挤满了师部。

出发那天是个阴天，零星有点小雨。王如痴用省下来的兵饷买了两斤孝感麻糖、两斤钟祥葛粉，还在汉口给陈香香定做了一件鲜艳的红旗袍——王如痴觉得陈香香那身材，穿上旗袍特别好看，更加线条优美。

正好师部有车去后方医院，王如痴搭了便车。

心有爱情心情爽。王如痴的心就像一只快乐的小鸟，扑腾着翅膀从前方战场的冬天飞向后方医院的春天。

可让王如痴意外的是，他竟然扑空了，他没有像想象中那么顺顺利利地找到陈香香。

那天下午，陈香香正在值班。透过二楼的玻璃窗，她看到一辆军车径直驶进医院大门。她认得那是十二师的车，很多伤病员都是这辆车接来送回的。车停了，陈香香又惊又怕又喜又乐的是，那个她最想见又最怕见的人，从驾驶室跳了下来，她看见他对着后视镜，认真地整了整衣冠，两手拎着东西，向她这里走来。

一个多月不见，经历过炮火洗礼的王如痴，已经脱胎换骨了，他更加成熟，更加潇洒，更有军人气质，更有男人魅力了。

看到威风凛凛、风度翩翩的王如痴，陈香香窒息了，感到心都停止了跳动。那一刻，陈香香百感交集；那一刻，陈香香五味杂陈。王如痴平安无事凯旋，陈香香由衷地感到高兴；王如痴来找她，她期待、兴奋、紧张，可现实又让她感到害怕、沮丧，甚至绝望——她已经不再是以前那个美丽生动的陈香香了，她已经破相了，严重破相了，她已经配不上那个丰神俊朗、前程一片大好的少年郎了。

看到王如痴向自己这里走来，陈香香急了，她慌不择路地躲进了女厕所。

进了陈香香办公室，王如痴把东西放在办公桌上，就像一个主人一样坐在陈香香的座位上。时间一分一秒地过去了，王如痴等了很久，还是没有见到陈香香，他心里不安，也隐约觉得不对。王如痴站起来，问其他工作人员和病友，得到的答案都是说，刚刚还看到陈医生在呢！

王如痴跑到嫂子办公室问嫂子。嫂子对王如痴有点生气，说他眼里只有女人没有嫂子了。王如痴连忙解释说，正准备带着陈香香一起来见嫂子，可没找到陈香香。嫂子这才消了气，对王如痴说："香香在上班呀，她今天没到哪儿去，我刚才给伤员换药，还是香香帮端的盘子！"

"可我等了很久，也找遍了医院，就是没有见到她人呢！"王如痴说。

嫂子似有所悟，对王如痴说："她在故意躲着你呢！"

王如痴愣了，不解地说："她躲我干啥呢？我又不会吃了她！难道她有新情况了？"

嫂子说："世上只有痴情的女子、负心的汉子，没有负心的女子！香香不是那种人，你得有一个心理准备，她破相了，可能不想见你了！"

"破相了？怎么破相的？"尽管王如痴有心理准备，但他以为陈香香伤好了，就没事儿了。

"还不是为了救你！她的脸被炮弹爆炸掀起的土疙瘩砸中了，伤好后，留下了很大一块疤。"

王如痴心里一紧，又是心里一疼，"破相有什么关系，只要人活着就好！"

嫂子很高兴，盯着王如痴追问："那你不嫌弃她？"

王如痴说："不嫌弃！不影响，她破相我也爱她！"

"这就好！"嫂子赞赏地点了点头。

嫂子是个明白人，她知道，既然陈香香躲着王如痴，那就是因为破相，不愿意见他了；既然陈香香在医院里，王如痴找不到，那就是躲在女厕所了。

但嫂子怕王如痴说一套做一套，见了陈香香现在的庐山真面目后，说不定就出尔反尔了。

"你还是走吧。香香不愿见到你了。"嫂子说，"如果她愿意见你，她早出来了。"

"不见到香香，我就不走了！"王如痴斩钉截铁地说。

"你真不嫌弃她？"嫂子不放心地再次确认，她觉得自己这个小叔子就像自己的丈夫一样，人长得英俊，前途一片光明，关键是重感情。她工作压力大，经常抱怨，但丈夫从来就是听她抱怨，并与她一起分担。

"只要她活着，我就好好爱她。我这条命，还是她救的呢，没有香香就没有我。"王如痴说。

嫂子满意了，对王如痴说道："那你等着，我把她找出来。"

嫂子进了女厕所，果然，听到陈香香在里面偷偷地哭泣。

"香香，如痴来了，你出来见见他吧！"嫂子说。

"嫂子，我这张脸没法见他了。你要他走吧。"陈香香边哭边说。

"他对我说他不介意你破相。不管你们是分是合，你总得见他一面，把话说清楚呀。你们从小在一起长大，你是了解如痴的。你不说清楚，他是不会走的。"嫂子劝道。

嫂子好说歹说，陈香香没有办法，答应出来见王如痴一面。

陈香香从厕所出来，她躲在嫂子身后，就像一个没有长大的孩子，跟在大人后面。

见到陈香香，王如痴一把把她拉了过来，上下打量。

戴着口罩的陈香香依然是那么美丽生动，看不出有什么异样。

王如痴愣了，谁说香香破相了，没有啊！

陈香香也没有摘口罩，她把手从王如痴手里抽了出来，冷若冰霜地说："我们到外面走走吧。"

"好，好，走走！"王如痴又来牵陈香香的手，但被她不客气地甩开了。

陈香香走在前，王如痴跟在后，他们一前一后下了楼，出了医院，向后面的山脚下走去。

一路上，陈香香沉默不语，没有搭理王如痴。

到了山脚下，陈香香站住了。

这是一块人迹罕至的地方，两边长满了茅草，小路隐隐约约，藏在茅草之中。

陈香香转过身来，泪水已经从那双美丽的眼睛里流了出来。

"如痴，谢谢你曾经爱过我，给了我那么多美好的回忆。你忘了我吧。我们之间该结束了，希望你找到一个更美更好的姑娘。"陈香香冷冰冰地说。

"我找不到比你更好的姑娘了！在我心里，没有比你更美，没有比你更好的姑娘了；你要分手，那你给我找到一个更美更好的姑娘，让我心动了再说。"王如痴说，"现在我爱的是你！我们都在为革命工作，流血牺牲都是经常的事。你曾经说过，要生一起生，要死一起死。现在只是破相，怕什么，我不在意的。"

"你不在意，可我在意！我希望给你更好的，我希望你找一个比我更好的！"陈香香说。

"你就是那个最好的，没有比你更好的了！"王如痴说，"勇敢点，摘下口罩，面对生活，面对爱情，面对爱你的人！"

"不！"陈香香痛苦地说，"我都不敢面对我自己了！只有戴着口罩，我才有点信心！"

"我给你梳梳头吧！"王如痴不再坚持，他从口袋里掏出那把母亲送的木梳，准备给陈香香梳头。

给陈香香梳头，也是陈香香的主意和期望。记得王如痴当兵前，在湘江边，陈香香要王如痴给她梳头，但王如痴觉得不好意思，拒绝了。

现在王如痴旧事重提，陈香香没有办法拒绝。

陈香香希望这是他们之间最后一次亲密接触，这次正好把当初的遗憾弥补了。

王如痴绕到陈香香身后，把她的医帽摘了，把她的辫绳解了，认认真真地给她梳起头来。

那头乌黑油亮、浓密如织的长发越过陈香香瘦削的双肩，倾泻下来，披散在身后，就像是一道黑色的散发着致命诱惑的瀑布。

那头发散发着洋皂清洗过的淡淡的清香，让王如痴意乱情迷，情不自禁。

王如痴左手撩起陈香香的秀发，右手拿起木梳，从上到下，从左到右，认真地梳着，碰到纠结的地方，王如痴腾出手来，抓住头发上端，再用木梳往下拉，尽量让陈香香感觉不到疼痛。

"我就想给你梳头，一直梳下去，每天都梳上几回。"王如痴喃喃地说。

梳着陈香香的头发，王如痴不愿意停下来；陈香香也不愿意他停下来。

感受着王如痴的深情，陈香香痛哭失声，她想，要是自己没破相该多好！

看着双肩一耸一耸的陈香香，王如痴心碎了，这个女孩拒绝自己，心里该有多痛啊，这份痛是为救他而起，作为一个男人，他应该勇敢承担责任，而不是让一个弱女子来承担后果！

王如痴伸出左手，从背后绕过去，揽住了陈香香的腰。

这一揽，陈香香彻底挡不住了，她感到全身酥软，站立不稳，靠在了王如痴怀里。

王如痴把梳子塞进口袋里，伸出右手，慢慢地摘下了陈香香的口罩。

陈香香痛苦地闭上眼睛，这一刻，她痛并快乐着。

陈香香感到破相的地方一阵温暖湿润，王如痴用嘴唇轻轻地吻在了那儿。

一股电流迅速地袭遍了陈香香全身，她整个人僵在那儿，就像打了麻药一样，只有意识，身体动弹不得。

这个吻明确地告诉陈香香，王如痴是那样爱她，根本就不嫌弃她破相，是自己想多了，一直走不出破相带来的心理阴影。

"我们结婚吧！"王如痴附在陈香香耳边，喃喃地说。

这句话击穿了陈香香因为破相修筑起来的强大的心理防线，她终于忍不住了，倒在王如痴怀里，号啕大哭。

陈香香的哭声把附近几棵树上的小鸟都惊飞了，扑腾着翅膀飞远了。

王如痴没有动，也没有出声，他紧紧地搂着陈香香，任由她痛哭。

王如痴知道，陈香香心里有太多委屈，太多担心，只要哭出来了就好了；哭出来了，以前那个活泼开朗、坚强乐观的陈香香就回来了。

"我们结婚吧！"王如痴对陈香香重复了一遍。

陈香香停止了哭泣，伸出衣袖，揩了揩眼泪，害羞地点了点头，笑了。

这一笑，是劫后重生，有说不出的释怀；这一笑，是梨花带雨，有说不出的妩媚；这一笑，是风雨过后的彩虹，有说不出来的绚烂。

"过年了，我们就回中和堂，一边过年，一边把婚结了。我们都是中和堂的人，在那儿办我们的婚姻大事，是最合适的。"王如痴说。

"嗯。"陈香香觉得这是最好的安排，她点点头，说，"都听你的！"

陈香香心里的阴霾一扫而光，王如痴说啥就是啥，一切由他做主。

"以后可不要胡思乱想了，乐观一点。只要活着，只要我们在一起，比什么都好。"王如痴说。

"嗯。"陈香香羞愧地、幸福地低下头，破相带来的痛苦和担心都烟消云散了。

雨过天晴，太阳钻出云翳，给大地万物披上了一层金色的初冬的阳光。

阳光把王如痴和陈香香的影子拉得好长，叠印在一起。

战争暂时结束了，伤病员少了。早期的伤病员基本上好了，陆续出院了，陈香香也没那么忙了，有时间陪王如痴了。

王如痴在后方医院，一待就是六天。他被嫂子安排在病房里，陈香香就像照顾病人一样，无微不至地关照着王如痴。

下班了，两个年轻人手拉手，到小镇上逛逛，到山脚下溜溜。在爱情的甜蜜中，日子就像流水一样，川流不息，奔腾不止。

这六天，是两个人一生中最休闲、最浪漫、最快乐、最温馨的时光。

幸福相伴，岁月静好。没有纷飞的战火，没有残酷的伤害，只有安居乐业、卿卿我我的生活，日子就是惬意，生活就是幸福，感情就是甜如蜜！

每天跟王如痴分手后，回到自己宿舍，陈香香没有闲着，在煤油灯下，她挑灯夜战，给王如痴织了一件毛衣。

王如痴返回部队那天，毛衣正好织完。王如痴接过毛衣，又惊又喜，当即就穿上了。

转眼就到了1926年底，要过年了，王如痴和陈香香准备回中和堂办结婚大典。想着要瓜熟蒂落，结成夫妻了，两人都有说不出的幸福和憧憬。

王如痴请了假，到后方医院来接陈香香回中和堂。

王如痴买了很多东西，尤其是各种颜色各种质地的布料，他准备请中和堂最好的裁缝，给陈香香多裁几身漂亮的新衣服，把新娘子打扮得漂漂亮亮；王如痴也准备给陈香香的母亲裁两身漂亮衣服。

王如痴提前写信把和陈香香年底要回中和堂结婚的事告诉了父亲。

双方家人都很高兴，都翘首以待，忙上忙下，给他们张罗婚事。

但计划不如变化快，就在王如痴和陈香香动身回家的前一天，雷晋乾和郭亮听说王如痴来后方医院了，就代表党组织来找他。

老朋友相见，都有说不完的话、道不完的情和对革命的憧憬。

雷晋乾和郭亮还不知道王如痴和陈香香要回中和堂结婚。

闲聊完，言归正传。雷晋乾和郭亮兴高采烈地告诉王如痴："组织上对你的表现十分满意，准备派你到苏联莫斯科中山大学留学，从苏联那儿学些先进的革命理论，取些革命真经回来！"

那时候，苏联是全球风起云涌的无产阶级革命的摇篮，更是中国共产党人向往的革命圣地。被党组织看上、选派去留学的凤毛麟角、万里挑一，这是党组织的莫大信任，是一个共产党人的莫大荣耀！

能被选中到苏联留学，王如痴甭提有多高兴了，但他还是犹豫了，他正准备跟陈香香回中和堂结婚呢！

"什么时候启程？"王如痴问。

"时间有点急，明天就走！"雷晋乾说。

"这么急呀，能过段时间吗？"王如痴问。

"那可不行，"雷晋乾说，"不只你一个，这是集体行动，全国有两百多人呢，统一会合出发。时间都定好了，明天就走，先去上海，在那儿集合，一起前往苏联！不能因为你一个人耽搁了。"

王如痴看了一眼陈香香，有些左右为难。

"去吧。"陈香香说，"革命事大，个人事小。这次机会很难得，结婚的事，等你留学回来后再说。"

"你们要结婚了呀！恭喜！"雷晋乾说，同时他又有点不好意思。看来，自己来得不是时候，组织的通知也不是时候，把两个人的婚姻大事耽误了。

陈香香的深明大义，让王如痴十分感动。在结婚和留学之间，在革命和爱情之间，王如痴也是有先后标准的。那一代革命者，匈牙利革命诗人裴多菲把他们的选择说清楚了：生命诚可贵，爱情价更高。若为自由故，两者皆可抛。

"还好不用你们等太久，"郭亮安慰说，"半年时间，王如痴就留学回来了。"

"你等着我，"王如痴对陈香香说，"我留学回来，第一件事就是把我们的婚事补办了。"

"嗯，我等你。"陈香香点了点头。

王如痴第二天就出发了。不过，本来是要回中和堂结婚的，却成了动身前往苏联；本来是要和陈香香一起上路的，却成了他一个人前往苏联。

第二天早上，出发前，陈香香用自己的积蓄给王如痴买了一块怀表，里面嵌着她的相片。

那张相片是陈香香在祁阳高级小学毕业时照的，她梳着一根大麻花辫。大辫子从腋下穿过来，被陈香香抓在手里。陈香香双手摆弄着辫梢，含羞带笑，她的身后是祁阳高级小学的校门——那儿有他们共同的美好记忆。

那时候的陈香香是最漂亮的，这张相片也是陈香香最喜欢的。

王如痴把母亲送他的那把木梳留下来，送给了陈香香。

"用这把木梳梳头，就当我在给你梳头了！"王如痴说。

接过木梳，陈香香心情格外沉重。她知道，这是王如痴最珍贵、最看重的东西，他一直把它放在身边，从来没有离开过。

王如痴送给她的小圆镜被自己摔碎了，王如痴又把心爱的木梳送给了她，这把小木梳比起小圆镜来，更有意义，这是王如痴送给她的定情信物。

1926 年 12 月，王如痴告别心爱的姑娘和战友，满怀着对苏联革命成功的向往，对中国革命未来的憧憬，踏上了前往苏联的留学取经之路。

第七章　留学苏联，心系家国

白日放歌须纵酒，青春做伴好留学。

动身那天，陈香香请了假，早早起了床，把王如痴送到了岳阳。

虽然是冬天了，但那天阳光明媚，温暖如春，让人听到春天的脚步在悄悄走来。

两人游览了岳阳楼，在范仲淹那句"先天下之忧而忧，后天下之乐而乐"的名言下，深有感触，伫立良久，像是找到了心灵的指引和归依。

在岳阳港码头，两人深情话别，依依不舍。女生泪腺浅，不知不觉，陈香香已经泪流满面。

革命形势瞬息万变，革命者每天都过得不容易；革命道路荆棘丛生，每步都步步惊心，凶险万分。把陈香香一个人留在国内，王如痴放心不下。

"保护好自己，"王如痴给陈香香揩拭着脸上的泪水，嘱咐她，"警觉点，机灵点，留得青山在，不怕没柴烧。我回来的时候，你要来这儿接我，然后我们一起回中和堂结婚！"

"嗯。"陈香香一边答应，一边嘱咐王如痴，"我要你顺顺利利、平平安安、完完整整地回来。只能胖，不能再瘦了。"

轮船的汽笛拉响了，王如痴在船要开动的最后那一刻才跳上船。

船起锚，船桨搅起水底的沉渣，随着波浪翻上来，一片浑浊。

轮船徐徐地开动，越来越快，劈波斩浪，向远方驶去。

陈香香在码头上目送，挥手；王如痴在甲板上眺望，挥手。

陈香香的身影越来越小，王如痴的身影越来越小；码头越来越小，轮船越来越小。

王如痴的身影看不到了，陈香香还站在码头挥手；陈香香的身影看不到了，王如痴还站在甲板上挥手；船看不到了，陈香香还站在码头上；码头看不到了，王如痴还站在甲板上。

看不看得见人，听不听得到声音，他们的爱情都在那儿。

也许，爱情听到的不一定准确，看到的不一定真实，更多的时候，不是靠听，不是靠看，而是靠两颗相爱的心来感觉，来感应；没有达到这重境界，很难称得上是"知心爱人"。

岳阳楼渐渐远了，消失了；岳阳码头渐渐远了，消失了；君山渐渐远了，消失了；三湘四水渐渐远了，消失了。

王如痴的心就像那洞庭湖的波浪，起伏不定，浩渺无际。

除了对不起陈香香，王如痴还感觉对不起家人，尤其是年迈的父亲。

这些年来，闹革命，当兵，打仗，包括这次远涉重洋求学，王如痴都没有告诉父亲，他不愿意老人为自己担惊受怕，老人还以为他老老实实、本本分分地在学校读书呢。

父亲一直以为王如痴是一个乖巧的、认真读书的孩子，那些杀头的危险离他很远。接到王如痴和陈香香准备回家办婚礼的家书，他兴高采烈，早早就把请柬发了出去；接到王如痴和陈香香把婚礼推迟的家书，他们十分纳闷：双方家长对这两个年轻人都知根知底，知道他们彼此很喜欢，但他们想不明白，有什么大事比结婚还重要呢，莫非两个年轻人在关键时刻闹翻了？

但年轻人的事情，老人家搞不懂，也琢磨不透，只有担心，猜测，只有交给时间。

苏联莫斯科中山大学是第一次国共合作期间"联俄，联共，扶助农工"的产物，是为纪念中国革命的先行者孙中山创建的，由苏共中央和国民党中央执委会共同管理，目的是为中国大革命培养高级政治工作人员和合格的布尔什维克。

被选派到莫斯科中山大学，往往需要国民党和共产党的共同确认。有机会到莫斯科中山大学来学习深造，王如痴打心眼里高兴，感到很荣耀，很神圣。

1926 年的苏联，社会主义革命已经成功了，资产阶级被打倒，苏维埃政权得到了巩固，社会主义经济建设如火如荼。苏联成为全球无产阶级革命的样板，共产国际的中心，世界进步青年向往的革命圣地。

用"万里迢迢"来形容这段异国深造之旅是不为过的。王如痴的这段漫长的旅程分成三个部分：第一段是坐船，从湖南到十里洋场的大上海，跟五湖四海的学员们会合；第二段是从上海坐船出发到遥远的海参崴；第三段是从海参崴出发坐火车到遥远的目的地莫斯科。

难得清闲下来，王如痴有充裕的时间来思考中国革命的前途和出路了。这次留学，是他革命生涯中的一场及时雨。北伐战争告诉他，革命不是瞎胡闹，不能单靠一腔热血，合格的革命者要具备良好的理论素养和过硬的军事质质。北伐战争能够一路向北、攻城拔寨的一个关键原因，就是黄埔军校为革命输送了大批军事骨干。

与王如痴一样，从全国各地赶到上海会合，准备到莫斯科中山大学深造的学员共有二百五十人。其时的上海，还处在旧军阀和帝国主义控制之下，对革命进行残酷打击，对革命者进行无情迫害，风声鹤唳，草木皆兵。他们不敢大声喧哗，小心翼翼，陆续分批上了船。

男生人多，住大货舱；女生人少，住驾驶室旁的小货舱。为避免刺激旧军阀和帝国主义，引起不必要的麻烦，在中国海域，货船悬挂的是其他列强国家的国旗，而不是苏联国旗；大家在货舱里窝着，不得到甲板上随便走动。

直到货船到了公海，才改挂苏联国旗，学员们可以自由活动，到甲板上透气了。

那天清早，一轮鲜艳的红日从远处的海平面跃出来，冉冉上升。视野里，一群群海鸥升起又落下，为自己的生活奔波忙碌。大家早早起了床，聚集在甲板上迎接神圣时刻的到来。迎着朝阳，看着迎风升起的苏联国旗，王如痴情不自禁地唱起了《国际歌》。其他学员们也跟着唱了起来，低沉、激昂的歌声越来越雄壮、高亢、团结，最后变成了异口同声的大合唱。苏联船员被年轻人的热情感染，也加入了合唱队伍。

不用憋在货舱了，可以到甲板上透气，呼吸新鲜空气，到处走动，舒展筋骨了。唱完歌，升完旗，学员们把帽子摘下来，把围巾取下来，抛向天空，尽情地欢呼。

海面一望无际，货船劈波斩浪，勇往直前。女学员罗凤梅触景生情，声情并茂地背诵起了她最喜欢的高尔基的散文诗《海燕之歌》。很多人都是第一次听到这篇文章，大家安静下来，凝神静气地用心谛听。

背到最后那一句，大家都提高了声调，齐声怒吼：让暴风雨来得更猛烈些吧！

王如痴这批学员是莫斯科中山大学创办以来的第二批学员，包括秦邦宪（博古）、杨尚昆等人。

他们青春年少，风华正茂；他们热爱生活，憧憬革命，希望打破旧社会，建设新世界。但革命如何成功，新世界如何建立，他们眼

前一抹黑，心里没有底。这下好了，到苏联，到莫斯科，他们可以看到革命样板，取到革命真经，知道革命何去何从了。

人逢喜事精神爽。背完《海燕之歌》，罗凤梅意犹未尽，她折回货舱，把一条板凳搬到甲板上，兴奋地站了上去，高声喊道："同志们，到莫斯科，我们可以看到斯大林同志的大烟斗啦！"

罗凤梅的话把大家逗乐了，也激起了大家的兴致，有人高声起哄，开起了玩笑："有没有大烟斗是不是上海革命姑娘的择偶标准呀？"

罗凤梅也不生气，朗声笑道："我的择偶标准不只是大烟斗，要能文能武，文能舌战群儒，赴得了鸿门宴；武能冲锋陷阵，打得了大胜仗。"

"你这要求，这船上的革命同志都可以啊！"有人继续起哄。

"冲锋陷阵，带兵打仗，今天在这儿是没机会见识。肚里有没有墨水，现在倒是可以见识一下。"麻辣的罗凤梅并没有被男学员的玩笑吓倒，"想娶我？是骡子是马，拉出来遛遛。你们谁上来现场作首诗，把我们此刻的心情描述和表达出来，作得好，我倒是可以考虑考虑！"

那时候，作诗在革命青年中开始流行，他们中很多人的革命激情就是被新文化运动点燃的；而诗歌是新文化运动的主旋律。罗凤梅的提议，把学员的兴趣一下调动了起来，大家齐声附和。

现场作诗，出口成章，没有真才实学是不行的，谁也不敢贸然上场，怕贻笑大方。虽然有人在沉思默想，但很久过去了，还是没有人站出来。罗凤梅很有些失望，激将道："你们不是觉得自己才高八斗吗？怎么一首小诗就把各位难住了？"

王如痴看了一眼全场，还是没有看到有人挺身而出的迹象，他站了出来，走到罗凤梅身边，朗声道："凤梅同志，我来试试，抛砖引玉，献丑了！"

终于有人自告奋勇，站出来，男学员们开始骚动，鼓掌，为第一个吃螃蟹的同志加油。

罗凤梅眼里闪过一丝惊喜，她跳下板凳，优雅地做了一个"请"的手势。

王如痴也不客气，抬腿跨上板凳，站稳了。他扫了一眼全场，抬起头，把目光望向水天相接的远方，语调沉稳，抑扬顿挫地作起诗来：

> 一叶孤舟一世界，
> 海天一色抒情怀。
> 歌声逐浪凌霄汉，
> 万里长途志更艰。
> 执剑横扫旧社会，
> 唯有革命开新篇。

听王如痴现场作诗，全场鸦雀无声，听得到心跳。

"好诗！好诗！！好诗！！！"

还是罗凤梅第一个反应过来，她一边拍着手，一边连说了三个"好诗"。

罗凤梅由衷地说："不愧为岳麓书院走出来的大才子，把我们这些人的心里话全说出来了！"

"好诗！有气魄，有才华！我们的革命诗人！"

学员们对王如痴的诗给出了高度评价。他们对王如痴刮目相看，有些人直接就把王如痴叫成了"革命诗人"，称赞他为"中国的裴多菲"。

看到学员们兴致很高，船长彼得洛夫受到了感染，他返回卧室，把自己的留声机搬到了甲板上，放起了音乐。大家兴致更高了，随着音乐声，跳起舞来。

罗凤梅走到王如痴身边，大方地邀请他跳舞。

王如痴有点窘迫，连忙摆手说自己不会。

"不会没关系，我教你，包你会！"罗凤梅说，"革命不只是打土豪，斗劣绅，冲锋陷阵打军阀驱洋人，还要会唱歌跳舞！"

罗凤梅不由分说，拉着王如痴，揽着他的腰，旋转着，下了舞池。

大家尽情歌舞，甲板上一片欢乐的海洋。

经此一闹，本来有点拘谨、陌生的学员们，这下全放开了，打成了一片。

他们闹到吃早餐了，才意犹未尽地散去。

第二天，罗凤梅带着几个女学员到大货舱来收衣服，她们不由分说把男生换下来的衣服都拿走了。

王如痴没有换洗衣服，他的衣服，在出发前，陈香香已经帮他全部洗好，熨平整了。即使换了，他也希望自己动手，不想给别人添麻烦。

罗凤梅在王如痴床上翻了翻，没什么发现，盯着王如痴，不依不饶地问："革命诗人，你的衣服呢？"

王如痴感到很局促，摆摆手说："我，我没有换洗衣服！"

"你这身衣服也穿几天了，上船来就没看你换过，脏了，该换换了！"

不等王如痴再说什么，罗凤梅伸手把王如痴身上的外套扒了下来，拿走了，把王如痴尴尬地留在那儿。

女生走后，秦邦宪走过来，拍了拍王如痴的肩膀，羡慕地打趣说："如痴同学，你跟凤梅同志可是郎才女貌啊！你的那首诗，不仅打动了我们男生，也把凤梅俘虏了！现在就差一个斯大林的烟斗了，到莫斯科，赶快买一个大烟斗！"

又是一阵善意的哄堂大笑，大货舱里洋溢着欢乐。

"这种玩笑还是少开，大家都是同学！"王如痴不好意思地分辩，他想起了陈香香。

王如痴的样子把大家逗乐了，又笑了起来。

漫长的革命旅程虽然寂寞，却也是快乐多多，因为有那么多志同道合、趣味相同的人，一起并肩前行。

船到海参崴，一行人陆续下了船，出了码头。苏联国际交通局的同志把他们接到了五一俱乐部。当天晚上，五一俱乐部给他们举办了欢迎晚宴和晚会。晚会是罗凤梅和王如痴两个人搭档主持的，他们配合默契。学员们纷纷登台，表演了各种各样的才艺。没有演艺才华的，也上台朗诵或者演讲，畅谈自己的革命理想。

到了海参崴，他们才知道什么叫作"天寒地冻"，穿多少衣服都觉得穿少了。有几个学员是东北来的。东北已经够冷的了，但他们觉得东北的冷，在海参崴是小巫见大巫。万里雪飘的海参崴，到处都是白茫茫一片，除了年轻人的革命热情，其他什么都被冻住了。

第二天上午，学员们就离开了海参崴，前往莫斯科。国际交通局的同志把他们送到火车站，安排他们上了火车。当年的火车跟现在的火车不一样，靠烧煤，蒸汽牵引，奔跑起来就像是老牛拉破车，呼哧呼哧，慢腾腾的。从海参崴到莫斯科，有九千公里路程，路上用了一个多月。

不过，都是革命青年，志同道合，混熟了，就不觉得寂寞无聊了。他们在一起谈人生，谈理想，谈革命，谈未来的新中国，憧憬赤旗的新世界，一起唱歌，一起跳舞，倒也情意融融，感觉时光如飞，旅途愉快。

在火车上，他们读到了很多在国内被禁的书，如《共产党宣言》《资本论》《国家与革命》等。苏联同志给他们准备了这些书籍的中文版。这些书，让王如痴如获至宝，如饥似渴地读了起来。

再漫长的旅程，都有尽头。透过雾蒙蒙的车窗，终于可以看到莫斯科了，大家趴在窗前，七嘴八舌，格外兴奋。王如痴心潮难平，他伸出双手，做出拥抱状，贴在窗玻璃上，高声喊道："莫斯科，我来啦！中山大学，我来啦！"

有人欢呼，有人热泪盈眶，有人痛哭失声。

莫斯科中山大学位于莫斯科沃尔洪卡大街 16 号，毗邻克里姆林宫。主建筑有四层，在沙俄时代是贵族府邸，庄严肃穆，气派恢宏。那浮雕精致，装修豪华，吊灯富丽堂皇；附楼有图书馆、食堂、小卖部；配套设施有篮球场、排球场、溜冰场、小花园等；还有俱乐部，马术、射箭、音乐、跳舞、游泳、摄影等，一应俱全。

他们这批留学生被苏联政府看作"中国革命的火种"，受到了特别的礼遇，学费全免，还每人每月发津贴十卢布，一人一套西装，一件外套，一双皮鞋。衬衫、毛巾、床单都是免费洗涤。一日三餐很丰盛，有鸡肉、鱼肉、香肠、鸡蛋和白面包——伙食比当时的苏联红军还好，苏联红军只能啃硬硬的黑面包。

国内的大学跟莫斯科中山大学相比，软硬件设施不在一个档次上。参观完校园，王如痴一下子就喜欢上了这所大学，在当天的日记里，王如痴把这儿比作"革命的圣地，学习的天堂"。

是夜，躺在温暖的床上，王如痴痴痴地想：中国革命胜利后，也要把中国的大学建成莫斯科中山大学的样子，从学习到后勤保障，从锻炼到娱乐，都应有尽有，给年轻人一个好的学习、工作和生活环境！

开学第一天，每个学员都兴致勃勃地取了一个俄文姓，王如痴的为"瓦列切夫"。

根据文化程度和经历差异，学员们被分成了四个班，即预科班、普通班、特殊班、短训班。那些工作经验丰富、理论水平高的人被分在了特殊班，如林伯渠、吴玉章、徐特立、董必武、邓小平。

王如痴读过大学，文化程度高；参加过北伐战争，军事素质好，政治觉悟高，被编在了短训班。短训班是强化训练班，以补充军事知识，进行强化训练为主，强调速成，学制为几个月到一年，学成后回国从事党政军工作。

到哪儿出国留学都一样，要过的第一道关是语言关。莫斯科中山大学的老师授课用俄语，偶尔夹杂一两句简单的中文。俄语成为必修课。大家都是一穷二白，以前没有接触过。王如痴觉得一年时间太珍贵，国内革命形势发展需要他从快从牢地掌握革命理论和革命技巧。为尽快听懂老师的课，王如痴成了拼命三郎，记语法，背单词，到大街上找俄罗斯大妈拉家常，练习口语和听力。苦心人，天不负。王如痴进步很快，一个月就能够用俄语进行基本交流了，课也听得懂了。

由于在部队待过一段时间，受过一些训练，在队列练习上，王如痴脱颖而出，成了"排头兵"。他发现自己对军事特别感兴趣，那些军事训练重点，如精准射击，有效打击，利用地形、地貌、地物进行战斗，保存自己，消灭敌人，都让他如醉如痴。学校还组织学员们研究火炮、枪支，到著名的优龙芝军事学院、步兵学校、炮兵学校观摩、学习、交流，让他大开眼界。

在莫斯科中山大学的那批老师中，王如痴最喜欢校长狄拉克。狄拉克也有一个大烟斗，从不离手；不修边幅的狄拉克看上去样子古怪，表情冷漠，但他学识渊博，思想独立，讲课生动有趣，见解深刻，给人启发很大。

学员们虽然身在莫斯科，却心系祖国，心系革命。中国革命的任何风吹草动，都在他们的掌握之中。万里之外的他们是中国大革命放飞的风筝，那根线牢牢地系在中国大革命上，跟着中国革命发展起伏，跳跃。

先是形势大好、振奋人心的好消息，但好景不长，坏消息接二连三，让他们都蒙了。

1927年3月21日，在中国共产党领导下，上海工人爆发了第三次武装起义，取得了胜利。消息传来，同学们高兴极了，他们拥进学校大礼堂，隆重召开庆祝大会，给上海工人和北伐军总司令蒋介石发去了贺电。

可没过多久，他们的革命激情就被当头浇下一盆冷水。

1927 年 4 月 12 日，蒋介石发动了"四一二"反革命政变，在上海大肆屠杀共产党人和革命群众。

蒋介石的倒行逆施，把师生们彻底激怒了，他们紧急集合，愤怒声讨蒋介石集团的反革命罪行。

同学们纷纷走上讲坛，发表演讲，对蒋介石严词批判。

1927 年 7 月 15 日，汪精卫在武汉叛变革命，全城逮捕和屠杀共产党人和革命志士，"宁汉合流"出现。他们对革命志士和共产党人采取了赶尽杀绝的措施，提出了"宁可错杀千人，不可使一人漏网"的极端反动口号。

为避免更多流血牺牲，革命工作被迫转入地下，国共合作破裂，轰轰烈烈的大革命宣告失败了。

国内革命形势急剧变化让莫斯科中山大学的师生陷入了焦虑和绝望之中。他们想办法，给国民党左派领袖宋庆龄和邓演达写信，希望他们能够挺住，坚持革命，跟国民党反动派做斗争。

学员们的信让宋庆龄深有感触，深为感动，为安抚这群远在异国他乡的革命学生，1927 年 9 月，宋庆龄来到莫斯科中山大学，发表了热情洋溢的演讲。宋庆龄鼓励学员们把"联俄，联共，扶助农工"坚持到底，称"革命尚未成功，同志仍需努力"，号召大家为实现三民主义努力奋斗！

宋庆龄的演讲，听得王如痴满心感动，又满腔悲愤，同时也感受到了宋庆龄的无助和无奈，感受到了国内革命形势的残酷，让他空前地担心起陈香香的安全来。但王如痴对革命前途充满乐观，在当天的日记中，王如痴写道：黑暗总会过去，黎明一定会到来！

中国革命形势的剧变直接导致了苏共高层的"斯托之争"，即斯大林和托洛茨基关于中国革命"国共合作"爆发的激烈冲突。他们的争论在莫斯科中山大学掀起了惊涛骇浪，把全校师生都卷了进去。

这场争论让王如痴感到无所适从。

托洛茨基认为中国国民党是一个资产阶级政党，卷入革命是被动的、暂时的、投机的，将来肯定会发生动摇、叛变。所以，中国共产党要保持独立性，在任何时候都不应该加入这个资产阶级政党。

斯大林认为，国民党是群众组织，是工人、农民、小资产阶级和资产阶级的大联盟。中国共产党直接加入国民党实现两党合作，有利于争取群众，争取领导权，最后夺取资产阶级民主革命的胜利。

唇枪舌剑几个回合后，斯大林占了上风，在他主导下，莫斯科中山大学早期学员中的共产党员和共青团员都加入了国民党。

孙中山先生逝世后，国内革命形势继续恶化，蒋介石一手炮制了"中山舰事件""整理党务案"，限制共产党在国民党内部的发展，引起了共产党的强烈不满。

斯大林以共产国际的名义发出指示，要求中国共产党做出让步。

托洛茨基抨击了斯大林的做法，力主中国共产党应该退出中国国民党，但被否决。托洛茨基呼吁联共中央和中共中央保持高度警惕，防止资产阶级叛变，并称中国革命面临危机，但再次被否决。

斯大林认为这是中国革命去伪存真的必然结果，汪精卫领导的武汉政府成为"革命的中心"。托洛茨基要求斯大林对中国大革命的失败负责，双方争论日趋白热化。

校长狄拉克支持托洛茨基，副校长米夫支持斯大林，两派人马都有拥趸，他们在学校里搞辩论，针锋相对，各不相让，校园的宁静被打破，正常的教学秩序受到严重干扰。

面对复杂形势，王如痴十分揪心，他觉得万里迢迢，远涉重洋，来到莫斯科，这么好的学习机会真不应该被这样浪费了。

斯大林胜利后，为肃清托洛茨基和狄拉克在学校的影响，苏联共产党解除了狄拉克的校长职务，把米夫扶正了。斯大林还亲自跑到莫斯科中山大学，做了一场演讲。莫斯科中山大学的师生们聚集在礼堂聆听斯大林演讲。他们终于近距离看到斯大林了。他穿着红军的呢子大衣，手里拿着大烟斗，时不时地抽上两口。

斯大林的出现，把莫斯科中山大学的托派打压了下去。米夫做了校长后，鸡犬升天，王明得势。王明在校园搞残酷斗争，无情打击，大批共产党员和共青团员被扣上托派分子的帽子，给予警告、记过、开除、流放、遣送回国处分。

王如痴对米夫和王明的行为深感不满，却又无能为力。

1927年8月1日，八一南昌起义打响了中国共产党武装反抗国民党反动派的第一枪。

消息传来，王如痴振奋不已，中国共产党终于有了自己的武装力量了。他意识到，现在中国革命的当务之急就是要在短期内以苏联军事学校为阵地，加紧培养军事骨干，支援国内武装斗争；而自己的条件得天独厚，更要珍惜。

道不同了，就不与为谋。几回沟通之后，苏共跟中国国民党开始交恶。国民党取缔了莫斯科中山大学，断绝了跟莫斯科中山大学的一切往来。

苏共中央以其人之道还治其身，将国民党学员遣送回中国。

这样一来，莫斯科中山大学学员中的中国共产党党员，身份就完全暴露了，他们不得不滞留在莫斯科，分散到莫斯科的各大军事学校培养，为扩充武装斗争的指挥力量储备人才。

原来计划的半年学期不得不延长，什么时候回国说不准了。

在苏联留学的王如痴，一边学习，一边强烈地担心陈香香。无论是汪精卫"七一五"叛乱，还是许克祥在长沙发动的马日事变，都让王如痴为陈香香提心吊胆，心惊肉跳。

远水救不了近火，王如痴是一点办法都没有，他只有祈祷吉人自有天相，陈香香能够逢凶化吉，平安顺利渡过革命低潮。

第八章　风雨血腥，三友蒙难

万物生长靠太阳。进入夏天，草长莺飞，植物葱郁，动物活跃，自然界生机无限。可1927年的国内革命形势却跟自然界唱起了反调，背道而驰了。

国共第一次合作，让深耕劳苦大众的中国共产党得道多助，声威日隆，一呼百应，让国民党右派如坐针毡，内心恐惧。尤其是在中国共产党领导下的上海工人第三次武装起义，让他们看到了共产党的力量，产生了强烈的不安。以蒋介石、汪精卫为首的国民党右派萌生了掠夺革命胜利果实，将共产党扼杀在摇篮中以绝后患的想法。上海是中国经济的中心，绝不能落在共产党员手里，国民党反动派准备在上海动手。上海工人武装起义获胜后，北伐军随即进城。国民党对共产党和工人没有感激，反倒动了杀心。

1927年4月12日，北伐军总司令蒋介石在上海公然背叛革命，发动了震惊中外的"四一二"反革命政变，肆无忌惮地屠杀共产党人和革命群众。他们的背叛让共产党和革命群众措手不及。一时间，上海腥风血雨，尸横遍野。革命胜利果实被蒋介石窃取。

其他新旧军阀东施效颦，纷纷行动起来，排除异己，抢夺革命胜利果实。国民党第一次全国代表大会期间确定的"联俄，联共，扶助农工"三大政策沦为"排俄、排共、打击农工"。各地党组织和革命机构遭到查封、打击、毁坏。共产党人和革命群众被抓被杀被关，不计其数。

为保存实力，中国共产党不得不转入地下，隐藏身份，等待机会。中国大革命的胜利果实被国民党反动派窃取，轰轰烈烈的革命浪潮快速退去。

驻防长沙的国民革命军第三十五军三十三团团长许克祥，被蒋介石任命为长沙市市长兼长沙市公安局局长，成了蒋介石的忠实追随者。蒋介石发动"四一二"反革命政变，让许克祥大喜过望，看到了表达忠心和掠夺胜利果实的一箭双雕的机会。许克祥和几个心腹密谋了一下，准备在长沙响应"四一二"反革命政变，把湖南的共产党人和革命群众逐一清除，实现大权独揽。

其时正值江南的梅雨季节，淫雨霏霏，感冒横行。许克祥新娶了一房漂亮的姨太太。新婚那天，新姨太患了流感。许克祥不管不顾，也被传染了，发烧，流鼻涕，咳嗽，拉稀，不得已住进了后方医院，但许克祥没闲着，紧锣密鼓地部署发动反革命政变。

给许克祥看病的是王如痴的嫂子，给许克祥打针换药的，是陈香香。许克祥看到陈香香，惊为天人，动了歪念，盯着陈香香魂不守舍，陈香香看出了许克祥的心思，故意摘了口罩，露出了那张让人害怕的疤脸。许克祥大吃一惊，顿时兴致全无，老实安静了，不再作非分之想。

午饭过后，陈香香端着托盘，给许克祥打针换药。走到病房门口，她听到许克祥跟副官在商量发动反革命政变的事。陈香香惊呆了，她站在门口，把耳朵贴在门上偷听。许克祥吩咐副官带人把郭亮、雷晋乾等一批深得工人、学生、农民、市民拥戴的共产党人，抓捕归案，能策反的策反，不能策反的，一律秘密处决。

这个消息把陈香香惊得目瞪口呆，吓得托盘都端不稳，差点掉在地上。陈香香忧心如焚，觉得当务之急，就是第一时间把消息告诉郭亮和雷晋乾，让他们有所防范，能躲则躲，不能吃了哑巴亏，被抓了都还不知道。

在陈香香看来，许克祥风头正盛，要人有人，要枪有枪；共产党领导的工农运动，虽然声势可以，但没有自己的武装，跟许克祥对抗，是拿鸡蛋碰石头。所以，共产党人和革命群众，最好能躲则躲，不能让上海"四一二"惨案在长沙重演，长沙的共产党人和革命群众不要做无谓的牺牲。

陈香香跟嫂子打了声招呼，换了衣服，戴着口罩，匆匆忙忙出了医院。她拦了一辆人力车，心急火燎地去通风报信。陈香香先去了西郊农会，那儿离后方医院比较近，是郭亮的活动据点。即使郭亮本人不在，也可以很快地找到同志，通知到郭亮本人。

到了西郊农会，郭亮正好在，他在给农会骨干讲课，被陈香香逮个正着。陈香香顾不上等郭亮下课，她冲上讲台，很不礼貌地把郭亮打断了。郭亮有些愕然，在他眼里，陈香香从来没有这么失礼过。陈香香顾不上那么多，都火烧眉毛了，再不采取紧急行动就来不及了。她竹筒倒豆子，三言两语就把在医院里听到的消息告诉了郭亮。

听陈香香说完，郭亮更加愕然了，站在讲台上，半天回不过神来。郭亮不相信，又不得不信，毕竟国民党反动派已经有了"四一二"反革命政变的先例。春江水暖鸭先知，作为湖南农民运动的领袖，郭亮已经预感到这一天迟早会来，许克祥到任后，在长沙采取的种种施政措施已经让郭亮明确地感到长沙是山雨欲来风满楼，暗流涌动了。陈香香带来的消息，只是印证了郭亮先前的猜测和担心。是福不是祸，是祸躲不过。该来的还是要来，只不过郭亮没想到这一天会来得这么快。

陈香香不敢停留，她告别郭亮，急急忙忙跑往长沙市工人纠察队总部，通知雷晋乾。雷晋乾正在参加会议，判断和研讨长沙的革命形势。看到风尘仆仆、满脸焦急的陈香香，雷晋乾隐约感到大事不妙了，但他没想到事情变得这么糟糕，长沙会成为第二个上海。

雷晋乾给陈香香倒了杯水，要她不要着急，有话慢慢说。

都这个时候了，陈香香能不急吗？她也不客套，接过水杯，一口气就喝干了，然后直奔主题，带着哭腔说："晋乾哥，不好了，我亲耳听到，许克祥布置军队，准备破坏革命，要抓你杀头！"

雷晋乾在工人纠察队总部四楼开会，陈香香是一口气跑上来的，她上气不接下气，有些狼狈，一张脸憋得通红。

许克祥要叛变是雷晋乾意料中的事。他跟许克祥打过几次交道，虽然不至于翻脸，不至于拂袖而去，但说话做事总对不上茬，感觉明显不是一路人，没办法合作。许克祥给雷晋乾的感觉就是为人阴鸷，想法很多，爱贪便宜，好大喜功，小动作不断。

但陈香香带来的消息还是让雷晋乾很吃惊，也对许克祥准备背叛革命很生气。会场沸腾起来，工人代表们义愤填膺，七嘴八舌，吵吵嚷嚷。一句话，他们准备兵来将挡，水来土掩，跟许克祥硬扛到底。在他们看来，工人纠察总队已经羽翼丰满，要人有人，要枪有枪，力量今非昔比，可以跟许克祥对着干，用不着害怕和东躲西藏了。

这可把陈香香急坏了，在后方医院工作，她对许克祥的部队还是比较了解的。就军事素质来说，在训练有素的正规军面前，工人队伍充其量就是群团武装，没有经过什么军事训练，武器以大刀、长矛、棍棒为主，只有为数不多的几条枪和鸟铳，没有可比性，如果跟许克祥发生正面冲突，无异于以卵击石，是要吃大亏的。

"许克祥要人有人，要枪有枪，要炮有炮，他们训练有素，我们不是他的对手，不要逞能，做无谓牺牲了。留得青山在，不怕没柴烧。我们还是先躲一躲，躲过了这阵风声再说吧！"陈香香苦口婆心地劝。

陈香香说的是实话，革命不能头脑发热、意气用事。工人代表们开始冷静下来，大家面面相觑，看着雷晋乾和陈香香，希望他们拿主意。雷晋乾思考了片刻，觉得陈香香言之有理，先躲躲再说。雷晋乾安排工人代表们化整为零，避开锋芒，先躲起来。

工人代表们前脚刚走，许克祥副官带着荷枪实弹的士兵后脚就到了，他们把工人纠察队总部包围了，一些没来得及撤离的工作人员被抓个正着。许克祥副官指挥手下把他们绑了，推上车，带到了长沙市公安局，关进了监狱。

让大鱼郭亮和雷晋乾跑了，许克祥气急败坏。他吩咐手下，封锁了长沙的水陆交通，在大街小巷贴满通缉令，举报者，奖励两百大洋，窝藏和知情不报者，以同罪论处。

那些天，许克祥开始行动，长沙的大街小巷上到处都是警察、士兵和便衣。他们看到形迹可疑的人就带走，监狱里人满为患，长沙风声鹤唳，成了第二个上海。

雷晋乾昼伏夜出，东躲西藏，他一边安抚工人们的躁动情绪，要他们不要贸然反抗和暴露，一边安排已经暴露了的重要骨干隐蔽、跑路。雷晋乾搬了家，寄住在工人史东方在郊区的一个亲戚家里，史东方的亲戚住在岳麓山脚的农房里。

特殊时期，关键时刻，多一个人多一份力量，陈香香索性请了假，鞍前马后，帮雷晋乾做些善后工作。为掩人耳目，他们扮成了情侣，白天在长沙到处活动，安排工人代表们转移。

"晋乾哥，现在形势不对了，为安全起见，你最好还是暂时离开长沙，等风声过去了再回来！"陈香香劝雷晋乾，"这次许克祥是动真格的了，他要擒贼先擒王，主要目标是你们这些工人、市民、学生、农民运动的领袖。一般人被他们抓住，可能关上一段时间，审问拷打一阵，就放了。一旦你们被抓，就很难像上次那样可以保释出来了。"

"这些我都知道。"雷晋乾说，"可我不能走啊！我走了，人心就散了，革命队伍就散了，以后再组织起来就不容易了。"

陈香香知道雷晋乾对长沙革命群众的重要性，更知道他是王如痴的革命同志和兄长。她觉得如果换成王如痴，也会像自己这样尽心尽力地保护雷晋乾。说服不了雷晋乾，陈香香只得动用自己在后方医院积攒起来的人脉关系，尽可能地为雷晋乾提供方便。

暴风雨还是来了。1927 年 5 月 21 日，许克祥在长沙发动了震惊朝野的"马日事变"。当天许克祥从后方医院出院后，回到办公室，就马不停蹄地部署抓人。晚上十一时许，许克祥纠集了一千多名荷枪实弹的士兵，分别向长沙城内各革命机关发动突然袭击。很多共产党人和革命群众猝不及防，躲无可躲，在睡梦中被杀、被打、被抓、被绑、被关。到 5 月 22 日上午，被捣毁和袭击的革命机构多达七十个，被杀害的共产党员、国民党左派和革命群众多达一百余人，被捕四十余人，被临时拘押的不计其数。

与此同时，为腾出监狱，用来关押共产党人和革命群众，许克祥把在押的土豪劣绅全部释放了出来。

工人纠察队和农民自卫队奋起抵抗，同敌人展开了激烈战斗。但由于武器设备和双方力量相差悬殊，革命群众没能抵挡住许克祥军队的疯狂进攻。长沙街上血流成河，丢满了共产党人、革命群众的尸体。欣欣向荣的湖南革命运动，被国民党反动派镇压了，扼杀了。

看到熟悉的共产党人和革命群众不断倒在血泊中，雷晋乾怒目欲裂，气得说不出话来。他握紧拳头，狠狠地砸在饭桌上。由于用力过猛，三个指关节破皮了，露出了鲜红的肉，血流不止。

针对突变的革命形势，当天，中共湖南省委召开紧急会议，达成了以暴易暴、坚决还击的共识，准备发动长沙附近十万农民举行暴动，对许克祥进行还击。

1927年5月27日，正在外面联络工人、进行串联的工人代表史东方被抓。史东方被带到了长沙市公安局。在市公安局的监狱里，史东方看到了年迈体弱的父母、年轻貌美的妻子、年幼无知的儿女。这些无辜的家人蜷缩在监狱角落，脸上写满了惊恐，担心自己的命运。一家人在监狱里团聚，没有喜庆，只有绝望。

看到家人那一刻，史东方彻底崩溃了，他高昂的头颅一下子耷拉了下来。

史东方的表情变化，被许克祥看在眼里，喜在心上。他觉得有戏了，吩咐手下把史东方带到了审讯室。审讯室潮湿、阴暗，摆满了各种刑具，刑具上布满绛紫的血渍，让人不寒而栗。

隔壁的审讯室不时地传来撕心裂肺的惨叫，听得人毛骨悚然。

许克祥看了史东方一眼，递给他一支烟，帮他点燃了。

许克祥客客气气地对史东方说："东方同志，你是工人的骨干力量，做过很多坏事，罪孽深重。这些我都可以既往不咎，只要你识时务，我们还是会重用你、信任你的。这些天，里里外外，你都听到了，看到了，跟我们作对是没有好下场的，你不要一条道走到黑。你自己的性命，你家人的性命，都在你手里。我找你干什么，你很清楚！"

史东方痛恨许克祥的卑鄙无耻，却又无计可施。如果只要他一个人的命，他就豁出去了。但现在牵扯到自己一家子，父母妻儿是无辜的，也是他放心不下的，史东方不得不低头屈服。

"我可以告诉你，但我有一个条件。"史东方说。

"只要你提供的消息有价值，能帮助我抓到雷晋乾和郭亮，别说一个条件，就是十个八个条件，我们也答应你。"见策略奏效了，许克祥来了劲，动听地对史克祥承诺。

"郭亮是农民自卫军的，我不知道他在哪里。我可以告诉你雷晋乾在哪里，但我不能出面。如果让工人们知道是我出卖了他们的领袖，他们以后不会放过我的，那时候我的处境，我家人的命运，不会比现在好多少！"史东方说。

这个条件许克祥满口答应了，他说："只要能抓到雷晋乾，你到不到现场都一样，都是你立的功，你都可以领到赏钱，我保证你们一家平安无事！什么时候抓到雷晋乾，我什么时候把你和你一家放了！"

史东方提起笔，在一张白纸上，艰难地写了几行字。

写完字，史东方把笔扔在地上，痛苦地闭上了眼睛。

许克祥拿过纸条，认真地看了一遍，心满意足地笑了。

许克祥用手指弹了弹纸条，递给了副官。

副官心领神会，接过纸条，走出审讯室，带着手下去抓人。

1927年5月28日，天刚蒙蒙亮，雷晋乾就起了床，准备出门。

雷晋乾一宿没睡，眼睛瞪着天花板，一遍又一遍地思考着对策，反思有哪些地方做得不对，哪些地方露出了破绽，有哪些重要同志还没通知，没转移——一旦遗漏，就关系到同志们的性命。多事之秋，要理的头绪太多了，要做的事情太多了，要救的同志太多了，一点都不能乱，一件都不能漏，一个都不能少。

雷晋乾捧了一把水，在脸上胡乱抹了一下，抓起一个冷馒头，准备出门。

雷晋乾打开门，左右看了看，并没发现什么异样。他刚走出巷子，一下子窜出来二三十个便衣，把他团团围住了。

雷晋乾想跑，但已经来不及了。便衣们冲上来，把雷晋乾摁倒在地，绑了个结结实实。便衣们连推带拉，把雷晋乾塞进了车里，关进了长沙市公安局的监狱里。

抓到了雷晋乾，许克祥兴奋得手舞足蹈，给史东方赏赐了两百大洋，也说到做到，把史东方和他们一家放了——在许克祥眼里，史东方只是一条微不足道的小鱼，何况这条小鱼归顺了，立功了，以后可能还用得上。

雷晋乾被抓，陈香香并不知情。那天上午，她照例来找雷晋乾，准备掩护他四处活动。由于工作关系，陈香香认识很多军政要人，她弄到了十多张车船票。陈香香准备把那些车船票送给雷晋乾，要他安排那些重要的，在许克祥抓捕名单上的共产党人和骨干群众离开长沙。

那时候，长沙的水陆交通已经被严格管控了起来，车船票很不好弄，再不走，以后就更难了。当然，陈香香最希望郭亮和雷晋乾能够离开长沙——陈香香都快要闻到他们被抓的气息了。陈香香知道郭亮和雷晋乾还有很多事情要做，顾不上自己，但有车船票在身，说走就可以走，很方便。

残酷的环境和斗争让陈香香变得十分谨慎，她在雷晋乾住处前的小路上徘徊了一会儿，觉得跟往常并没有什么两样，才走上前去敲门。门是掩着的，陈香香抬手轻轻地敲了三下急的，又敲了三下慢的——这是他们约定的敲门暗号。

门慢慢地打开了，但开门的不是雷晋乾，两个黑洞洞的枪口对准了她。陈香香的脑袋嗡嗡嗡作响。

"走错路了，敲错门了。"陈香香下意识地一边嘀咕，一边转身离开。

但已经迟了，十多个彪形大汉把陈香香团团围住，陈香香不得不束手就擒。他们抓住陈香香，把她塞进了车里，带到了长沙市公安局的审讯室。他们从陈香香身上搜出来大把车船票。

"陈医生，这次我赶到了你前面。我要是再迟半天，你又帮着雷晋乾他们逃跑了！"许克祥十分生气，他盯着陈香香的脸，冷冷地问，"你跟雷晋乾一样，也是共产党员？"

"我不是共产党员，我还不够格，"陈香香说，"但我同情他们，我觉得共产党人是真为我们老百姓干革命！"

"又一个被赤化了！同情他们，你就可以不要命地帮助他们，搞破坏？"许克祥说，"你这个女娃娃真是幼稚！"

"我不是幼稚，我不能昧着良心说话做事！"陈香香说。

"你有良心？我看你的良心被狗吃了。你吃着国民党的饭，砸着国民党的锅！"许克祥说，"那天，我在你们医院刚跟副官商量抓捕雷晋乾、郭亮，你就消失了，我的副官就扑空了。看来上次也是你通风报的信了！"

作为长沙市公安局局长的许克祥，他的逻辑推理合情合理，也是事实，斗争经验缺乏的陈香香不会撒谎，只得沉默不语。

陈香香的沉默在许克祥那儿就成了供认不讳。许克祥更生气了，他把陈香香作为跟雷晋乾同等重要的犯人，关在了雷晋乾的隔壁，进行重点看管。

许克祥叛变革命，在湖南引发了轩然大波，工人、农民、学生、市民、有良心的知识分子，都想找他算账。听说雷晋乾被捕，郭亮也积极筹划营救。1927 年 5 月 30 日，长沙市郊区的农民率先暴动，约两万五千人的起义队伍从四面八方向长沙涌来。手无寸铁的农民跟许克祥对抗，无异于羊入虎口。中共湖南省委根据中央委员会紧急指示，命令农民队伍立刻停止前进，就地解散。可还是有两支五千人的浏阳农民军队伍没有接到撤退通知，他们按原计划进攻长沙，袭击了许克祥的部队。

1927 年 5 月 31 日，许克祥的援军到了，开始疯狂反扑，进行镇压。农民队伍根本不是荷枪实弹的正规军的对手，损失惨重，起义失败。

嫂子很多天没见陈香香来上班，感觉凶多吉少，向许克祥的副官打听，果然陈香香被抓了。嫂子急坏了，打电话把这件事告诉了远在广州的王驭欧。

在对待共产党和革命群众的态度上，国民党内部出现了严重分化。以宋庆龄、廖仲恺、邓演达为首的左派支持合作，同情共产党。王驭欧跟邓演达关系密切，也是有名的左派。王驭欧同情共产党，对蒋介石和许克祥的倒行逆施深恶痛绝。也因为这个原因，国民党右派得势后，处处排挤王驭欧。王驭欧在军队的职务被剥夺，大权旁落，只担任了一个闲职，不管事。国民党右派早就不给王驭欧面子了，不仅架空了他，还把他当作了"眼中钉，肉中刺"。

王驭欧明知自己已经人微言轻，在得势的国民党右派面前说话没什么分量了，但陈香香是邻家女孩，是弟弟的女朋友，现在被抓了，弟弟不在国内，自己责无旁贷，他急急忙忙从广州赶到长沙，营救陈香香。

王驭欧到了长沙市公安局，径直走进了许克祥办公室。两人客套地寒暄过后，王驭欧直奔主题——从骨子里，王驭欧瞧不上许克祥，尤其是许克祥倒行逆施，发动马日事变，肆意逮捕和屠杀共产党人和革命群众后，王驭欧更加看不起许克祥了，不愿意跟他多费口舌。

"许市长，你抓错人了，陈香香不是共产党员，她是我们后方医院的工作人员，是党内同志！"王驭欧开门见山地说，"希望你高抬贵手，网开一面，把陈香香放了，她还是一个孩子！"

许克祥一点都不给王驭欧面子，"可能陈香香不是共产党员，可她给共产党要犯通风报信，帮助他们逃跑！这个罪，很严重，所作所为比很多共产党要犯都让总司令生气！"

"陈香香的事，可大可小，到不了总司令层面，她的生杀大权全在你这儿。"王驭欧说，"年轻人不懂事，再给她一个机会！"

"总司令有令在先，宁可错杀，不可放过，我很难办呀！"许克祥说，"放陈香香一条生路可以，但她也得有所表示，将功赎罪，配合一下我们的工作。在长沙还有很多漏网之鱼，譬如组织农民暴动的郭亮，陈香香跟他打得火热，知道他在哪里。我也不为难她，只

要她把郭亮的地址告诉我，我就放了她。你也好好劝劝她，要识时务，不要做傻事了！"

看来许克祥是不给面子了，没什么好说的了，王驭欧知道陈香香的个性，她是不会用出卖同志的方式来换取自己的自由和生命的。如果这样，弟弟是不会爱上她的，也用不着自己从广州大老远地跑到长沙来了，只要陈香香开口就可以自救了。

王驭欧拂袖而去，离开了许克祥办公室。他边走边想，其实这趟长沙之行，是没有必要来的，后果早就在预料之中，算是白跑了。

1927 年 6 月 8 日，许克祥捎信给王驭欧，破例要他以家属身份到监狱探望一下陈香香。

在监狱里，陈香香受尽了酷刑，被打得遍体鳞伤，血肉模糊，折磨得奄奄一息。

看到陈香香，王驭欧又是佩服，又是心疼。他们都知道，陈香香是在劫难逃了，这恐怕是他们的最后一面。

但王驭欧还是想争取一下，就把许克祥释放条件对陈香香说了。

十多天监狱生活，天天面对严刑拷打，陈香香已经习惯了，也看透了生死。她淡淡地对王驭欧说："大哥，不用瞎子点灯——白费蜡了。许克祥的条件，我知道，要答应，我早就答应了！我宁愿去死，也不愿意出卖同志。相信潇欧跟我一样，他也会支持我这样做的！"

铁骨铮铮的王驭欧眼睛湿润了，对许克祥这个革命的背叛者，他愤怒，却又无计可施；对陈香香这个弱女子，他很敬佩，却又爱莫能助。王驭欧知道，如果换成是自己，也是宁愿站着生，不愿跪着死的。多说无益，也就不再劝了。

"我唯一觉得对不起的，就是父母，就是潇欧了。"陈香香说，"我这些年攒下的钱，麻烦你帮我转给父母，算我尽下最后的孝意；我死后，希望潇欧不要过于伤心，要好好活下去，好好革命，希望他以后找一个比我更好的姑娘。大哥，你帮我转告他，我生是他的人，死是他的鬼！下辈子我还跟他，跟他一起干革命！"

陈香香递给王驭欧一包东西，里面有十多个银圆和一把木梳。

"大哥，这把木梳，是潴欧离开故乡的时候，娘送给他的，是他的心爱之物，从不离身；他出国前，把木梳送给我了。他回国后，你帮我完璧归赵。见到这把木梳，也就见到我和娘了，我先行一步，到下面伺候娘去了，她一个人孤单。"

王驭欧感到心在一阵阵地绞痛，他含着泪点了点头，说："我一定把这把木梳交给潴欧，你放心吧。"

不愿意出卖革命同志的雷晋乾和陈香香，让许克祥恼羞成怒，动了杀机。1927 年 6 月 9 日，许克祥派了一个排，把他们押赴刑场，执行枪决。

在被押往刑场的囚车里，雷晋乾十分内疚，看着陈香香，费劲地说："妹子，是我害了你，我对不起你，对不起如痴兄弟！"

"晋乾哥言重了。"陈香香淡淡一笑，"从参加革命那一刻起，我就做好了流血牺牲的准备。革命流血，在所难免，不是你，就是我；不是今天，就是明天。死，我不怕，就是对不起如痴，他的恩，他的情，我只有来世才报了！"

到了刑场，他们被推下车，按要求站成一排。

两个士兵走上来给雷晋乾蒙脸，被雷晋乾拒绝了，他希望面对枪口，直面刽子手，雷晋乾希望再看上这个美丽可爱的世界最后一眼，他不愿意在不明不白、糊里糊涂中死去。

给陈香香蒙脸，她接受了。陈香香倒不是怕，而是蒙上脸，在黑暗中，她就能看到王如痴——这是她期望的，她不希望在临死最后一眼看到的是面目狰狞的刽子手。

雷晋乾是第一个被执行枪决的。副官命令举枪执行前还在劝雷晋乾回心转意，争取宽大。雷晋乾瞟了他一眼，大义凛然，斩钉截铁地说："我从参加革命的那一天起，就将自己的整个生命交给了革命事业，何惧赴难？我虽一死，革命后继有人。倒是你们，今天当了刽子手，成为人民的败类，将会蒙羞万代，遗臭万年，那才是生不如死呢！"

雷晋乾的话让副官气急败坏，他挥了挥手，忙不迭地说："快，开枪，快给我开枪！用子弹把他的嘴堵上！"

随后，一阵枪栓拉动的稀里哗啦的声音响起，刺激着耳膜；接着，一阵鞭炮一样密集的枪声响起，划破了郊区的天空。

一群革命者的年轻的身体被锐利的子弹洞穿，一股股殷红的血泉汩汩滔滔地从弹孔涌了出来。

他们痛苦地扭曲着脸，接二连三地栽倒在地。

血在地上流淌成河，染红了身下那片土地，深深地渗进了泥土里。

陈香香感到胸部被猛烈地撞击了一下，一颗子弹穿过皮肉，射进身体，滚翻在心脏中，她感到了锥心的绞痛和窒息。

"如痴——"陈香香痛苦地叫了一声，向后重重地倒了下去，就像一根木桩被拦腰劈断。

生命的最后时刻，陈香香清楚地看到了王如痴，看到了自己。王如痴穿着新郎衣服，她穿着新娘衣服，他们坐在新房里，新房里亮着浪漫的烛光，一切都是那样真实，仿佛触手可及。

王如痴走过来，把她抱起，走向床边，放在床上，放下帷幔。烛光熄灭了，一切陷入黑暗之中。

"如痴，你到底还是来了，我们还是成亲了！"

这是陈香香留给这个世界的最后一句话，声音很轻很弱，只有她自己听到了。

这句话又传得很远，远在莫斯科的王如痴都听到了。

子弹射进陈香香身体那一刻，万里之外的王如痴也清晰地感觉到了。当时他正在莫斯科郊外参加实弹训练。王如痴突然感到胸口一阵剧烈疼痛，栽倒下去。

那疼痛莫名其妙，就像被子弹击中！

王如痴感到呼吸困难，脸色惨白，额头直冒冷汗。

同学们以为王如痴被误伤了，都围了过来。

但解开王如痴的衣服一看，看到他身上完好无损，一根毫毛都没少！

第九章　学业有成，战鼓催征

蒋介石发动"四一二"反革命政变后，上海共产党组织受到了毁灭性打击，亟须重新组建。鉴于当时形势，出于安全考虑，对联络员有了更严苛的要求，需要身份隐蔽性极强的人选。

远在莫斯科的罗凤梅被挑中，她是共产党员，但在国共第一次合作期间没有以个人身份加入国民党，国民党对她知之甚少。在上海，罗凤梅家族显赫，富甲一方，政商军三界通吃，还有黑社会帮派罩着，党组织希望她早日回到上海，接手联络员的工作。

1927年5月的上海已经落在了国民党右派之手，处在白色恐怖之中，但比起4月份，已经风平浪静多了，正是敌人麻痹大意的时候，接到通知的罗凤梅立即行动，准备动身回国。

罗凤梅喜欢莫斯科的留学生活，无忧无虑，异域风情，一切都是那样新鲜，还有意中人在。可党组织在召唤，罗凤梅别无选择。

从上海到莫斯科，跋山涉水上万里路，一个多月的朝夕相处；在莫斯科中山大学同学三四个月，这帮志同道合的革命同志建立了深厚的感情。罗凤梅还对王如痴产生了战友之外的特别情愫——在罗凤梅看来，这个英俊帅气、来自湖南乡下的年轻人，浑身散发着一种说不清道不明的魅力，把她深深地迷住了。

有人说，男人爱上女人，只需要一眼就够了；其实，女人爱上男人，又何尝不是如此？在颠簸的大海上，王如痴站在板凳上作诗的样子，一直在罗凤梅的脑海里和梦里萦绕，挥之不去——王如痴看上去是那样衣袂飘飘，风流倜傥，才华横溢，让人怦然心动。又同学了几个月，加深了认识和了解，罗凤梅越来越认为王如痴胸怀大志，立场坚定，富有才华，又吃得苦，霸得蛮，耐得烦，说话做事，待人接物，从不矫揉造作，是自己人生伴侣的最佳人选。

王如痴身上折射出来的优秀品质、散发的人格魅力是从小到大围绕在罗凤梅身边的那些纨绔子弟所不具备的，有一种特别的气质和味道。

罗凤梅出发前的那天晚上，莫斯科中山大学的同学为她送行，在俱乐部举办了大规模的送别晚会。一帮年轻人一边喝着酒，一边跳着舞，一边畅谈革命理想。身着白色连衣裙的罗凤梅就像七仙女，楚楚动人。很多人过来邀请罗凤梅跳舞，罗凤梅都没有理会，她走向了王如痴——罗凤梅早就盘算好了，当晚的第一支舞，一定要跟王如痴一起跳。

王如痴已经学会跳舞了，从上海到莫斯科的船上的那次跳舞是启蒙，启蒙老师就是罗凤梅。莫斯科中山大学俱乐部每周都有舞会，罗凤梅经常过来邀请王如痴，王如痴也是偶尔去跳跳，但他聪明，一点就通，一跳就会，舞姿翩翩。

出于礼貌，王如痴接受了罗凤梅的邀请。他揽着她的细腰，握着她的纤手，旋下了舞池。在舞池中，闻着王如痴身上的男人气息和味道，罗凤梅意乱情迷，她趴在王如痴耳边，一语双关地说："如痴，你的舞姿在男生中算是数一数二了。你看看，跟着我，进步大，做什么都有奔头！"

王如痴听懂了，罗凤梅是要他一辈子跟着她呢。王如痴感到脸上火烧火燎，但他没有让罗凤梅把一池清水搅浑浊，"你是我的老师，跳舞，是你教的，给我帮了很大一个忙。"

一曲舞毕，罗凤梅走到吧台，要了两杯红酒，端过来，给王如痴递了一杯。王如痴接过酒，说了声"谢谢"，正准备跟罗凤梅碰杯。趁此机会，罗凤梅端酒的手臂灵活一绕，就从王如痴的胳膊上绕了过去，两个人端着酒杯形成了喝交杯酒的姿势。同学们见状，顿时欢呼雀跃地起哄："交杯酒！交杯酒！！交杯酒！！！"

王如痴有些尴尬，准备抽出手来，但胳膊被罗凤梅的胳膊牢牢夹住了，动弹不得。罗凤梅顺着民意，半开玩笑半认真地说："如痴同志，交杯就交杯，我一个女生都不怕，你一个男生怕什么嘛！你我都是革命同志，本来就志同道合，彼此交心，不交心就不是革命同志了。喝交杯酒就是交心，交心就要喝交杯酒。这个道理你不会不懂吧？你不会这么封建，革命同志的面子都不给吧？"

罗凤梅的话虽然有点诡辩，却也无可挑剔，王如痴没有办法辩驳，只得微笑着跟罗凤梅喝了那杯交杯酒。喝完交杯酒，罗凤梅心满意足地笑了，腮边现出两个浅浅的酒窝来。在很多人看来，那晚灯光下，罗凤梅的酒窝里盛满了伏特加，让人心醉神迷。

跟革命同志喝交杯酒没啥关系，无伤大雅，可王如痴心里却是打翻了一个五味瓶，什么味道都来了，他想起了陈香香，感到有些愧疚。

那天晚上的交杯酒一喝，就喝出问题来了，王如痴沦陷了，他思念家乡，更思念心爱的姑娘。晚会结束，回到宿舍，躺在床上，望着天花板，王如痴久久难以入眠。

黑暗中，王如痴的眼前老是晃动着陈香香的影子，她的音容笑貌，她的举手投足，一切都是那样触手可及，又是那样遥不可及。

直到后半夜，王如痴才勉强进入梦乡。

第二天正好是周末，日上三竿了，王如痴破天荒地还赖在床上，还想小睡一会儿。

"如痴，如痴——"宿舍外面有女生在焦急地喊他的名字。

原来是罗凤梅来了，她拎着两个行李箱，站在宿舍门口，点名道姓地要王如痴送她到火车站。

王如痴不得不赶紧爬起来，都是革命同志，送罗凤梅到火车站也在情理之中，无可厚非，换成谁都义不容辞。

王如痴简单地洗漱了一下，走出宿舍，跟罗凤梅打了声招呼，弯下腰，拎起两个行李箱，就往校门口走去。

莫斯科中山大学女生不多，罗凤梅漂亮、活跃、聪明，很受大家喜爱。那天前来给罗凤梅送行的人很多，他们那批两百多人差不多都来了。但其他同学都是送到校门口，就识趣地打住了，跟罗凤梅挥手告别。只有王如痴一个人拎着两个箱子，把罗凤梅送往火车站。

一路上，两个人默不作声地走着，谁也没有说话，只听到脚步杂乱地踩踏地面的声音，只听到两颗心有节奏地咚咚咚地跳动的声音。

这种沉默不是情侣之间的那种心有灵犀、此地无声胜有声的默契，而是没有同频共振的两种境界，一个有千言万语，一个有些尴尬。罗凤梅是动心了，动情了，分别在即，千言万语不知从何说起；王如痴却是揣着明白装糊涂，尴尬得不知说什么好，不愿意多说一句话，生怕说错了，引起误会。

时间并没有因为他们的矛盾纠葛停留下来，反倒是流逝得更快了。进了火车站，来到站台上，他们面对面地站着，又是一阵沉默。罗凤梅呆呆地看着王如痴，王如痴避开罗凤梅的眼睛，望向别处。眼看时间不多了，火车就要开了，罗凤梅慌神了。她急得手足无措，委屈得眼里泪水在打转。罗凤梅痛恨王如痴是个榆木脑袋不开窍，或者是个石头人，压根就没有心。

但王如痴不说，不等于罗凤梅不说；王如痴不主动，不等于罗凤梅不主动。罗凤梅终于忍不住了，她顾不上女孩子的矜持，不顾一切地抱住了王如痴，把头埋进了王如痴的怀里。

罗凤梅又兴奋又悲伤地说："如痴，你这个木头，我喜欢你！"

这下轮到王如痴手足无措，心慌意乱了。他想推开罗凤梅，但没有行动，他不忍心伤害一个女同志。

蒋介石和汪精卫背叛革命，已经隐约让远在莫斯科的王如痴察觉到革命的残酷，革命者随时随地都有牺牲的可能，自己是不能做主的。与罗凤梅这次分别后，两人都是各奔东西，将来能不能再见面，谁都说不准——甚至，这次分别就是生离死别！

火车悠长的鸣笛声响了起来，火车头开始呼哧呼哧地冒起白烟来，火车要开了。罗凤梅不得不松开王如痴，上了火车。在松开王如痴之前，罗凤梅把嘴唇移向王如痴的脸，但被王如痴躲开了。

王如痴这一躲，把堤坝击溃了，罗凤梅忍不住了，号啕大哭起来。罗凤梅哭得很伤心，一方面是离情别绪，一方面是心里有太多委屈——她一个女生都这么主动了，王如痴就像一根木头，一点反应都没有。

火车缓缓地开动了，王如痴站在站台上，一动不动，就像一根木头——只有眼睛在动，他的眼睛盯着罗凤梅，随着火车移动。罗凤梅趴在车窗玻璃上，看着雕塑一样的王如痴，哭得更伤心了。罗凤梅一边哭，一边撕心裂肺地喊："王如痴，我在上海等你回来！"

罗凤梅的哭喊消解在车轮滚动的轰鸣声中，王如痴并没有听见。车轮越滚越快，罗凤梅越来越小，火车越来越小；王如痴越来越小，站台越来越小；罗凤梅消失了，火车消失了；王如痴消失了，站台消失了。

这一幕似曾相识，触景生情，王如痴的眼睛湿润了；这一幕，是那样熟悉，是那样亲切，半年前，他跟陈香香在岳阳码头离别，就是这样的场景，就是这样的心情。

这个时候的王如痴还不知道陈香香已经牺牲了。

1927 年 9 月，王如痴以优异成绩从莫斯科中山大学短训班顺利毕业。王如痴心潮澎湃，希望学以致用，早日回到祖国，回到战友身边，跟他们一起并肩作战；回到恋人身边，跟她一起革命，爱她，疼她，保护她！

王如痴早早就把行李收拾好了，等着党组织通知。但就在出发前，党组织通知他们，由于国内革命形势急剧恶化，经由蒙古回国的交通路线已经被切断了；从海路，到达上海，更是险象环生，上海已经彻底落入了国民党右派之手，而国民党右派早就背叛了革命，成为共产党人生存的最大危险因素。

王如痴他们不得不继续滞留莫斯科。

苏共做出安排，让不能回国的学员继续求学深造。王如痴结合自身情况，对革命进行了一番认真梳理，他突然明白，无论是当年的北伐战争，还是后来的南昌起义，都已经证明了一个真理，那就是革命要成功，就得手里有人，就得手里有枪有炮；作为革命者，就要打得了枪，放得了炮，带得了兵，指挥得了战斗！

虽然参加过北伐战争，但王如痴只是一个宣传兵，主要握的还是笔杆子，还没有正儿八经地摸过枪杆子、打过仗，更甭说带兵、指挥战斗了。他羡慕张发奎、叶挺这些能征善战的将军；他羡慕那些在战场上对着敌人开枪放炮、冲锋陷阵的战士。虽然莫斯科中山大学有军事课程，有基础的军事训练，但都是浮光掠影，浅尝辄止，没有多少实质性作用。这是王如痴能力的缺憾，也是人生的遗憾，他希望把这门功课补上。

学习军事知识，增强军事技能，莫斯科是一个好地方。作为苏维埃共和国的首都，莫斯科有很多军事院校，专业分工很细，有步兵学校、海军学校、飞行员学校、炮兵学校等。结合中国革命的实际和自身情况，王如痴认为，最合适的就是去莫斯科步兵学校了。他填报了志愿，但要经受学校考验测试。

副校长巴甫洛夫亲自主持测试，他是军人出身，热情、严谨。巴甫洛夫听王如痴说参加过北伐战争，顿时来了兴趣，他把王如痴带到了射击场。巴甫洛夫要王如痴开十枪给他看看，五枪步枪，五枪手枪。十发子弹打下来，王如痴很窘迫，因为成绩惨不忍睹，虽然谈不上脱靶，但都在五六环，看得巴甫洛夫直摇头叹气。

　　王如痴连忙解释说，自己在北伐部队里是一个宣传兵，负责思想动员，虽然上过战场，但没怎么开过枪。巴甫洛夫又把王如痴带到操场，他掏出怀表，说："我喊跑，你就跑，十分钟，测测你的体能。"

　　巴甫洛夫一只手拿着怀表，一只手举了起来，随着他的一声"跑"，王如痴就像离弦之箭一样射了出去，撒开双脚，拼命地奔跑。王如痴心想，射击成绩已经够糟了，要打动巴甫洛夫收下自己，跑出好成绩是唯一的机会了。

　　时间在一分一秒地过去，王如痴开始大口大口地喘粗气，满头大汗，身上衣服被汗湿透了，但他不敢马虎，不敢懈怠，仍旧咬紧牙关，拼命地奔跑——在射击上，已经给巴甫洛夫留下了很不好的印象；在跑步上，王如痴一定要把失去的分追回来，让巴甫洛夫另眼相看。

　　十分钟好不容易挺了过去，当巴甫洛夫挥手喊"停"的时候，王如痴都快虚脱了，那颗扑通扑通的心脏就要跳出胸膛。

　　巴甫洛夫看着王如痴，喜笑颜开，伸出了大拇指。十分钟，王如痴跑了两千八百米，相当于一个出色运动员的成绩。当然，让巴甫洛夫满意的，除了体能，更重要的是在跑步过程中王如痴身上体现出来的那种要做就做到最好，无论多苦多难，都要坚持，绝不放弃的精神，这种精神就是革命的精神，这种精神就是优秀的军人的精神。可即使这样，巴甫洛夫并没有给王如痴马上打开莫斯科步兵学校的大门。

　　"给你五天时间。五天后，你到射击馆来找我。我要看到你步枪和手枪的射击成绩！"巴甫洛夫说。

王如痴又怕又喜，怕的是五天后射击成绩如果过不了关，就前功尽弃了；喜的是巴甫洛夫没有因为自己的射击成绩差就把莫斯科步兵学校的大门关上，还是给了他一个机会。

回到莫斯科中山大学，王如痴四处打听，看看哪个老师的射击水平最高，准备拜师学艺，临时突击一下。莫斯科中山大学的老师都当过苏联红军，身经百战，有的威名赫赫。其中，肖洛霍夫是有名的神枪手，在战场上做过狙击手，百发百中；打手枪左右开弓，百步穿杨。王如痴大喜，听说肖洛霍夫嗜酒，王如痴买了两瓶伏特加，敲开了肖洛霍夫家的门。

听年轻人说明来意，看着自己喜欢的美酒，看着那张诚意满满的脸，肖洛霍夫爽快地答应收王如痴为徒，教他射击。

肖洛霍夫把王如痴带到了莫斯科军人射击俱乐部，他打了五枪步枪，五枪手枪，全部命中十环，这个成绩让王如痴钦佩不已。肖洛霍夫把步枪和手枪的动作要领给王如痴示范了一遍，认真地说："射击没有诀窍，关键是心要静，神要聚，动作要稳，把枪当作自己思想和器官的延伸，照门、准星、目标在一条线上，心到，眼到，手到，弹到，就行了。射击前吸气，射击中屏气，射击后吐气。多练，这些要领练到顺其自然了，你就可以了。"

常言道，名师出高徒。王如痴认真地按照肖洛霍夫传授的要领试了一下，果然立竿见影，成绩从五六环一下子提高到了七八环。

师傅领进门，修行在个人。第一天结束，肖洛霍夫就看到王如痴把枪打得有模有样；第二天，肖洛霍夫就没到射击俱乐部来了，但他给王如痴下了练习任务，要他在三天内打完一千发子弹；最后一天，啥事都不要做，自己总结不足，养精蓄锐，考试的时候直接上场。

第六天上午，王如痴准时出现在莫斯科步兵学校的射击场，巴甫洛夫已经在等他了。让王如痴意外的是，肖洛霍夫也来到了现场——原来，肖洛霍夫和巴甫洛夫是战友和老搭档。

先是步枪。王如痴取枪，填弹，端枪，瞄准，扣扳机，一气呵成，打了五枪。

后是手枪。王如痴取枪，填弹，举枪，瞄准，扣扳机，一气呵成，打了五枪。

士别三日，当刮目相看。王如痴的动作标准熟练，两个老师很满意；成绩出来，十发子弹，都在九环以上，还有一半是十环，两个老师更满意了。

巴甫洛夫对肖洛霍夫兴奋地说："你为中国革命培养出中国的'肖洛霍夫'了！"两个战友哈哈大笑起来。

巴甫洛夫把脸转向王如痴，竖起大拇指，高兴地说："你很聪明，学习能力强，在很短时间内就掌握了射击要领，是个好军人坯子！假以时日，在战场上你将成为神枪手，成就可以比肩你的老师；而且我看，你将来是个不可多得的帅才，你的手枪打得比步枪还准！你被莫斯科步兵学校录取了！"

王如痴兴奋得跳了起来，他和肖洛霍夫紧紧地拥抱在一起。

王如痴被编在"中国班"。这个班一开始人不多，后来陆续有中国年轻人被录取，补充进来，逐渐扩编为"中国排""中国连"。

莫斯科步兵学校是正规的军事院校，校舍是二层兵营式建筑，每个宿舍三十人，一个排，每人一张床、一个小柜、一个枪架和一把带枪刺的步枪。教学大厅里陈列着各种各样的重武器和模拟沙盘。课程内容分军政两大类，以军事为主，占三分之二，有步兵战术、制式教学、兵器学、射击学、地形学、筑城学等。军事训练有队列、射击、投弹、地形侦察、战斗指挥和操作各种武器，比莫斯科中山大学要全面和正规多了。武器包括马克沁重机枪、轻机枪、迫击炮等重火器。教员要求学员既要掌握各种武器的射击要领，又要掌握构造原理和拆卸保养。

在莫斯科步兵学校，王如痴学会了骑马。苏联战马高大威猛，性情剽悍，很难驯服。为学骑马，王如痴摔了很多跤，栽了很多跟斗，才渐渐地掌握了技巧。王如痴脚一蹬，飞身上马，腿一夹，战马撒腿狂奔。骑在马上，策马扬鞭，横刀立马，威风凛凛，颇有大将风范。王如痴爱上了骑马，更爱在马背上练习搏杀和射击，在快速行进中消灭敌人。

进入莫斯科步兵学校后不久，"中国班"就迎来了纪念十月革命十周年红场大阅兵庆典，他们被通知组成方队参加红场大阅兵。这让同学们格外兴奋，听到消息那一刻，王如痴按捺不住激动，他噌地蹿上舞台，情绪激昂地发表演讲："同学们，这是我们接受斯大林同志和共产国际检阅，展示中国革命力量、中国革命形象的千载难逢的机会，是历史选择了我们。虽然我们只有一个班，却代表了一个国家，代表中国共产党领导下的中国革命军队的形象，我们要有集体荣誉感！从现在开始吃苦耐劳地训练，争取在阅兵式上表现卓越，一炮打响，为中国争光，为中国人争光，为中国革命争光！"

"中国班"群情激奋，大家摩拳擦掌，都豁出去了。接下来，"中国班"起早贪黑，披星戴月地列队、训练。两个月后，"中国班"作为方阵成员接受了斯大林检阅。在阅兵场上，"中国班"整齐的步伐，严肃的军容，焕然一新的精神面貌，得到了斯大林的高度认可。

规模宏大的红场大阅兵，让王如痴看到了苏联的强大，内心震撼，心潮澎湃。晚上躺在床上，王如痴辗转反侧，难以入眠。王如痴期待革命胜利后的中国也是这样，拥有一支强大的革命军队，扫荡一切反动派和旧势力，正如李大钊在《布尔什维克的胜利》中所说的那样：

　　　　人道的警钟敲响了，自由的曙光再现了，试看将来的环球，必是赤旗的世界。

苏维埃共和国从无到有，靠的是一支强大的革命军队；中国共产党依靠劳苦大众，将来也一定能拥有一支强大的革命军队，推翻国民党反动派的黑暗统治，把帝国主义赶出去，建设一个像苏联那样强大的新中国！

在经历革命低潮后，国内也不断传来好消息。1928 年 4 月，毛泽东领导的秋收起义的部队与朱德、陈毅领导的湘南起义和南昌起义的部分部队在井冈山胜利会师，根据中共湘南特委决定，两军合编为工农革命军第四军，建立和巩固了全国第一个农村革命根据地，开创了中国革命武装割据的新局面。

在莫斯科留学的革命同志听到消息后兴高采烈，中国共产党终于有了一块自己的地盘，有了一支自己的部队，他们回国也有用武之地了。风起云涌的武装割据，蓬勃发展的国内革命形势，催生了对带兵打仗的军事人才的迫切需求。在共产国际和中国共产党的组织安排下，在莫斯科的中国军事学员结束了在苏联的学业，准备回国，为中国革命效力。

1928 年夏天，王如痴告别师友，踌躇满志，踏上了回国的旅途。

第十章　化险为夷，手刃叛徒

从苏联学成归国，王如痴还是没能抄上近路，从蒙古进入。他逆着来路，先坐火车从莫斯科到海参崴，再坐轮船从海参崴到上海。

一年多来，王如痴对这片土地和这片土地上的人们产生了深厚的感情。

在莫斯科度过的最后一天，白天，王如痴在大街上转悠，向一座座建筑、一条条道路、一棵棵树木深情告别；跟一个个认识不认识的人打着招呼。他喜欢热情善良、给了他细致入微的关照的俄罗斯人；他爱这片肥沃辽阔的土地，尤其是十月革命后这片土地上产生的全新气象，这正是中国革命胜利后的样板，在苏联，王如痴看到了未来新中国的样子。

晚上，王如痴在校园内转悠，向熟悉的人告别，向这里的一砖一瓦、一草一木告别。校园里静悄悄的，却灯火辉煌。灯光下，同学们正襟危坐，或伏案疾书，或蹙眉沉思，或捧书阅读。他爱跟自己一样，为救国救民出水火，离乡背井，探求真理的同学。这里的环境，这里的气氛，王如痴太喜欢了。

当天晚上，王如痴躺在床上，辗转反侧，彻底失眠了，一半因为回国激动不已，一半因为回国恋恋不舍。莫斯科让他快速成长成熟，尤其在军事理论和军事实践上。王如痴感觉时间太短了，需要学习的东西太多了，需要掌握的技能太多了，如果可以，他还愿意再待上三五年，让自己成为一个特别成熟的革命工作者，就像苏联的很多高级将领一样。

可祖国在召唤，国内革命形势需要他。他是中华儿女，炎黄子孙，在中国生的，在中国长的，他的根在那儿，他的爱在那儿，他的理想在那儿，他的奋斗在那儿，学再多知识，掌握再多技能，都是为祖国更好，向祖国奉献。莫斯科再美，苏联再强，都注定了只能是人生道路上的一个驿站；中国再穷，中国再差，从降生在那片土地上那刻起，就注定了是他一生的起点，也是他一生的归宿。他要把自己的一生留在那片土地上，为那片土地的富饶，为那个国家的强大，为那片土地上繁衍生息的人民的福祉，奋斗不息，战斗不止，流汗流血，甚至献出生命！

为不给同学们添麻烦，也不想见到那种悲伤的离别场景，王如痴天没亮就悄悄起了床，背着行李，出了校门，向火车站走去。他离开的时候，室友同学都还在睡梦中，四周静悄悄的，只听得到鼾声和呓语。王如痴抬头望了望天，天空湛蓝辽阔，满天星斗已经隐了，只有启明星特别精神地亮在东方。

王如痴归心似箭，搭的是最早的那趟火车，车上没什么人。火车开动，望着渐渐远去的莫斯科，王如痴情不自禁地感叹："别了，美丽的莫斯科；别了，英雄的苏联人民；别了，可亲可爱的同学同志，兄弟姐妹！"

一万多里路程，一个多月时间，路程还是那样漫漫，时间还是那样悠悠，但物是人非，来和返之间，还是那个人，但也已经完全不是那个人了。来的时候，王如痴还是一个愣头青，革命理论略知皮毛，军事素养一穷二白，基本上是一个没见过什么世面的"土包

137

子"；返回的时候，王如痴脱胎换骨，已经满腹经纶，出口成章，脑子里装满了系统的革命理论；他已经一身军事本领和技能、智勇双全了。

漫长旅途，最难打发的就是时间。王如痴随身带了十多本厚厚的书，多半是革命理论书籍，小半是高尔基等革命作家的文学作品。这些书统都是俄文版。王如痴的俄文，听说读写十分顺溜了，读俄文版的书一点问题都没有了。

有书为伴，旅途就不寂寞。从莫斯科到海参崴，火车上，有人聊天，时间容易打发。在轮船上的漫长时光，大部分是在字里行间度过的。眼睛看累了，王如痴走上甲板，白天眺望一望无际、波涛汹涌的大海，看在波浪间一掠而过的海燕；晚上抬头仰望天空星辰，计算哪颗星辰下面是华夏大地，憧憬与陈香香、雷晋乾、郭亮相见时的美好情景。

1928 年春夏之交的上海远没有 1927 年的风声鹤唳、草木皆兵了。党派之争相对缓和了，局势平静下来，共产党员和革命群众，被抓的抓，杀的杀，关的关，躲的躲，即使坚守岗位进行战斗的，也已经转入地下了。但国民党右派那根斗争的弦并没有放松，风声还是很紧，大街上到处都是便衣，看到形迹可疑的人就带走审讯。

王如痴这样从莫斯科留学回来的中国军政学员，是中国革命的瑰宝，对中国革命极为重要。为保证安全，学员们没有集中出发，而是化整为零，今天你走，明天我走，后天他走，陆陆续续地回国的。这样安排，不引人注目，目标小，风险小；退一万步讲，即使出事了，也不会被一锅端，可以把对革命的损失降到最低。

党组织告诉王如痴，为保证安全，上海码头有同志接他，他在上海期间的饮食起居、生命安全，就由接他的同志负责，他要听从安排。但党组织没有告诉王如痴谁来接他，对方会向他出示一本简易版的《圣经》。这是他们的接头方式。

终于进入中国近海了，站在大轮船甲板上，居高临下地看着海面上星星点点、随波逐流、不能自主的舢板船，王如痴心里翻江倒海，很不是滋味。跟西方列强相比，中国落后太多了——这正是鸦片战争后，中国饱受西方列强蹂躏的根源，中国太有必要奋发图强、迎头赶上了。

中国要发展、要强大的前提就是先得革命，推翻国民党反动派的统治，打倒帝国主义、封建主义、官僚资本主义，建设一个苏联那样的新中国，给全国人民创造一个奋发图强、能够充分发挥聪明才智的环境，这是中国共产党人的历史使命。

大上海的建筑终于在眺望的视野中隐隐约约地出现了，而且越来越清楚，人们情不自禁地拥向甲板，兴高采烈地欢呼起来。王如痴心跳加速，使尽全力地高声大喊："我爱你，中国！我回来啦！"

上海的建筑很洋气，跟莫斯科相比，没什么两样。但住在建筑里的人，完全不一样。在莫斯科，十月革命胜利，苏维埃共和国成立后，人民当家做主了，住在小洋楼里的，以普通老百姓为主；在上海，住在洋楼里的，是有钱有势的达官贵人，老百姓处在水深火热之中，看得到"朱门酒肉臭，路有冻死骨"的强烈对比。

强烈反差，凸显了革命的迫切，也让人感觉到革命的任重道远。王如痴感慨万千。但即将踏上祖国的土地，王如痴还是有说不出的兴奋，儿不嫌母丑，犬不嫌家贫，他已经在海外漂泊一年多了。

轮船快靠岸的时候，王如痴想了想，还是忍痛割爱地把一路陪伴他的那些革命书籍丢进了大海，只留下了两本文学书籍。那些革命书籍，王如痴已经读完了，书中的革命理论已经装进了他的脑海里，跟他融为一体了。即使这样小心翼翼，那两本文学书籍还是给王如痴带来了大麻烦，差点惹出了牢狱之灾。

船抛锚了，靠岸了，王如痴拎着行李下了船。他的行李能简则简，除了两身路上必备的换洗衣服，两本书，一套给陈香香买的化妆品，就没有其他了。

但过海关，还是非常严格，尤其是对中国人，对从苏联留学回来的中国学生。搜身，看证明，翻行李，读表情，带去审查，差不多都要经历一遍。海关警察搜到王如痴带的俄文书，如获至宝，又如临大敌，当即就把王如痴扣下了，带到了审讯室。

没出码头就被抓了，王如痴心中暗暗叫苦，他后悔没把那两本文学书也扔了。值得庆幸的是，在船靠岸前，王如痴留了一手，把那些俄文版革命书籍丢海里喂鱼了，否则，他就是跳进大海里也说不清楚了。他原以为文学书籍不碍事，但没想到就连文学书籍都让他成为被严重怀疑和审查的对象，他第一次感到了国内的革命形势不容乐观。

跟苏联闹崩了的国民党在国内已经是谈苏联色变了。随身带有俄文书，不管是什么，都要不问青红皂白，进行严厉盘查，因为俄文书代表了来路和政治倾向。这是国民党反动派十分忌讳的。

进来一个略懂俄语的海关警察，他拿起俄文书，认真翻了翻，没看出什么蛛丝马迹来。另一个警察拿起王如痴的右手，一个手指一个手指、一个关节一个关节地端详起来，他的眼睛盯在王如痴食指关节的新茧上，就像发现了新大陆。警察指着王如痴手上的茧，厉声责问王如痴是怎么回事！

那些茧是练枪打靶时留下的。王如痴傻眼了，看来这帮警察不是吃素的，经验丰富，十分厉害呢！

"我在苏联做伐木工人，赚点小钱养家糊口，"王如痴一边紧张地思索对策，一边说道，"那茧是砍树时，握斧头留下来的。"

"我看你编！"警察很不客气地扬起巴掌，给了王如痴一个耳光，"明明就是打枪打的，砍树握斧头，是五个手指关节都起茧，扣扳机是一个关节起茧。"

"森林里有熊，有时候也打打猎，用的猎枪！"王如痴分辩道。

"我看他这个样子，肯定又是一个回来的'共匪'！"另一个警察说，"先把他关起来再说！"

"对，先关起来！"其他警察随声附和。

他们把王如痴绑了，推搡着他，准备把王如痴送进监狱。

正在他们押着王如痴去监狱的时候，审讯室的门被推开了，一个打扮时尚、年轻漂亮的女郎挽着一个穿高级警服的人走了进来。

警察看到那个穿高级警服的人，赶紧立正，行礼，高声大气地汇报邀功："报告罗局长，抓到一个共党嫌犯！"

"什么共党嫌犯，瞎了你的狗眼，他是我男朋友，刚从国外回来！"妙龄女郎蹿上来，很不客气地说。

让王如痴万分惊讶的是，妙龄女郎正是女同学罗凤梅。在这种场合相见，真是太有戏剧性了。

从莫斯科回到上海后，罗凤梅恢复了富家子女的身份，穿着时尚、高贵，派头十足，经常出入上海的上流社会。原来罗凤梅表面上是富商之女，实际上是上海地下党接应和保障从国外留学回来的中国军政学员安全的负责人。那个穿高级警服的人是罗凤梅的堂哥，上海码头海关警察局局长。

为装得更像，也出于真情实感，罗凤梅见了面，就拥抱了王如痴，行了贴面礼——盼星星盼月亮，终于把王如痴盼回来了，罗凤梅也是特别兴奋，她一半是出于掩护，一半是出于真心，她太想念王如痴了。

松开王如痴后，罗凤梅扭过头，娇嗔地对罗局长说："哥，他就是王如痴，我的同学，我男朋友！我经常给你提起的那个！"

"可他是共党嫌犯！"一个警察不甘心地说。

"瞎了你的狗眼，我妹的男朋友，你们也敢扣，敢怀疑！"罗局长很生气，他抬手给了那个警察一巴掌。

被扇的警察摸着火辣辣的脸，嗫嚅着说："我不知道是你妹的男朋友啊！"

罗凤梅狠狠地剜了两个警察一眼，恨不得用眼睛生吞了他们。那目光吓得两个警察下意识地把头往旁边一躲，就像在躲扇过来的耳光一样。

罗凤梅一边嗔怒，一边撒娇地说："哥，我男朋友，你们审也审了，问也问了，打也打了，扣也扣了，我现在是不是可以把人领走了？"

"不行！还要履行相关手续！"那个没挨打的警察很不识趣地说。

"履行个屁！"罗局长抬起腿，狠狠地踹了他一脚，怒气冲冲地说，"你们两个蠢猪，我在这儿还履行什么手续，还不快松绑放人！"

两个警察走到王如痴身边，把绳索解了。

罗凤梅不再理会，她挽着王如痴的胳膊，亲亲热热地走出了审讯室。

罗局长望着两人离开的背影，无可奈何地叹了口气："重色轻友，哥是白疼你了！"

原来罗凤梅在上海码头出口处左等右等，眼见大轮船上的人都走完了，还没看到王如痴出来，就知道他出事了，被带去审讯室了——这种事情，她已经碰到过好几回了。罗凤梅赶紧跑到堂哥办公室搬救兵，缠着堂哥带她去审讯室找人，果然被她猜中，也正好给王如痴解了围。

走出审讯室，司机早就在海关门口等着了。他们上了车，向罗府奔去。

在车上，罗凤梅拉开小提包，取出一本简易版的《圣经》，展示给王如痴看。

"谢谢你救了我！"王如痴说，"其实，你用不着给我看《圣经》，我就可以确定你是接我的那个人了！"

"那可不！"罗凤梅说，"这一步很关键，是组织程序，我们要

143

按照程序来，马虎不得。"

"罗大小姐看起来大大咧咧，没想到做起事来，是张飞穿针——粗中有细啊！"王如痴由衷地赞叹道，他对这位女同志多了一分敬意。

"把我跟粗糙的张飞比，你也太没眼光了吧！"罗凤梅幽幽地说。

"你是美丽新女性，张飞是英雄，张飞也算是那个时代的革命青年！"王如痴连忙解释说。

王如痴的一席话把罗凤梅逗乐了。她觉得这个革命青年越来越有意思了，说话还特别幽默风趣，她第一次听到别人说张飞是革命青年。

罗家上下很热情，老爷和太太早就坐在客厅恭候。罗凤梅是独生女。虽然女儿经常迎来送往，接送了很多年轻人，但他们感觉得出来，女儿今天接的这个人，非同一般，他们早就从女儿的表情里看了出来——接待的前一天，女儿就格外兴奋，远超以往，出发前，衣服试了一身又一身。

见到王如痴，罗府上下十分高兴。看着气宇轩昂、谈吐不凡、谦逊有礼的王如痴，老爷和太太都很满意，他们相视一笑，赞叹女儿果然有眼光。

罗凤梅把王如痴领进客房，希望他住下来，在上海多逗留两天，她陪他到处逛逛——当然，对罗凤梅来说，陪王如痴逛逛是假，借机增进和培养感情，给王如痴留下一个深刻印象是真。

"不行，"王如痴不由分说，"我现在是归心似箭，我得尽快赶回长沙，今天下午就要走。"

上海不是王如痴的地盘，更不是王如痴牵挂的地方，也没有王如痴牵挂的人。到了上海，王如痴回湖南的心情更迫切了，恨不得腋下生翅，脚下长轮，王如痴一刻都不想耽误，他希望见到陈香香、雷晋乾、郭亮他们，越快越好！

留不住王如痴，罗凤梅很沮丧，半开玩笑半认真地问："这么急着赶回长沙，难道是急着去见心上人？"

试探的话一出口，罗凤梅就后悔了，她宁愿不闻不问，被蒙在鼓里——当然，罗凤梅更希望听到否定答案，但王如痴让她失望了。

既然罗凤梅问到了这个问题，王如痴就汤下面，干脆承认了。王如痴知道罗凤梅的心意，她已经不止一次地或明示或暗示过了，但王如痴不解风情，一直在装聋作哑。现在回国了，也到了把关系挑明、摆明自己立场的时候了，不能误了人家姑娘的青春，也不能对不起陈香香。

"嗯。"王如痴点点头说，"她叫陈香香，我们青梅竹马，两小无猜，在我出国留学之前，我们本来要回老家结婚的；因为留学，把结婚给耽搁了。这次回来，我要带她一起上井冈山，参加革命。"

"恭喜你，羡慕她！"罗凤梅有些伤感地说，"看来我迟来了一步，我们是有缘无分了。我真心地祝你们白头到老，美满幸福！"

"谢谢你，凤梅同志！"王如痴说，"我们是革命同志，是亲密战友，我们一起并肩作战！"王如痴一边说，一边向罗凤梅伸出了手。

"嗯——"

罗凤梅也伸出了手。一双手阔大，一双手纤小，一双手粗糙，一双手柔嫩，两双手紧紧地握在了一起。

罗府给远道归来的王如痴接风洗尘，准备了十分丰盛的午宴，满满一桌，都是山珍海味。王如痴胃口出奇地好，也不客气，大快朵颐，吃得额头直冒汗。在汪洋大海上颠簸了一个多月，王如痴正馋得慌；在苏联留学一年多，他已经很久没有吃到这么香甜可口的中国菜了——尽管上海烹饪跟湖南烹饪千差万别，但中国菜就是中国菜，是地球上其他地方的菜不能替代的。

饭后，王如痴说走就走，拎起行李准备告别，让罗家上下很是愕然，老爷和太太面面相觑。看女儿的表情也似乎不对，从当初的莫名兴奋到现在刻意掩饰的沮丧，他们还以为两人刚见面就吵架了。

孩子的事只能由孩子自己解决，他们干着急，但没办法插上手，帮上忙。

罗凤梅把王如痴送到黄埔码头，给他买了船票。罗凤梅看了一下手表，离开船还有一段时间。

"给陈香香拍个电报，把到达时间和地点告诉她，让她来接你吧！"罗凤梅向王如痴提议。

这个主意很好，说到王如痴心坎里去了。

他们一起到旁边的邮局给陈香香拍电报。

电文都是罗凤梅起草的：

如痴归，5月20日下午三点，长沙码头接。

罗凤梅把电文内容给王如痴看，王如痴没有改一个字。

拍完电报，正好赶上船，王如痴登上船，跟罗凤梅挥手告别。

船起锚，起航，船尾卷起阵阵浪花，渐渐地驶出了码头。

看着船开走了，罗凤梅的心空了。在回家路上，罗凤梅就有想哭的冲动。但司机在，罗凤梅不得不强忍着。回到家，罗凤梅也不理人，径直进了卧室，把门反锁了，趴在床上，号啕大哭起来。

罗凤梅感到自己那颗心被钻了一个洞，流着血，痛得难以忍受。第一次，无忧无虑、坚强乐观的罗凤梅觉得自己命苦。这种苦，不是物质上的，但比物质上的更强烈，是感情上的，让人痛不欲生——好不容易把王如痴盼回来，以为自己机会来了，可以结成革命伴侣，比翼双飞了，却被王如痴亲口告知已经有意中人了。对憧憬爱情的年轻人来说，还有比这更残忍的吗？

还好罗凤梅是一个坚强的革命工作者，有自己的信仰和原则，有接不完的任务，有做不完的事情，工作性质决定了她不能马虎分心，否则，将会给自己和同志带来麻烦和危险。很快罗凤梅就化悲伤为力量，全身心投入到革命工作中去了。

从上海返回长沙途中，王如痴心情很迫切，很激动，他恨不能飞到陈香香身边。但船在自己的航道上，用自己的速度，不紧不慢地航行着，没有因为王如痴的心情有所改变。直到第三天下午三点，船才准时到达长沙码头。船一靠岸，王如痴迫不及待地第一个跳下船，从码头走了出来。出了码头，王如痴左顾右盼，但很遗憾，那个让他朝思暮想的人，并没有出现在他眼前——王如痴原以为，陈香香接到电报，肯定会如约如期地出现在码头上。

王如痴怕自己到早了，陈香香来迟了，彼此会错过，就一直在码头上等，他成了那船人第一个下船出码头、最后一个离开的人。在等待中，王如痴越来越不安，越来越希望渺茫，他不住地假设：难道陈香香没有接到电报？难道陈香香要值班，脱不开身？难道陈香香工作有变动了？

王如痴更愿意相信后面两种假设。坐在码头滚烫的石阶上等了两三个钟头之后，王如痴终于确认陈香香不会来接他了，他不愿再停留，站起来，拎起行李，拦了一辆人力车，风尘仆仆地赶往后方医院。

香香到底怎么啦？

如果没有特殊情况，陈香香是不可能不来接他的。在赶往后方医院的路上，王如痴在心里打上了一个大大的问号。

进了后方医院，王如痴直奔陈香香办公室，还是没有看到陈香香。

坐在陈香香位置上的，不是陈香香，而是另外一个陌生的女医生。

王如痴有点冲动地问那个医生："香香呢，陈香香呢？"

那个女医生像是被王如痴的问话吓着了，她满脸惊恐地站起来，慌不择路地躲了出去。

离开办公室，女医生最后看王如痴那一眼很是惊恐，就像遇见了鬼。

王如痴感到强烈不安，他火急火燎地跑向嫂子办公室。

正在低头看病历的嫂子，听到王如痴喊叫，抬起头，看到了突然回来了的小叔子。

嫂子满脸惊讶，愣住了。

陈香香的死，也是嫂子的一块心病，这段时间以来，她都是在煎熬中度过的，一个年纪轻轻、漂漂亮亮、活泼可爱的人，怎么说没就没了呢？一对恩恩爱爱的小青年，一年多不见，怎么就阴阳相隔了呢？

从陈香香出事后，嫂子就一直担心有朝一日王如痴回来，该如何向他交代，他将如何面对。嫂子倒是真心希望王如痴在国外多待两年，让时间冲淡他们的感情，最好在这段时间，王如痴能够移情别恋，爱上别人，忘了香香。

当然，看到王如痴，嫂子也很高兴。一年多时间，那个瘦弱腼腆的小伙子不见了，站在面前的王如痴长高了，变粗壮了，结实多了，有了成熟男人的魅力，跟以前的书生模样不可同日而语了。

"嫂子，香香呢？"第一句话，王如痴还是迫不及待地问。

果然是有了媳妇忘了娘，果然是哪壶不开提哪壶。

嫂子看了王如痴一眼，把眼睛转向了别处。

嫂子不敢正视王如痴的眼睛，那眼睛让她有一种强烈的灼痛感。

"香香，她嫁人了，她要你忘了她！"嫂子艰难地编了一个谎言，她希望这样说，比王如痴面对香香死亡的消息要好受些。

"不可能，嫂子，"王如痴斩钉截铁地说，"我了解香香，她不会嫁给别人的，她是非我不嫁的。她出什么事了？你告诉我！无论发生什么，我都能面对！"

从轮船下来到医院，王如痴已经隐隐感到了不妙，毕竟马日事变，他是知道的，牺牲了那么多同志。

见骗不了小叔子，嫂子只得实话实说："香香被叛徒出卖，被许克祥杀害了！"

香香死了？王如痴设想过很多种可能，唯独没有做过这种最坏的打算，他顿时感到五雷轰顶，站立不稳，就像一根被拦腰截断的木桩一样，轰然倒了下去，不省人事。

嫂子赶快掐住了王如痴的人中，扶着他的头，给他喂了几口温开水。

温水下肚，王如痴悠悠醒来，那张脸阴沉得可怕，就像暴雨来临前，乌云密布的天空。

嫂子把王如痴扶到凳子上坐下来，然后转过身，走向办公桌，拉开抽屉，取出来一包东西，递给了王如痴。

"这是香香留给你的！"嫂子说。

王如痴接过纸包，颤抖着手，把纸层层打开，没错，王如痴已经猜到了正是自己出国前留给陈香香的那把木梳，现在又完璧归赵了。

那个纸包里的钱，已经被王驭欧送到乡下，转交给了陈香香的父亲；这把木梳，王驭欧将它转交给了老婆保管，要她将来交给王如痴。

见到木梳，王如痴相信了嫂子的话，他的陈香香死了，确实死了——这把木梳是他送的，梳在人在，陈香香对它就像对待自己的生命一样。

见到木梳那一刻，王如痴觉得自己所有的期待、所有的热情、所有的希望，都灰飞烟灭了。他的心剧烈地疼痛起来，就像被人捏在手里，使劲地挤压着。王如痴疼得全身痉挛，在凳子上蜷缩成一团；豆大的汗滴从额头上渗出来，吧嗒吧嗒地掉在地上，发出清脆的滴落声。

那天晚上，王如痴就在病床上躺着。第二天起来，他已经羸弱不堪，就像大病了一场。王如痴找来一块木板，用一把水果刀在上面一笔一画地刻上"爱妻陈香香之墓";然后在野外采摘了一束鲜花，按照嫂子告诉他的地址，来到了陈香香的墓地。

墓地微微隆起，上面长满了萋萋芳草，那草深可齐腰。

隆起的黄土下面，埋着的正是自己朝思暮想的女孩。

王如痴用力将木碑插进坟头的泥土里，献上花，无力地瘫坐在坟边。

"香香，我来看你了!"王如痴悲怆地自言自语，又像是在跟陈香香说话。

清亮的泪水从王如痴脸上顺流直下，滴落在坟头上，渗进了泥土里。

王如痴一遍又一遍地抚摸着坟上的青草，就像他出国前离别的那个晚上，他们相拥而坐，王如痴一遍又一遍地用手指梳理着香香的秀发。

如果可以，那一刻，王如痴只想用自己的生命换回陈香香的生命!

王如痴坐在陈香香坟边，从早上一直坐到夕阳西下，月亮挂在树梢上了才起身离开。一整天，王如痴一点东西都没吃，浑身无力，走起路来东摇西晃。

但王如痴的心被仇恨装满了，他要知道陈香香是怎么死的，他要报仇雪恨，对九泉下的陈香香有个交代。

王如痴跟长沙地下党组织接上了头。同志们告诉他，陈香香是好样的，跟陈香香一起牺牲的，还有雷晋乾;他们牺牲后不久，郭亮也牺牲了。

王如痴感到了反动派的可恶、革命的残酷——他在长沙最亲最爱的女人、他在长沙最亲最好的兄弟，在他留学期间，为革命流尽了最后一滴血。这笔账，既要算在许克祥头上，也要算在国民党反动派头上——当然，还要算在叛徒身上，一个都不能少。

可是要报仇没那么容易，许克祥和国民党反动派已经兵强马壮了，找他们报仇，现在还不行，不能仇没报，自己就没命了。要报仇就得从长计议，假以时日，寻找机会，因为眼前的革命力量在强大的反动派面前太弱小了，不堪一击。

但清除给革命带来严重祸害的叛徒并不难，王如痴对叛徒的痛恨甚至胜过了许克祥，没有叛徒出卖，陈香香、雷晋乾、郭亮也许都有一丝生机。那个让长沙共产党和革命群众遭受重大损失的叛徒史东方是必须除掉的，越快越好，宜早不宜迟。否则，他将来还是一颗定时炸弹，还会给革命带来麻烦，还会造成更多同志流血牺牲。

王如痴把自己的看法向地下党组织做了汇报。地下党组织正好也有这个意思，觉得除掉史东方势在必行。王如痴刚从国外回来，在长沙熟人不多，不引人注意，就把这个任务交给了王如痴。

地下党组织给王如痴派了三个年轻人做助手，四个人挑灯夜战，连夜制订了详细的锄叛计划。

雷晋乾、郭亮、陈香香被杀，引起了长沙共产党人和革命群众的强烈愤慨，清除叛徒的声音此起彼伏，有的甚至背着组织，在单独行动。史东方已经成了惊弓之鸟，东躲西藏。他早就料到这一天迟早会来，搬了家，换了工作，隐姓埋名了。

但天下没有不透风的墙，要想人不知，除非己莫为。在革命群众的共同努力下，王如痴终于打听到了史东方的藏身之处——史东方已经把父母、老婆、孩子送回乡下了，一个人租住在岳麓山下一座破烂的民房里。

那天下午，王如痴带着三个同志悄悄地潜进了史东方的住处，埋伏在门后面，静静地等着史东方回来。

直到天黑了，繁天满星，史东方才躲躲闪闪地回家来。他刚推开门，就被王如痴带着三个年轻人摁倒在地，用臭袜子堵上了嘴，用麻绳捆得结结实实，塞进了事先准备的大麻袋里。

四个人轮流着，把史东方扛到了郊区墓地。他们放下麻袋，解开，把史东方倒了出来。

　　看到眼前四个年轻人，看到陈香香的墓地，史东方什么都明白了，他的报应来了。史东方一屁股瘫坐在地上，就像一堆烂泥。

　　一个同志走过来，拎起史东方，让他跪在墓前。

　　史东方感到特别绝望，又升起了强烈的求生欲望，他忙不迭地给陈香香磕头，乞求原谅。

　　"早知如此，何必当初——"其中一个同志狠狠地踹了史东方一脚，把他踹倒在地上。

　　"晋乾兄弟，郭亮兄弟，香香，我给你们报仇了——"王如痴悲怆地说。

　　王如痴抓住史东方的头发，掏出那把水果刀，架在史东方脖子上，用力一划拉。一股鲜血就像箭一样从史东方的脖子上喷涌出来，他哼都来不及哼一声，就栽倒下去。史东方的两只脚后跟使劲地摩擦着泥土，挣扎了一会儿，腿一蹬，就一命呜呼了。

　　看着伏法的史东方，王如痴也瘫倒在地，他终于可以长舒一口气了。

　　叛徒被除，王如痴算是了却了一桩心事，心中的痛楚减轻了不少，暂时可以轻装上路了。

　　锄叛后的第二天是个阳光灿烂的日子，王如痴早早起了床，把那把木梳揣进兜里，拿了一身换洗衣服，从长沙出发，动身前往井冈山，向着心中那块革命圣地进发！

第十一章　孤身救女，教学相长

前往井冈山，王如痴一路悲伤：对陈香香的爱有多深，对反革命的恨就有多深；对反革命的恨有多深，对革命的向往就有多迫切；对革命的向往有多迫切，奔向井冈山的脚步就有多匆忙。

王如痴一边健步如飞，一边无数次地憧憬，手握钢枪，把愤怒的子弹射进国民党反动派的胸膛；有朝一日攻打长沙，活捉许克祥，处决许克祥，为陈香香、郭亮、雷晋乾等牺牲的共产党人和革命群众报仇雪恨。

为掩人耳目，避免不必要的麻烦，王如痴故意把衣服弄脏了，在脸上抹了一层锅灰，戴着一顶破斗笠，走到哪儿都像一个土生土长、毫不起眼的农民。

从湖南长沙到江西井冈山，有三百多公里的路程。王如痴披星戴月，跋山涉水，风雨兼程，有车坐车，有船坐船，更多时候是用双脚走路。鞋底磨破了，脚板每天都要起三五个大血泡。夜晚睡觉前，王如痴用针把血泡挑破，把血水放了，第二天早上起来继续赶路。

前往井冈山，一路上设有很多关卡，他不断被盘查，越靠近井冈山，盘查越严密。虽然波折不断，但都被王如痴巧妙地化解了，路上还算顺利。路过湖南茶陵，到达井冈山革命根据地边界的时候，王如痴从国民党大兵手下救下了小姑娘胡兰英。

快傍晚了，太阳落进了远方的山里，霞光满天。王如痴突然听到前方传来两声孤零寂寞的枪声，凭经验判断，那两声枪响不是打仗的枪声，而是与打仗无关的冷枪。王如痴心里咯噔了一下，暗忖：在这荒郊野岭，突如其来的枪声，莫不是意味着意外？

循着枪响的方向，王如痴不由自主地加快了脚步。拐过一道弯，王如痴看到了一家独门独户的茅草小院，枪声就是从那儿传出来的——从屋里还传来一阵阵淫笑声和一个女孩呼天抢地的求救声。两种声音混杂在一起，极不协调，让人心里很不是滋味，也容易联想到屋内正在发生什么。

光天化日之下，真是岂有此理！王如痴怒火中烧，奔跑着进了院子。篱笆院门是开着的，映入眼帘的一幕让王如痴大吃一惊：一对中年夫妻倒在血泊中，殷红的鲜血流了一地，他们一个头部中枪，一个胸部中枪，都已经断了气。两人都是怒目圆睁，一副死不瞑目的样子。

王如痴顺手抄起一根棒槌，蹑手蹑脚地靠近小屋门口，看到的一幕让他更加血往上涌：三个痞里痞气的大兵正在欺负一个小女孩，他们的手在女孩身上放肆乱摸，有的扒拉着女孩的衣服，有的急不可耐地解着自己的裤带。女孩一边拼死抵抗，用手护住自己的胸部，双脚乱蹬，一边绝望地呼喊救命。

在三个强壮的男人面前，女孩的反抗一点作用都没有。她的外衣已经被撕开，露出来鲜红的内衣，眼看最后的一层遮挡就要被撕开了。小女孩的反抗越激烈，三个大兵越兴奋。

三个大兵来自攻打井冈山的国民党地方部队，部队吃了败仗，打散了，他们怕死，做了逃兵，一路奔逃，逃到了茶陵。这三个大兵饥渴难耐，本想在附近找口吃的，好不容易看到有户人家冒炊烟，就窜了进来。他们老远就闻到了肉香，肉香让他们疯狂。原来主人蒸了一只鸡，炒了两个蛋，正在给女孩过生日。虽然只有两荤一素三个菜，但一家三口坐在桌边，互相招呼着，向对方碗里夹菜，其乐融融。

肉香激发了大兵们的强烈食欲，他们冲进去，不问青红皂白地抢过那碗鸡肉，用手抓起鸡腿，旁若无人地狼吞虎咽起来。男主人见状，十分生气，过来抢碗。双方言语不和，大兵跟这对夫妻动手打了起来，他们从屋里扭打到院子中央。在扯打中，其中一个大兵急了，端起枪，扣动了扳机，一枪打在男人头部，一枪打在女人胸部。随着枪响，夫妻俩应声倒地，血流满地，痛苦地挣扎了一阵，死了。

打死了夫妻俩，三个大兵看到伏在夫妻俩身上悲恸哭泣的女孩颇有几分姿色，就动了邪念。他们把女孩拖起来，拉进了屋子里，摁在床上，准备一不做二不休，把女孩糟蹋了。

这个时候，正好王如痴赶来了。这一幕看得他目眦欲裂，血往上涌。王如痴一个箭步冲上去，举起手里的棒槌就往一个大兵头上砸去。王如痴下手狠，力量很大，那个大兵猝不及防，应声栽倒，晕了过去。

另一个大兵见同伴突然倒下，一个陌生人蹿了进来，大吃一惊，赶紧拎起裤子去抄靠在墙角的枪，也被王如痴抢起棒槌狠狠地敲在头上，倒了下去，鲜血直冒，痛得在地上打滚呻唤，没有了反抗之力。

骑在女孩身上的第三个大兵感觉不对，扭过头来，看到了满脸怒气的王如痴正向自己扑来，顿时吓得魂飞魄散。大兵下意识地扑上来抢王如痴的棒槌，但被女孩死死拽住，一时脱不开身。王如痴抢起棒槌，照着大兵的头上狠狠地敲了下去，大兵赶紧用胳膊护住了头。只听到咔嚓一声脆响，大兵的胳膊断了。没等王如痴的第二棒落下来，大兵跳起来，准备用壮实的身体去撞王如痴。但女孩眼疾手快，用手拉住了大兵的脚后跟，大兵身体失去平衡，重重地摔倒在地。还没等大兵爬起来，王如痴的第二棒到了，结结实实地敲在大兵头上。大兵闷哼一声，晕了过去。

女孩迅速爬起来，衣衫都没来得及整，就冲了出去，很快又折了回来。回来的时候，女孩手上多了一把寒光闪闪的砍柴刀，她二话没说，举起砍柴刀，对着躺在地上的三个大兵，劈头盖脸地一顿乱砍。砍柴刀过处，血花四溅，那血也溅了女孩一脸一身。

砍完大兵，出完恶气，冷静下来，女孩自己也吓坏了，她丢下砍柴刀，一屁股瘫坐在地上。女孩怪怪地看了王如痴一眼，哇的一声，痛哭起来。

天已经黑了，女孩脆亮的哭声把山村的夜空撕裂，传出很远很远，在山脚下久久回荡。

王如痴十分无助地看着女孩，不知说什么安慰的话——这个时候，一切语言都是那样苍白无力；也不知道自己能做些什么——这个时候，一切动作都是多余的。

王如痴只得搬过来一把凳子，坐在女孩身旁，看着她，陪着她——王如痴不放心，没有立刻就走，他怕女孩面对这种惨局，想不开，做出什么傻事来。

这个女孩就是胡兰英，那天正好是她十六岁生日，父母正在高高兴兴地给她过生日。没想到天外飞来横祸，一顿饭的工夫，他们就家破人亡，一个好端端的家就给毁了。

女孩悲切地痛哭，王如痴寂寞地枯坐，这个状态持续了一整个晚上。鸡叫了，天亮了，王如痴找来一把锄头，在屋后挖了一个大坑，把夫妻俩的尸体背过去，放进坑里，用土埋了。他准备再挖一个坑，但被女孩阻止了。王如痴不知道女孩要做啥，既然不让他埋三个大兵，他也不好再说什么。看来女孩没事了，他要急着赶路，于是掏出来五个银圆，放在桌上，准备离开。胡兰英扑通一声跪在王如痴面前，声音嘶哑，声泪俱下："恩公，你带我走吧。我父母都死了，我没有家了。"

王如痴赶紧把胡兰英扶了起来，十分为难地说："我只是一个过路的，我的家在很远的地方，我暂时也没有回家的打算。"

胡兰英说："你到哪里，我就到哪里！这里是我的噩梦，父母没有了，这个家，我还怎么待得下去？"

女孩说的也是实话，王如痴为难了，也只得实话相告："我准备上井冈山参加革命，革命很苦，很危险，要打仗！"

胡兰英指着地上三个大兵的尸体，问道："革命是专打这样的坏人吧？我不怕苦，也不怕危险，我要跟着你上井冈山，一起闹革命！"

王如痴说："你年纪还小，要上学，不要被耽搁了！"

胡兰英说："我家穷，父母在，我都没学上。你看到了，现在我父母被杀了，更没学上了。这世道，好人少，坏人多，你把我一个人留下，以后就更危险了。我留在这里还不如跟你一起闹革命安全呢。"

女孩说得确实在理，王如痴不再坚持，答应了胡兰英，带她一起上井冈山闹革命。

胡兰英简单地收拾了一下，拿了一身衣服，拿了几个红薯，跟着王如痴奔赴井冈山。出发前，胡兰英划了一根洋火，把茅草房点着了。干枯的茅草呼的一声燃烧了起来，火苗越蹿越高，火越烧越旺，火光把曙光初露的天空照得一片通红。

烧掉茅草房，王如痴和胡兰英在晨曦中出发了。他们上路的时候，一轮红日摆脱山峦的束缚，升向天空，阳光洒下来，照在他们前进的道路上。

王如痴和胡兰英向着井冈山的方向，一前一后，大步流星地走着。走到下午两点，他们又累又热，坐在一棵大香樟树下短暂休息。王如痴爬到树上，挑了一根笔直的树枝，折断了，用小刀削去多余的枝条，给胡兰英做了一根拐棍。由于走得太急，半天下来，王如痴发现胡兰英有些吃力了，走路一瘸一瘸的，他知道，胡兰英的脚底肯定打起了很多血泡。王如痴要胡兰英脱掉鞋，果然看到了满脚的血泡。王如痴取出针，给胡兰英把血泡挑了，然后继续赶路。

有拐杖在手，可以减轻两脚着地的力度，再走起路来，胡兰英就感觉轻松多了，脚底也没有那么痛了。她望着前面的王如痴，心里产生了一种莫名的感动和踏实：没有这个人救自己，她恐怕被糟蹋了，也死了，不是被三个大兵杀了，就是自己随父母去了！

1928年7月，经过几天昼夜兼程，王如痴和胡兰英终于到了井冈山革命根据地，上了井冈山。

那时候的井冈山，刚经历红军胜利会师，处处呈现一片崭新的气象。根据地的军民备受鼓舞，干劲十足，格外精神。井冈山上战鼓擂动，战旗飘飘，到处洋溢着欢声笑语。农民忙耕种，军人忙操练，井冈山革命根据地蓬勃发展，革命气势高涨，革命形势大好。

根据地的人们很友善，脸上挂着笑容，浑身特别有干劲。王如痴向他们打听红四军总部所在地，上来一群雄赳赳气昂昂、手握红缨枪的小朋友，把两人拦下来盘问。王如痴连忙向他们解释说是党组织派来参加革命的，刚从苏联回来。小朋友们认真地打量了一下两个人，觉得他们不像是坏人，于是小队长在前面引路，把他们带到了红四军军部。

接待他们的是红四军参谋长王尔琢。王尔琢一张方正的脸，长满络腮胡子，有一种与众不同的沧桑感、成熟感。

王尔琢是湖南常德石门人，1903年1月出生。在王尔琢面前，王如痴有些自惭形秽，一种佩服之情油然而生：当时只有二十五岁的王尔琢已经身居要职，做了红四军的参谋长兼28团团长了，是朱德和毛泽东十分倚重的高级将领。

王尔琢革命意志坚定，他曾当众发誓：革命不成功，不刮胡子。所以，王尔琢的胡须又浓又密，又深又长。在红四军，王尔琢有"美髯公"之称。在给父母的家书中，王尔琢动情地写道：儿已以身许国，革命不成功，誓不回家。

对王尔琢，王如痴是慕名已久。他们颇有渊源，却缘悭一面。王尔琢和王如痴除了同年同月生，都是湖南人，都姓王外，还有着千丝万缕的关系：他们是校友，都是湖南省公立工业专门学校的学生，王尔琢前脚走，王如痴后脚进，擦肩而过。在学校读书的时候，王如痴就听说过王尔琢的鼎鼎大名。王尔琢从湖南省公立工业专门学校毕业后，向往革命，去了广东，报考黄埔军校，成为黄埔军校的第一期学生，跟王如痴的哥哥王驭欧是同学。

这么一来，两人越聊越投机，有说不完的话题，很快就聊得热火朝天了。人生就是这样，有缘千里来相会，无缘见面不相识。爱情是这样，朋友是这样，兄弟是这样，革命同志也是这样。只要有缘，就总会见面。王尔琢和王如痴，这对革命同志，为了共同的革命理想，终于在井冈山上见面了。王如痴高兴地把自己参加北伐、到苏联留学的情况，原原本本地向王尔琢做了详细汇报。

王尔琢越听越兴奋，情不自禁地站了起来，走到王如痴身边，用力拍了拍王如痴的肩膀，兴高采烈地说："如痴，你来得正是时候！眼下革命形势如火如荼，正是用人之际，极缺人才！井冈山就需要你这样有文化、有理论、有水平、有实践、见过大世面的革命知识分子。毛委员和朱军长都说到你呢。他们希望你先到军官教导大队当教员，把你在苏联学到的东西教给学员，为革命培养更多的军队基层干部和地方武装干部，以适应革命形势的发展。这是我们的当务之急。"

"那我呢？"听了王尔琢给王如痴安排工作，一直沉默不语的胡兰英着急了，她脱口问道。

王如痴赶忙把胡兰英的情况向王尔琢做了汇报。听着胡兰英的遭遇，王尔琢眼里冒火，拳头捏得骨头咯咯作响。王尔琢上下打量着胡兰英，沉思默想了片刻，说道："又是一个苦大仇深的孩子，一棵革命的好苗子。你还小，先学点东西。你跟王如痴到军官教导大队，他当教员，你当学生，好好学本领。学好本领后，再参加革命工作。"

这个安排，皆大欢喜。在军部吃完中饭，王尔琢开了介绍信，安排警卫带他们去报到。王如痴带着胡兰英，告别王尔琢，高高兴兴地来到军官教导大队。军官教导大队的大队长梁军热情地接待了他们。

梁军看完介绍信，高兴地说："如痴，我们就缺你这样喝过洋墨水、见过大世面的高水平教员。现在你来了，我们就如虎添翼了。你读过大学，留过洋，见过斯大林同志，到根据地来了，是我们的宝贝疙瘩。军官教导大队现在是基础薄，条件差，但我们要排除万难，坚决完成党交给我们的光荣任务。毛委员说了，将来我们的仗打得怎样，革命能不能成功，关键就看我们军队的素质，尤其是领导干部的政治和军事素质。我们教导大队在革命中的作用，你可以认真地掂量一下！"

梁军同志的话听得王如痴热血沸腾，没想到刚上井冈山就被委以重任，他觉得浑身有使不完的劲。王如痴从凳子上站起来，啪地立了个正，向梁军敬了一个标准的军礼，声音洪亮地回答："报告大队长，如痴一定竭尽所能，把肚子里的货全部倒出来，为革命事业多做贡献，保证圆满完成任务！"

王如痴担任教员后，军官教导大队已经从龙江书院搬到了茨坪店上村。那时候的办学条件十分简陋艰苦，没有固定教室，没有桌椅，没有纸、笔和黑板，没有集体宿舍。他们在露天上课，垒砖为桌、石块为凳，用树枝、木炭在地上、石板上或沙盘上练习写字。教员和学员晚上睡觉，有的分散在群众家里，有的在祠堂或庙宇里打地铺。

进入军官教导大队的第一天，学员们就统一了思想，明确了目标，那就是学军事、学政治、学文化，为推翻军阀政府、消灭封建剥削、完成土地革命而奋斗。

教学的内容主要分为军事课和政治课，军事课有队列、射击、刺杀、投弹、游击战术、夜间战斗、敌情侦探等课目；政治课有无产阶级革命、形势、任务、部队建设、群众工作、政策纪律等内容。根据学员们的实际情况，还开了识字课，教他们文化知识。

在没上井冈山之前，由于一直在苏联留学，王如痴受到苏联革命影响，对中国革命感到有些疑惑不解。回到祖国，尤其是上了井冈山，身临其境、耳闻目睹之后，王如痴终于弄明白了中国革命选择在井冈山落脚发展是多么英明！

井冈山处于罗霄山脉中段。罗霄山脉是湖南、江西两省的天然交界处，国民党统治基础薄弱，鞭长莫及；在当地，饱受苦难和压迫的广大群众，对革命充满同情，革命意识强，革命基础好，很容易动员，利于积聚革命力量；井冈山东临江西泰和、遂川，西靠湖南茶陵，南邻湖南炎陵，北接江西永新，山高林密，层峦叠嶂，沟壑纵横，地形复杂，是一座天然的巨大城堡，易守难攻，堪称"一夫当关，万夫莫开"；易躲难觅，人隐身于大山中，就像一滴水隐藏于汪洋大海，是实施武装割据的最佳地理选择，是实现农村包围城市、武装夺取政权，最终推翻国民党反动统治的策源地。

朱毛胜利会师，开创了中国革命的新局面，在军民共同努力下，井冈山革命根据地形势一片大好，进入了快速发展期，由当初的一千多人，迅速发展到一万多人，成立了中国工农红军红四军，接二连三地取得了新城战斗、五斗江战斗、草市坳战斗、龙源口战斗等一系列胜利，粉碎了赣军的四次"进剿"。

到王如痴上井冈山的时候，井冈山革命根据地已经发展到了六县一山，面积达七千二百平方公里，人口达五十多万，波及湖南资兴，随后成立了湘赣边界特委和工农兵苏维埃政府，建立了边界领导中枢和比较完整的政权机构，影响辐射全国，各地革命势力纷纷效仿，武装割据形成了燎原之势。

上了井冈山，参加革命工作，王如痴喜忧参半。喜的是，他终于投身于滚滚的革命洪流，成了其中一分子，可以为革命燃烧自己，发光放热了；忧的是，他发现中俄两国的国情不一样，注定了革命道路不一样，苏联十月革命，走的是城市包围农村的道路，但这条路脱离了中国革命的实际情况，在中国根本行不通。那时候的红军力量过于弱小，需要蓄精养锐，假以时日发展壮大。如果拿弱小的革命红军跟强大的国民党军队硬碰硬，无异于用鸡蛋碰石头。

当然，在苏联学到的东西，也并非全无用处。结合当前的实际情况，在教学中，王如痴紧扣单兵战术如何利用地形地物、发扬火力、保存自己、消灭敌人做文章。王如痴的课让学员们觉得耳目一新，获益匪浅，十分受用。学员们认为王如痴素质过硬，很有"两把刷子"，不愧是从全世界无产阶级革命圣地的苏联留学回来的。

当然，集团化部署、兵团式碾压、多兵种协同、海陆空一体战，这些两军对决理论，王如痴不是不讲。在对革命形势发展的预判，对革命战争发展的趋势中，王如痴认真地做了展望，学员也听得热血沸腾，希望那一天早日到来，跟国民党反动派决一死战。

王如痴相信革命力量正在从小变大，由弱变强，将来有朝一日肯定是要跟国民党反动派逐鹿中原，进行两军对垒的大规模决战的。

一个阳光明媚的上午，王如痴刚讲完课，就被大队长梁军叫了过去。王如痴看到一个身材魁梧的中年人，他一边抽着卷烟，一边微笑地看着自己。那身材，那形态，似曾相识，像极了传说中的毛委员。

肯定是毛委员来了，错不了！

王如痴目瞪口呆，激动得说不出话来，双脚就像钉在那儿一样。

毛委员是来给教导大队上课的，教员王如痴认认真真地做了一回学员。他搬来板凳，坐在了学员们中间。在苏联，他听过很多名师上课，但毛委员的这堂课，王如痴觉得是最值的，也是收获最大的。毛委员的课就像一阵风，为他吹散了眼前的迷雾，让他看到了革命的蓝图，看清了革命的路径，把他心中的疑惑一一化解，王如痴有了"听君一席话，胜读十年书"的感觉。

听完毛委员的课，当晚王如痴辗转反侧，睡不着觉。他觉得这才是中国革命胜利的必由之路。

后来，王如痴见到了德高望重的朱德军长。在烽火硝烟的革命岁月，虽然生活艰苦，却是豪情万丈。到井冈山不久，王如痴学会了当时根据地流行的一首革命歌谣：

红米饭，南瓜汤，秋茄子，味道香，餐餐吃得精打光。

干稻草，软又黄，金丝被儿盖身上，暖暖和和入梦乡。

第十二章　分兵湘南，痛失益友

结束在军官教导大队短暂的学习后，胡兰英就被编入了女子义勇队。

接到通知，胡兰英蒙了。她没想过离开军官教导大队、离开王如痴，她一直觉得跟王如痴参加革命就会一直跟在他身边，王如痴在哪儿，她就在哪儿。

胡兰英就像一个没有断奶的孩子恋娘一样，对王如痴产生了深深的依赖。在军官教导大队，王如痴做教员，她做学生，这是最理想的状态。

突然被通知到女子义勇队报到，胡兰英慌了神，赶紧去找王如痴。

"我不想去女子义勇队，"胡兰英嘟着嘴巴对王如痴说，"我只想在军官教导大队。"

这句话，胡兰英没说完整，她硬生生地把后面半句"我只想跟你在一起"吞了回去。

王如痴没有体会胡兰英的用心，他变得严肃起来，有点生气地对胡兰英说："军官教导大队是培养干部的地方，名额有限；学员的学业一旦结束，就要派到地方去，派到基层去。你的学业结束了，还待在这儿，就要占用别人的名额。革命不能自私，不能感情用事。只有到基层去，到地方去，你才能更好更快地成长起来。"

听着王如痴的训斥，胡兰英委屈得眼泪在眼眶里打转。但让她很快转悲为喜的是，王如痴给她把行李打好包，把她亲自送到了女子义勇队，让她感觉到心里一阵暖意流过。

人生道路的选择不能主观感情用事，革命的道路也是如此。那时候，是照抄照搬苏联模式，还是走自己的路，在革命阵营分歧很大。十月革命走的是城市包围农村的道路，井冈山根据地反其道而行之，同样做得有声有色，适合中国的实际情况。

到王如痴上井冈山的1928年8月，井冈山革命根据地风生水起了。鉴于中国革命形势蓬勃发展的事实，共产国际不得不明确表示：农村武装割据可以作为最终夺取城市的辅助手段。但是，十月革命的模式在早期部分教条主义的中国共产党人心中根深蒂固，照抄照搬苏联经验的经验主义十分盛行，成为主流。

中共湖南省委被井冈山革命形势发展冲昏了头脑，指示红四军要"毫不犹豫地"贯彻进军湘南计划，只留下两百条枪保卫井冈山，其他主力开往湘南，杀出一条血路，掀起资兴、耒阳、永兴、郴州四县红色割据的革命浪潮。

这个罔顾事实的要求，让红四军的主要领导大吃一惊，也在井冈山引发轩然大波。是去还是留，围绕这个问题，在井冈山党组织内部发生了激烈争吵。

王如痴上井冈山不久，在永新召开湘赣边特委、红四军军委、永新县委联席会议。在会上，湖南省委代表杜修经迫不及待地第一个发言，强烈要求红四军贯彻湖南省委指示。他盛气凌人，陈述了进军湘南的理由：中共中央把湘鄂粤赣四省作为全国革命的中心，湖南省是湘鄂粤赣四省的中心，湘南是湖南省的中心，是中心的中心的中心，只要湘南革命形势发展起来了，就可以以点带面，促进全国革命的总爆发。

红四军主要领导认为湖南省委的想法过于理想主义，没有考虑到中国革命的实际情况，尤其是当前井冈山根据地革命力量弱小和湘南敌军强大的实情。如果贸然进军湘南，是以鸡蛋碰石头，极有可能让井冈山革命根据地和以红四军为首的中国革命力量遭遇灭顶之灾。

朱德、陈毅、王尔琢等人对湖南省委的意见和杜修经的做派早就看不顺眼了，他们据理力争，针锋相对，表示坚决反对，会议上双方剑拔弩张，各不相让。朱德、陈毅、王尔琢认为红四军还很脆弱，尚在成长阶段，离开了井冈山根据地就成了无源之水、无本之木，只有挨打的份儿；红四军不能去湘南冒险，要继续留在边界，创造以宁冈为中心的罗霄山脉中段政权，留下两百条枪是完成不了保卫井冈山的任务的，这种做法无异于把辛苦经营起来的井冈山革命根据地拱手让给敌人。

那次会议开了很长时间，从上午一直开到日薄西山，月亮出来。

在那个时候，蒋介石先后四次要求赣军对井冈山根据地发动"进剿"，希望把红军消灭在摇篮中，但出乎蒋介石意料，每次赣军"进剿"都以失败告终。"剿"来"剿"去，红军不仅没有被"剿灭"，反倒越"剿"越强大了。

失败的消息收多了，蒋介石憋了一肚子火，抓起电话，劈头连骂了江西省政府主席朱培德几个"娘希匹"。

"进剿"失利没有让蒋介石死心，反倒让他看到了红军的旺盛生命力，使他"剿灭"红军的决心更大了。为了提高胜算，蒋介石命令湖南省和江西省强强联合，携起手来，对红军进行"联合会剿"。

1928 年 7 月，湖南省主席何键、江西省主席朱培德在南昌会面了，寒暄片刻后，他们屏退闲杂人等，秘密谋划"联合会剿"红军。

听到朱培德描述红军如何如何厉害，何键不以为然，认为朱培德是在长他人志气，灭自家威风，是在为自己失败推卸责任。两人密谋后不久，没有跟红军打过交道吃过亏、不知天高地厚的何键迫不及待，求功心切，命令湘军的两个师提前三天行动，向井冈山革命根据地发动进攻。

来者不善，善者不来。看到来势汹汹的湘军，红四军决定兵分两路，分头制敌：31团对付急进的永新之敌；28团、29团和教导大队秘密向湖南的鄢县、茶陵进发，希望通过袭扰湘军后院，迫使湘军回救，从而达到瓦解湘赣两军"会剿"阴谋。

御敌于永新区域之外是最好选择。无奈湘军人多势众，兵强马壮，不能硬碰硬，红军从永新撤出，先"请君入瓮"，再"三招制敌"。

湘军果然上当，长驱直入，进入了永新。进入永新后，何键迫不及待地给蒋介石发电报报喜请赏。但他没想到，报喜请功后，自己的噩梦开始了。

见湘军上当了，红军随后拿出了三招"杀手锏"。

第一招是坚壁清野，发动群众把粮食深埋了，把磨盘和舂筒丢进了池塘里，让敌人的稻谷无法脱壳，完成加工——饿着肚皮的反动军队，是没有心思打仗的。

第二招是壮大声势，营造假象，在山上到处插满红旗，漫山遍野的红旗迎风招展；多吹军号，每个山头军号吹得嘀嘀作响，此伏彼起；多点火把，一到晚上，山上火龙来回穿梭，到处都是火光，到处都是红军，扰得湘军精神高度紧张，无法休息；山上赤少队多，以乡为单位共组织赤少队三万多人，让湘军摸不清楚红军到底有多少人。

第三招是充分运用机动灵活的游击战术袭扰敌人，出奇制胜。虽然红军没有大规模正面接触敌人，但像马蜂一样，逮住机会就蜇敌人一下，让敌人疲于奔命，穷于应付。

"永新困敌"堪称"神来之笔"。湘军被三招搞得云里雾里，惶惶不可终日，缩头缩脑，缩手缩脚，不敢轻易出动。由于没法加工粮食，部队吃饭都成了问题，湘军被饿得东倒西歪，苦不堪言。夜深人静了，红军趁黑到处出击，摸岗哨，扰敌营，实施有效打击，让湘军猝不及防，头痛不已，疲惫不堪，军官后来都被弄得快精神崩溃了。

湘军被困在永新二十公里的狭长地带，长达二十五天，最后不得不草草收兵，狼狈溃退。井冈山革命根据地的第一次反"会剿"取得了全面胜利。

与此同时，在湘军后方，第一仗进展顺利。28 团、29 团和教导大队经过急行军，到达酃县，把县城包围了。

看到数倍于己的红军神兵天降，酃县守军吓破了胆，乱了阵脚。从红军发起进攻到攻占县城，只用了不到一袋烟工夫，酃县守军死的死了，逃的逃了，降的降了。

胜利来得太容易，大大地助长了部分官兵的轻敌心理，他们信心膨胀，得陇望蜀，进军湘南一事死灰复燃了。酃县是湘南门户，攻下酃县后，朱军长正准备带部队返回井冈山，可 29 团突然不听指挥了，吵着嚷着，群情激动，要打回湘南。

29 团的官兵大多是湘南子弟，攻下酃县，家乡在望，勾起了他们强烈的思乡情绪。杜修经看到机会来了，煽风点火，重提进军湘南计划。杜修经的意见得到了 29 团官兵拥护。

朱军长闻讯，急急忙忙赶了过来，他好说歹说，好不容易才把官兵们的情绪稳定了下来。但夜长梦多，一觉醒来，29 团官兵又变卦了。第二天，部队开拔，准备返回井冈山，到达沔河的时候，29 团又闹起了情绪，他们望着家乡，或站着眺望，或坐着赌气，或躺在地上抗议，就是不愿意过河，部分情绪激动的官兵撂下枪，放出狠话，说不打回湘南就不干革命了。被逼无奈，朱军长只得同意部队掉头，向湘南开进，直扑郴州。

29 团的再三闹腾，朱军长的无力回天，让王如痴感觉芒刺在背，忧心忡忡。

郴州是湘南的中心，攻打郴州城，29 团官兵士气空前高涨，主动请缨，担任了主攻任务。在攻城中，29 团冲锋陷阵，猛打猛冲，一开始，战事十分胶着。王如痴从教导大队中组织挑选了一批枪法好、体力好的战士，来到力量薄弱的东门，做了部署。枪法好的，对东门守军的重火力进行点射，掩护力气大的往东门扔成束的手榴弹，把城墙炸开，然后冲了进去。

守军见城被攻破了，且战且退。红军终于顺利拿下了郴州城。进了郴州城，29 团的湘南官兵感觉到家了，把弦放松了，找朋友的找朋友，看亲戚的看亲戚，寻相好的寻相好，变得自由散漫，无法掌控。

湘军掌握了这个情况，大喜过望，他们重新组织了四个团的兵力，趁机展开反攻。由于红军孤军深入，仓促应战，最后敌众我寡，损失惨重，不得不连夜撤出郴州城。

好不容易摆脱了追兵，部队休整，29 团官兵死的死，走的走，散的散，剩下不足两百人，已经不成建制了，朱军长不得不将剩下的士兵编入 28 团。好端端的一个正规团就这样没有了，这是进军湘南换来的"血的教训"！朱军长心疼得吃不下饭，半天说不出一句话来。亲身经历了这一切的王如痴，也是心在滴血，他的耳边响起那句谚语："不听老人言，吃亏在眼前。"这句话是真理。

突如其来的战事挫败让部分意志不坚定的官兵觉得革命前途渺茫，在国民党许下的诱人的劝降条件面前，他们起了二心，地主家公子哥出身的 28 团二营营长袁崇全带领部队投靠了湘军，背叛了革命。袁崇全的叛变，让红军雪上加霜，对军心产生了极其不利的影响。

朱军长找干部开会，认真研究对策。

王尔琢痛心疾首地说："我们打了败仗，大家士气受到很大影响，革命力量已经被严重削弱了，我们的队伍坚决不容分裂！我去找袁崇全，劝他回心转意，把二营带回来！"

劝袁崇全回心转意，把二营带回来，于公于私，王尔琢都是最佳人选。王尔琢是红四军参谋长兼 28 团团长，是红四军的领导，袁崇全的直接上级，又是袁崇全的湖南同乡和黄埔军校的校友，两人平时私交不错。在那个时候，面对那种情况，这也是最好的解决办法了。

王如痴不放心，强烈要求陪王尔琢一起去，以便有个照应，但被王尔琢坚决拒绝了。王尔琢看着王如痴，说道："如果袁崇全真愿意回心转意，重返革命阵营，我一个人去就够了。如果袁崇全铁了心要背叛革命，你去就更没必要了。万一我有什么不测，你一定要协助朱军长，把部队带回井冈山，交给毛委员。"

王尔琢的话让王如痴隐约感到了不妙，他再三嘱咐王尔琢，见了袁崇全要见机行事，要智取，千万不要激怒他，如果不能劝袁崇全回心转意把二营带回来，也要保证自己平安回来，红四军需要他，中国革命需要他。

王尔琢很感动，对王如痴点点头，然后跃身上马，匆匆出发了。上马后，王尔琢两腿一夹，挥动马鞭，风驰电掣地去追赶袁崇全。

追上二营，天已经黑了。营地外站岗的士兵，看到参谋长来了，也不敢阻拦，就像做了亏心事，不敢拿正眼瞧他，低着头，装作没看到，让王尔琢进去了。

王尔琢找到袁崇全的时候，袁崇全正搂着一个妖冶漂亮的年轻女人，跟部下推杯换盏，划拳猜令，狂喝滥饮。袁崇全迷恋和向往这种纸醉金迷的生活很久了，革命的清规戒律都快把他憋疯了，现在既然改变了立场，投降了，袁崇全就彻底放开了，吃喝玩乐，什么都不管不顾了。

看到风尘仆仆闯进来的王尔琢，袁崇全大吃一惊，酒也醒了一半。王尔琢的到来，让袁崇全很不高兴，觉得王尔琢是那样让人扫兴。叛变前，王尔琢是上级，袁崇全尊重他；现在投降了，袁崇全觉得他很碍眼。

袁崇全半开玩笑半认真地说："参谋长是来找袁某兴师问罪的，还是跟袁某一块儿投奔国军的？如果投奔国军，我们热烈欢迎；如果是来兴师问罪的，今天这个时候不合适，我们战场上见！"

袁崇全的心腹跟着一起起哄："参谋长，跟我们走吧，识时务者为俊杰。跟着国军，吃香喝辣，前途无量；共产党就要完了，红军就要完了。"

"不，"王尔琢威严地扫了他们一眼，正义凛然地说，"袁营长，我是来带你和二营回去的。你是一个老革命了，你不能背叛革命，现在浪子回头还来得及！"

"说的比唱的好听，但要看袁某愿不愿意！"袁崇全生气了，借着酒劲，掏出手枪，啪的一声砸在酒桌上。

"如果你硬要背叛革命，我不拦阻你！但你不能把二营的人带走！"王尔琢说，"至少，你不能把二营的官兵中热爱革命的同志带走！他们是革命的火种，我要把他们带回井冈山。"

"你敢！"袁崇全急了，抓起手枪，拉开保险，把枪口对准了王尔琢，"你要孤立我、掏空我，让我成为光杆司令？"

王尔琢说的，正是袁崇全害怕的、担心的、难以承受的。

袁崇全知道，在二营，很多官兵都是向往革命的，他不能让王尔琢破坏了自己的投降计划，毁了自己的锦绣前程。如果成了光杆司令，他在国民党那儿就没什么价值了，前途就很难保证了。袁崇全越想越害怕，他对着王尔琢扣动了扳机。

啪——

啪——

啪——

连续三声枪响，隔着一张酒桌的距离，三颗罪恶的子弹射进了王尔琢的胸部。

王尔琢来不及躲闪，血涌了出来，王尔琢一手捂着胸部，一手指着袁崇全，倒了下去。

那一夜，二营驻地，突然电闪雷鸣，乌云滚滚，瓢泼大雨倾泻而下。

那一年，王尔琢而立之年，正是带兵打仗的最好年华。

王尔琢被杀，也激起了二营战士的强烈不满。夜半三更，二营不愿意跟着袁崇全投靠国民党的战士把王尔琢的尸体抢了出来，冒着大雨，带着王尔琢的尸体回到了革命阵营。

看着胸部被打了三个窟窿、身体已经冰冷的王尔琢，红四军上下一片抽泣呜咽。

王如痴感觉心被撕裂了一样，疼痛得说不出话来。他十分自责，怪自己没有陪王尔琢前往，尽管王如痴知道，即使他去了，也可能无济于事，没法说服袁崇全，无法挽救王尔琢，甚至可能要搭上自己的性命。

王如痴走出部队防地，心情沉重地来到沔河边，看着低沉呜咽、一路向东的沔河水，欲哭无泪——王如痴强忍着眼泪，不让它流出来。

得知王尔琢牺牲，胡兰英实在控制不住了，她跟在王如痴身后，也来到了沔河边。在滂沱大雨中，胡兰英情不自禁地失声痛哭，那张脸上流的，分不清是泪水还是雨水。

残酷的革命战争，短短几个月的血火洗礼，胡兰英经受住了考验，已经成长为一个合格的红军战士。在胡兰英的成长道路上，王尔琢和王如痴都倾注了大量心血，对她进行了无微不至的关怀和教育。从上井冈山，见到王尔琢那一刻起，胡兰英把王尔琢当作了自己的亲兄长，王尔琢把她看作了小妹妹。

王尔琢牺牲，让王如痴内心震撼，感受了切肤之痛。王如痴再次感觉到，在残酷的革命斗争中，死亡如影随形，是如此之近，随时都有可能发生，随地都有可能发生。

那一夜，王如痴不得不想：万一哪一天，革命需要我牺牲呢？

来到这个世界，没有人能够避开死亡，领导劳苦大众闹革命的共产党人尤其要有随时赴死的心理准备。

第十三章　坚守哨口，重返井冈

听说主心骨不在井冈山上，红军主力不在井冈山上，湖南省主席何键和江西省主席朱培德大喜过望，认为千载难逢的天赐良机来了。趁着井冈山空虚，1928年8月，他们纠集七个团，发动了第二次"会剿"。

强敌来犯，根据地军民并没有慌神，他们同仇敌忾，准备"誓死坚守井冈山，与大小五井共存亡"。经历了多次大小战争的洗礼，井冈山军民已经深谙游击战精髓，运用起来炉火纯青，学会了用地形、地貌保护自己，消灭敌人。井冈山军民男女老少齐心协力，削竹签、扛石头、抬木头，在险要隘口一共构筑了五道防线，准备严防死守。

第一道防线是竹钉阵。把竹子削尖，先用火烤，再放在陈尿里浸泡，使竹尖变得又毒又硬，然后埋放在沿途的草丛里。第二道防线是竹篱笆障碍和铁丝网。第三道防线是滚木礌石。第四道防线是一道五尺多宽的壕沟，壕沟里插满竹签。第五道防线是坚固的射击掩体。

五道防线给井冈山根据地披上了一身结实的铠甲。

1928年8月30日，湘军两个团气势汹汹，直扑黄洋界。黄洋界是井冈山的北大门，山势险峻，群峰迭起。风起云涌时，大雾弥漫，云海茫茫，看上去就像汪洋大海上的岛屿，时隐时现，所以黄洋界又称"汪洋界"或"望洋界"。

根据地军民居高临下，沉着应战，等湘军靠近了，催动滚木礌石，排山倒海地砸下去。湘军躲无可躲，纷纷被击中，腿折臂断，头破血流，鬼哭狼嚎，纷纷拥挤后退。这一退，就溃不成军了，又陷进了"竹钉阵"，被扎得鸡飞狗跳，哭爹叫娘。

残酷的战斗从上午打到下午，湘军进退维谷。急红眼的湘军组织督战队，挥舞着手枪，压着部队往上冲，后退者一律枪毙。这个玩命的招数意味着退是死路一条，向前冲尚有一线生机，很快就奏了效，士兵疯了一样往上冲。眼见湘军就要攻上来了，31团团长朱云卿调来一门迫击炮，准备擒贼先擒王，炮轰敌军指挥所。炮弹只有三发，前两发受潮了，变成了哑弹，只得祈祷第三发了。第三发如愿飞出，在天空画出一道美丽弧线，不偏不倚，正中半山腰的敌军指挥所，只听到"轰"的一声，指挥所被炸塌了，湘军团长应声倒地，当即被炸成重伤，血肉模糊。

指挥所被炸，指挥官受伤，指挥系统瘫痪，湘军乱了阵脚，进不是，退不是。决定战争胜负往往就在一瞬间。正在敌军迟疑之际，31团团长朱云卿嘱咐司号员吹响了冲锋号，守军一边喊打喊杀，一边齐声高呼："冲啊！"

喊声响彻云霄，震惊山谷。湘军分不清真假，真以为红军主力打回来了，自己腹背受敌了，慌不择路地往后撤。一后撤，湘军就像溃堤的洪水，兵败如山倒，自我踩踏者不计其数。

当天夜里，湘军怕被红军包了饺子，借助云雾弥漫，悄悄溜走了。井冈山根据地取得了第二次反"会剿"胜利。

牵挂井冈山战事，急急忙忙往回赶的28团，中途闻讯黄洋界胜利的消息，都备受鼓舞，莫名兴奋。王如痴知道，这个消息，对28团来说，来得太及时了，太重要了。进军湘南以来，战场上接二连三的失利，就像一团阴霾笼罩在28团头上，驱之不去。黄洋界胜利犹如一缕金色的阳光穿透重重阴霾，照进28团官兵心里。他们很想快点回到井冈山，跟战友们并肩作战。

1928年7月22日，彭德怀与滕代远、黄公略等人领导平江起义，组建了中国工农红军第五军。红五军在湘鄂赣边境转战驰骋，建立了湘鄂赣三省边界革命根据地。1928年12月10日，彭德怀率领红五军到达井冈山，跟红四军胜利会师。

红五军和红四军会师后，有近两万人，声势浩大，兵强马壮。

为加强对红五军的党政军建设，朱、毛、彭一致决定从红四军抽调优秀骨干到红五军担任重要职务，改造军队，王如痴被任命为红五军第八大队的党代表。走马上任那天中午，毛委员专门设家宴为王如痴送行，毛委员把朱军长也叫过来作陪。

席间，毛委员意味深长地说："我就以水代酒，为你饯行了。希望你到了新岗位，把重担子挑起来，好好干，干出成绩来！红五军的党建工作任重道远，党代表就是代表党组织，支部建在连上，作用发挥得好不好，关键就看你们了！你是我的老乡和同志，我信得过你！"

毛委员一席话，让王如痴感觉比喝了烈酒还要心里温暖。他站起来，向毛委员敬了一个标准的军礼，坚定地说："请毛委员放心，如痴保证完成任务！"

话虽这么说，王如痴感觉肩上的担子十分沉重。在毛委员的苦心经营下，红四军的党建工作，已经很成熟了；但红五军的党建工作，是一个新课题，一切才刚刚开始；能不能让红五军接受"党指挥枪"，党代表起着关键作用。

吃完饭，王如痴准备动身前往红五军，朱军长递给王如痴一个信封，信封里装着朱军长亲笔开具的介绍信。

当天下午，王如痴赶到红五军，向彭德怀报到。看完介绍信，彭德怀十分高兴。

蒋介石责令何键和朱培德率领湖南江西两个省共十个团向井冈山发动第三次"会剿"。

大敌当前，大战将至，毛委员前往宁冈柏路主持召开了联席会议，商议作战方案。会议上确定了"围魏救赵"的反"会剿"作战方案，由红五军和第32团负责保卫井冈山，红四军主力出击赣南，进行外线作战，寻机歼灭敌人，配合内线，粉碎国民党军队的"会剿"阴谋。

彭德怀把会议精神传达到红五军，部分官兵情绪很大，认为上面这种安排有亲疏之分，存在明显欺生之嫌。红五军初来乍到，屁股还没坐热，山上情况还没摸清，再说敌军有三万人，红五军才八百人，悬殊这么大，怎么守？能守得住吗？

有人发牢骚说："红五军上井冈山是为了学习红四军建军、建政、建党经验的，并没有打算长期留在井冈山。不要以为我们好欺负，要守他们自己守！"

参谋长邓萍接过话说："原先我也有想法，但军长说得对啊，红四军必须向山外转移，向白区发展才能获得更大的生存和发展空间。我们都是共产党员，关键时候就得挺身而出，勇敢担当。红四军向赣南、闽西发展，面对的压力和风险，比我们守井冈山更大更多。"

作为新上任的党代表，王如痴接过话茬说："我刚从红四军调到红五军，现在我是红五军的一名光荣的革命战士。眼下井冈山面临巨大困难，如果不能向外拓展，我们就会被敌人困死、饿死在井冈山，大家一定要相信上面的决策啊！"

大家不好再说什么，官兵情绪渐渐平静下来，修筑工事，积极准备战斗。

1929 年 1 月，红四军主力向赣南、闽西进军；彭德怀率领红五军和王佐的 32 团留守井冈山，牵制湘赣国民党军队。为粉碎国民党反动派"会剿"，保卫井冈山，红五军紧锣密鼓地备战，早晨练兵，上午挖工事，下午到山下背粮，晚上也没闲着，在青油灯下削竹钉。

王如痴对井冈山的地形很熟，他陪着彭德怀察看了井冈山的各处重要地形。根据地形和各部队的战斗力情况，彭德怀做了周密的部署：李灿指挥一大队坚守黄洋界；李克玉指挥十大队坚守八面山；贺国中指挥八、九大队坚守桐木岭；黄龙指挥十二大队坚守金狮面；王佐指挥 32 团一部坚守朱砂冲。战时的军指挥所设在茨坪。

王如痴所在的八大队归贺国中指挥，与九大队一起驻守桐木岭。

贺国中身材高大，毕业于黄埔军校，很有军事才能。他亲自督导修筑工事，与士兵们一道搬石头，扛木头，身先士卒，兢兢业业，挥汗如雨。

晚上，井冈山上下起了雪。雪花漫天飞舞，寒气逼人。王如痴睡不着，他陪着站岗的战士，生起篝火，给他们讲"一夫当关，万夫莫开"的故事，讲十月革命和苏联如火如荼的社会主义建设。

战斗在凌晨打响，国民党军队先用炮击开路。成百上千颗炮弹铺天盖地，呼啸着落下来，遍地开花，不断有人中弹倒下，受伤或牺牲。炮击完后，黑压压的国民党军队就像蚂蚁一样往上爬，挤满了山路，密密麻麻一大片。

吃了"竹钉阵"的亏，为躲避"竹钉阵"，国民党军队另辟蹊径，用手榴弹炸开一条道路，往山上冲。等国民党军队爬到半山腰，贺国中一声令下，军民挥刀斩断绳子，滚木礌石犹如千军万马，排山倒海般地砸向敌群。国民党军队猝不及防，避无可避，躲无可躲，连滚带爬，狼狈溃退，哀号声此起彼伏。

功亏一篑，国民党军队急了，军官们提着枪在后面督阵，逼着士兵们再次发起进攻。桐木岭战斗进行得异常激烈、艰苦。但战士们沉着应战，子弹就像长了眼睛，往国民党官兵身上招呼，国民党军队伤亡惨重，被迫再次后退。

彭德怀轮番前往五大哨口督战察看，几天几夜没有合眼。他的眼睛里布满血丝，一片通红，望着战壕边成堆的战士尸体，泪花在眼里闪烁。彭德怀来到桐木岭，贺国中、郭炳生、王如痴向他汇报了战斗情况。

半夜，风更急，雪更大，天更寒，桐木岭上硝烟弥漫。国民党军队不让红军休息，他们一不做，二不休，趁着夜色掩护往上摸，准备偷袭。但被巡夜的王如痴发现，他叫醒战士，沉着指挥，把偷袭的敌军狠狠地打了回去。

战斗进行得很艰苦，红军伤亡很大，大家情绪低落。王如痴看在眼里，抓住作战空隙，给班排长及党员骨干做思想动员，他说："敌人是麻婆打粉不怕丑，敢班门弄斧，跟我们搞游击、搞夜袭，真是自不量力啊！只要他们敢再来，我们就让他们有来无回！"

接着，王如痴继续说道："要革命就有牺牲，保卫井冈山是革命的需要，井冈山不能在我们手里丢了，这可是革命的希望啊！战斗还在继续，以后将更加残酷，我们骨干要做战斗的模范，做好表率，最后的胜利一定属于我们！"

战斗昼夜不停，持续了三天三夜。井冈山上的泥土被炮弹掀翻了过来，就像犁过的田土；山上的树木，倒的倒，没倒的千疮百孔，地上残枝败叶，一片狼藉。修筑的工事被炮弹炸得稀烂，与融化的雪水搅和在一起，泥泞不堪。枪炮停下来的时候，井冈山上一片死寂，飞鸟都被吓得不知飞到哪儿去了。

大雪把山封了，粮食跟不上，又伤亡惨重，国民党军队怨声载道，士气低落，吵着嚷着要下山。当官的一筹莫展，叫停了进攻，但又没接到撤退命令，只得驻扎在村子里，烤火取暖。

村民们闻讯躲了，国民党军队开始搜山，希望通过村民找到前往五大哨口的小路。他们在竹林里抓到了躲起来的数十个村民，把他们赶回到村庄的晒谷坪上，对他们进行威逼利诱，但没有一个人站出来。

村民中一个叫陈开恩的人引起了国民党团长的注意，他穿着油光发亮的破棉袄，腰里系着一块破烂长巾，动作畏缩，眼神躲闪，一看就是一个好吃懒做、游手好闲的主儿。

国民党团长把陈开恩揪了出来，先是扒掉衣裤，绑在树上，让他裸露在冰天雪地之中，接受天寒地冻的刺激，接着用竹片抽打，打得他遍体鳞伤，然后用二百块大洋对他引诱。

一开始，陈开恩还能骂骂咧咧，坚持不屈服。后来，国民党团长把一个村民拉到他面前，严厉警告陈开恩："你要是再不说，下一个就是你了！"国民党团长用枪顶住村民前额，扣动了扳机。子弹从村民前额射进，从后脑勺射出，血和脑浆溅了陈开恩一身一脸。陈开恩被吓尿了，他哆嗦着说："我带路，我带路！"

陈开恩在前，国民党军队在后，他们抄一条隐蔽的小路，神不知鬼不觉地摸上了黄洋界。上了黄洋界，他们闯进了红军医院，抓了一百三十多个伤员和医护人员，赶着他们走在前面，作为人体盾牌，向哨口发起了进攻。

与此同时，国民党军队加紧了正面进攻。驻守黄洋界的红五军李灿五大队，腹背受敌，渐渐不支。彭德怀派出警卫排紧急赶来增援，但山下的敌军不断爬上山来。敌军越来越多，身边不断有战士倒下。为避免五大队全军覆没，李灿不得不放弃黄洋界，下令撤退，黄洋界被攻克，落入了国民党军队手里。

五大哨口是紧密相连的、一体的，互为犄角，彼此照应，一荣俱荣，一损俱损。拿下黄洋界后，国民党军队士气大振，开始全面进攻，漫山遍野都是国军，他们扑向桐木岭。贺国中率领八大队、九大队顽强抵抗，且战且退，退到了最后一道防线。通讯员前来报

告，说黄洋界已经落入敌手。王如痴一拳砸在岩石上，四个指关节都渗出了血。黄洋界失守，坚守桐木岭，跟敌人死磕，已经没有了意义。

彭德怀下令放弃五大哨口，全线撤退，进行突围。32团不愿意走，王佐说："32团的根在井冈山上，井冈山的革命之火不能熄灭，你们走吧，我们掩护，我带着同志们在山上打游击，拖住反动派军队！"

坚持留在井冈山，王佐还有一个心愿，他希望兄弟袁文才早点回来，32团离不开他！

袁文才是永新农民武装领袖。1927年10月，毛泽东率领秋收起义部队进驻宁冈茅坪，在大仓村会见了袁文才，勉励他同工农革命军联合起来开展斗争。袁文才深受感动，接受整编，参与创建井冈山革命根据地。1928年2月，袁文才领导的赣西农民自卫军被改编为工农革命军第1军第1师第2团，袁文才任团长。1928年4月，红军井冈山会师后，成立工农红军第4军，第1师第2团编为红四军第11师第32团，袁文才任团长。

王尔琢牺牲后，袁文才担任红四军参谋长，随红四军主力向赣南、闽西进军；但后来，袁文才中途返回井冈山。

占据井冈山后，国民党军队推行"石头要过刀，茅草要过火，人要换种"的政策，所到之处，烧杀掠淫，无恶不作。井冈山的村寨，到处狼烟滚滚，尸横遍野！

1929年2月初，彭德怀率领红五军从井冈山上撤下来，经左安，过上饶，越崇义，渡漳水，突破了国民党军队的围追堵截。

渡过漳水，正值年关，红五军官兵饥寒交迫，又累又困又饿。距岸三里路，有个大村庄，村上大地主过六十岁大寿，正在大摆宴席，招待附近富贵人家。真是得来全不费功夫，可以让战士们好好吃一顿了。

宴席正要开壶动箸，红军战士突然闯了进来，吓得地主老财连滚带爬，四散奔逃，留下一桌桌好酒好菜。

战士们没日没夜地行军打仗，已经好久没有吃上一顿饱饭了，彭德怀觉得亏欠大家的：前路凶险，朝不保夕，就是死也得让同志们做个饱死鬼啊！

饭后，彭德怀要求大家赶紧继续赶路。但官兵们实在太累了，不愿意走了，他们央求就地休息一个晚上。

看着一张张疲惫不堪的脸，看着一双双焦急渴望的眼睛，彭德怀点头答应了。但彭德怀嘱咐郭炳生和王如痴加强警戒。

抬头看了看越来越浓的夜色，王如痴心里升起一种不祥的预感，他不放心地对郭炳生说："炳生同志，我心里总不踏实，我们还是小心点好。守桐木岭时，国民党军队就在夜里向我们发起了偷袭，你说今夜他们会不会故技重演呢？我们一定要多增加流动岗哨，以防万一！"

郭炳生觉得王如痴的话很有道理，就比平时多安排了两三倍的流动岗哨站岗，叮嘱他们机灵点；同时要求八大队的战士和衣而睡，枪不离手，一有风吹草动，立刻反应，快速投入战斗。

他们的预感是对的。万籁俱寂，夜深人静，红五军战士睡梦正酣的时候，国民党军队从四面八方摸了上来，把他们团团包围了。流动岗哨发现敌情，向敌人开了枪，同时也向战友示警，准备战斗。一时间，枪声大作，把红五军战士从睡梦中惊醒过来。

郭炳生和王如痴一跃而起，组织八大队迅速投入战斗。他们一边阻击敌人，一边掩护彭德怀突围。

拂晓时分，红五军终于突出包围圈，清点人数，发现损失惨重，全军剩下不到三百人了。看着溃不成军的部队，彭德怀心里格外难受：井冈山丢了，革命失去了大后方，后果是致命的！红五军被国民党军队追着打，一路上损兵折将，士气低落，军不成军！自己是主帅，是要负主要责任的。

"天靠日月星，人靠精气神"，彭德怀要求大家振作起来，不要被眼前的困难吓倒，"红五军是打不垮的，中国革命的红旗是不会倒的！拿起你们手中的枪，跟国民党反动派斗争到底，最后的胜利一定属于我们！"

彭德怀的话低沉雄浑，铿锵有力，给红五军打了一针强心剂，战士们脸上的颓废渐消，重新变得刚毅坚强起来。

兵败井冈山，王如痴也感到沮丧。此前，他对革命前途的估计太过理想和乐观了。这次大挫折就像过山车，但他知道，共产党人，革命队伍就要勇敢面对挫折，在战胜挫折中成长成熟，发展壮大。作为党代表，任何时候都是一面思想旗帜，处境越危难，越要坚定信念，摇旗呐喊，感染同志。

王如痴想起了毛委员送行的时候，那双期待的眼睛，那句充满力量的话——毛委员说相信他！王如痴暗下决心，一定要用自己的实际行动，把八大队建设成最坚定的革命集体。

红五军太需要一场胜利来提振士气、重振军威了。彭德怀一直在悄悄地寻找战机。1929年3月初，机会终于来了，彭德怀从一个老乡那儿获知，一百里外的于都县城只有一个营的守军。这是天赐良机，彭德怀决定长途奔袭，把它吃掉。

八大队主动请缨，成为攻打于都的前锋。郭炳生和王如痴挑选了十个机警灵活、身体强壮、富有战斗经验的党员战士化装成农民和生意人，吩咐他们紧急行军，混进于都，潜伏下来，等战斗打响，里应外合。

出发前，王如痴给八大队做战前动员，他说："同志们，这次任务很光荣，很艰巨！前锋就是剑锋，剑锋所指，所向披靡。兵贵神速，当年北伐，攻打汀泗桥，关键在拿下敌军进退的咽喉之地的中伙铺车站，叶挺独立团连夜紧急行军了一百多里，奇袭中伙铺车站，为拿下汀泗桥奠定了基础。这次奔袭于都，与奇袭中伙铺车站异曲同工，我们要紧急行军，跟时间赛跑，出其不意，攻其不备，打一个漂亮的翻身仗！"

部队出发了，八大队就像离弦之箭，脚底下呼呼生风，不到十小时，就抵达了于都城下。郭炳生和王如痴迅速侦察了敌情，确定了攻击支点，组织突击力量，与事先潜进城里的党员战士以枪响为号，里应外合。

战斗打响，于都城内的守军腹背受敌，慌忙应战，顾头不顾腚，很快败下阵来，六百多人被红五军全部歼灭。

这场久违的胜利就像一场久旱的甘霖，让红五军重新焕发出革命的青春和激情。战斗结束后，王如痴趁热打铁，组织八大队交流心得，宣传英雄，帮助大家树立坚定的革命信念和必胜的革命信心。

与此同时，毛委员带领红四军投石问路，把战火引向福建，希望扎根闽西，开辟新的革命根据地，开展更广阔的武装割据，在赣南和闽西掀起了新的革命风暴。

人挪活，树挪死，无心插柳柳成荫。从井冈山杀出来，竟然真杀出了一片新天地，扩大了红军的生存活动空间。井冈山只有两省交界的六县，赣南、闽西至少有二十个县，具有创建大片红色政权的良好基础。

1929 年 4 月，红五军历经千辛万苦，抵达江西瑞金，与从福建长汀赶过来的红四军胜利会师。红四军和红五军再度重逢，战士们欢呼雀跃，现场成为欢乐的海洋，就像打了一次大胜仗，但红军高层却是别有一番滋味在心头。

休整了几天后，红五军一路拼杀，向井冈山进发。1929 年 4 月中旬，到达遂川。为阻止红五军上井冈山，地主武装李世连和肖家壁的靖卫团跳了出来，封锁了遂川通往井冈山的交通要道。但地主反动武装如螳臂当车，蚍蜉撼树，在红五军面前不堪一击。经过三小时激战，红五军击溃了敌人，缴获了大批枪支弹药。

这次战斗，八大队英勇善战，获得的战利品最多。打扫战场，他们掩饰不住内心的喜悦，有的战士说："这么好的武器放在他们手里真是糟蹋了！"有的战士说："这股敌人好不经打，三下五除二就把他们解决了！"

骄兵必败，这种轻敌苗头要不得，王如痴接过话茬，说："战争的胜败，武器只是一个方面，关键还得靠战斗意志。这次我们打的是地主武装，不是正规军，战斗力不强，千万不要骄傲自满啊，骄傲了，是要吃败仗的！"

吉人自有天相。1929年3月，蒋桂战争爆发，国民党军队忙着内斗，从井冈山匆匆忙忙撤走了驻军。红五军长驱直入，1929年4月底，重新回到井冈山。

经国民党军队一折腾，井冈山上已经今非昔比，一片凄凉，茨坪和大小五井的房子被烧光了，到处都是残垣断壁。

"红军回来啦，红军回来啦！"

看到红军战士，人们奔走相告，欢呼而出，与红军相拥而泣。盼星星，盼月亮，盼亲人，终于把红军盼回来了！自从红军撤离井冈山，乡亲们就掉进了水深火热之中，饱受国民党军队和地主恶霸的欺凌蹂躏。现在红军回来了，再也没人欺负他们了，怎不叫人欣喜？

彭德怀与闻讯赶来的乡亲们一一握手。乡亲们给红五军送来了红薯、鸡蛋、米酒、开水；战士们拿出自己的毛巾、布匹送给乡亲们。井冈山上鱼水情深，军民共欢，恢复了原来的生机和活力。

红五军拿出两千块大洋，彭德怀吩咐王如痴给每个乡亲发一块。井冈山原有两千人，结果只发出了一千块大洋。一位老乡领过银圆，走过来，握住彭德怀的手，老泪纵横，"彭军长，活着的，都来了；没来的，都被国民党军队杀害了！"

王如痴的眼眶湿润了，领着战士，声嘶力竭地带头喊道："为乡亲们报仇！为牺牲的红军将士报仇！"

悲愤的声音越过苍山翠柏，传出很远很远，在层峦叠嶂之间回荡，经久不息。

在王如痴的建议和主持下，红五军举办了国民党军队罪恶控诉大会，乡亲们纷纷登台，声泪俱下地揭露国民党反动派犯下的滔天罪行。红军战士听得目眦欲裂，就像目睹国民党军队蹂躏自己的兄弟姐妹、父老乡亲，对国民党反动派的仇恨又加深了一层。

彭德怀连夜召集邓萍、郭炳生、王如痴等人开会，制定了恢复和巩固老区、向外发展新区的新方针，希望打通井冈山脉、幕阜山脉、九宫山脉，建立南起井冈山，北抵长江，集湘赣边、湘鄂赣、鄂南区为一体的红色大区域，在红色区域内放手发动群众，积极消灭地主武装集团，分配土地，建立政权，建设巩固的根据地，配合红四军一年夺取江西的计划。

重返井冈山后，红五军蓬勃发展，迅速突破了三千人，由原来的四个纵队扩编为五个纵队，此外还设立了特务大队、干部训练大队。纵队分区活动，王如痴的四纵队负责湘赣边苏区。

趁着国民党反动军队忙于内战，顾不上来，红五军东征西战，攻打鄑县、桂东，消灭反动民团，救出了狱中的革命干部和群众；随后又拿下重要商埠城口，缴获了大量枪支弹药；接着攻占了南雄，缴获了大批药品、食盐、布匹等重要物资。1929年6月底，红五军从湘粤赣边境打游击回来，途经大余回宁冈，趁机收复了宁冈、遂川两个县城。

军事上的节节胜利，让红五军扬眉吐气，军威大振！

1929年7月中旬，红五军抵达安福城下。安福城城高墙固，护城河宽阔，易守难攻。红五军准备进攻安福城，但攻了片刻后，伤亡较大，王如痴建议彭德怀撤退，不要强攻。彭德怀觉得王如痴言之有理，于是撤退。当红五军退到寅陂桥附近，遭遇了敌军三面围攻，双方在扁担山展开激战。

王如痴所在的第四纵队正面迎敌。纵队司令贺国中杀红了眼，带着八大队、九大队猛打猛冲。突然，一颗子弹击中了贺国中头部，顿时血流如注，高大的身躯重重地扑倒在地上。

王如痴赶紧扶起贺国中，把他的头垫在自己腿上。胡兰英赶过来给贺国中包扎伤口，止血，进行紧急抢救。但他们都被贺国中推开了，贺国中吃力地抬起手臂，指着敌人的阵地，用尽最后一点力气，喊道："冲，跟我冲——"

话没说完，贺国中的手臂垂了下来，慢慢地闭上了眼睛。

那年，贺国中只有二十五岁！

向前冲是贺国中的心愿，也是贺国中下达的最后命令。

战士们把悲痛化成仇恨，冒着枪林弹雨，呐喊着冲向敌阵，杀得敌人鬼哭狼嚎，狼狈逃窜。

战斗结束后，贺国中被葬在扁担山，他最后战斗过的地方。

贺国中文武双全，爱兵如子，深得第四纵队官兵爱戴。

官兵们默立坟前，任由泪水在一张张年轻的脸上纵横流淌。

贺国中牺牲后，郭炳生继任第四纵队司令员。

1929年8月，张辉瓒、谭道源率领两个师共四个旅，气势汹汹地向红五军扑来。其中，前锋三个旅形成"品"字攻势，另一旅相机行事，机动灵活，互相照应，章法严谨，势在必得。

红五军决定进行伏击。但是，是伏头、伏腰，还是伏尾，一时难以决定。

经过侦察得知，敌尾为辎重部队，战斗力弱，最终敲定打其尾部。

彭德怀带领战士设伏。当晚国民党军队的辎重部队如期进入伏击圈。彭德怀一声令下，手榴弹就像冰雹一样在敌群中开了花，子弹就像雨点一样射向敌人。

战斗不到半小时就结束了，国民党军队的辎重部队被全数歼灭，红五军缴获辎重无数。随后，红五军迅速北进，攻占了宜春、分宜、消灭了地主武装。其后又攻克了万载，威胁南昌。敌人不得不放弃永新、莲花，进行回防。

1929 年 9 月，红五军进入江西省铜鼓县，重新回到了离开一年多的湘鄂赣边区。一路上，红五军千里跋涉，不断征战，用一个接一个的胜利，配合赣南、闽西的红四军掀起了武装割据的新浪潮。

一个比井冈山面积更大、人口更多的红色区域正式形成。

看着革命形势蓬勃发展，王如痴兴奋得辗转难眠。

漫漫长夜里，王如痴看到了革命胜利的曙光。

第十四章　决胜龙冈，包抄东韶

　　晌午的阳光白晃晃地投射下来，照得地面上热气蒸腾，知了在树上声嘶力竭地鸣叫。王如痴坐在驻地村头大树下的浓荫里认真地读书，捧在他手里的是毛委员的新作《井冈山的斗争》。

　　王如痴是党代表，是做思想政治工作的。毛委员的文章就是最好的教科书，让他受益匪浅，让学员们受益匪浅。

　　王如痴正如痴如醉地沉浸在字里行间，一个女战士风风火火地走过来，老远就扯开嗓门大喊："党代表，党代表！"女战士上气不接下气地对王如痴说："党代表，终于找到你了，不好了，胡兰英把其他战士打了，你快去看看。"

　　听说胡兰英打人了，王如痴大吃一惊，赶紧合上书本，跟着女战士火急火燎地向女生宿舍跑去。

　　看到王如痴来了，胡兰英就像受到了莫大的委屈，她眼圈红了。王如痴哭笑不得，他没见过打了别人，自己还要生气，还要哭的。

　　原来是同宿舍的战友洗了衣服晾晒，没经胡兰英同意就用了她的一根棍子晾晒内衣。胡兰英从操练场上回来，看到了，觉得她那根棍子被亵渎了，很生气，就找战友很不客气地说了两句气话。

不过是一根棍子，犯得着这么大动干戈吗？

战友也生气了，很不客气地顶了胡兰英。两人越说越不对，说着说着就动了手，扭打在一起了。

胡兰英是农村长大的，有些蛮力，又是老战士了，战斗经验丰富；那个战友是地主家小姐出身，逃婚出来的，细皮嫩肉，又是新兵，刚到部队没多久，自然很快就落了下风，在打斗中吃了亏，脸被抓破了，出了血。

新兵见自己脸破了，怕破相了，就一屁股坐在地上号啕大哭。

王如痴狠狠地批评了胡兰英一顿，说都是革命同志，要互相体恤爱护，绿豆芝麻大的事，犯得着吵成那样吗？

胡兰英噘着嘴，气呼呼地说："用我其他的什么东西都行，用那根棍子就是不行！"

一根什么棍子，那么神圣不可侵犯、那么重要？

王如痴觉得十分好奇，他要胡兰英把那根棍子拿过来，让他看看。

胡兰英转身进了宿舍，很不情愿地把棍子拿了出来。

看到那根被胡兰英看得比革命同志还重要的棍子，王如痴一下傻眼了。

那根棍子是那样熟悉，王如痴是认得的。那根棍子是王如痴带着胡兰英上井冈山，在路上，王如痴看胡兰英走累了，爬上树，挑了一根笔直的树枝，折断了，去掉枝蔓，削平了，送给胡兰英作手杖的。

上井冈山一年多来，走南闯北，东征西战，无论到哪儿，胡兰英都把棍子带在身边，寸步不离，视若珍宝。

就是这么一根棍子，对胡兰英来说，有着特殊的意义。

把棍子递给王如痴，胡兰英终于伤心地哭出声来了，一半是因为打架了，受委屈了；一半是因为王如痴不懂她，又让她受委屈了。

把棍子拿在手里，王如痴突然明白了什么，觉得脸上火烧火燎。王如痴把棍子塞回胡兰英手里，什么话也没说，就慌不择路地逃了。

党代表和胡兰英，这对莫名其妙的人的莫名其妙的表现把几个女战士弄得莫名其妙，大家面面相觑，不知道那根棍子到底是一根什么样的棍子。

那年，王如痴从国民党逃兵手里救下胡兰英，把她带上井冈山，胡兰英十六岁，十六岁的胡兰英正是情窦初开的年纪。转眼两年过去，胡兰英已经十八岁了，出落得亭亭玉立了，粗布军装掩饰不住她的身体发育——十八岁的姑娘一枝花，一枝花的胡兰英已经有了自己的心事。

这两年来，王如痴把胡兰英当作自己的小妹妹，有空了偶尔关照一下，没有注意到胡兰英的感情变化。王如痴太忙了，他只顾埋头工作；在感情上，王如痴还没有从对陈香香的思念中走出来。直到看到那根拐棍，王如痴才突然明白自己在胡兰英心里有多重要。

这件事让王如痴措手不及，他只有落荒而逃了。

没想到这件事发生没多久，王如痴还没从尴尬的处境中摆脱出来，就因为革命需要，工作有了调动，他和胡兰英分开了。

1930年元月，中共赣西、湘赣边特委和红五军召开联席会议，决定按中央指示组建红六军。王如痴接到调令，被派往红六军担任第二纵队四支队政治委员。王如痴来不及把这个事情告诉胡兰英，走的时候也没来得及跟她告别。

要离开红五军，王如痴心有不舍，不是因为胡兰英，而是因为这支部队。从保卫井冈山，到回师井冈山，再重返湘鄂赣，王如痴跟着这支部队南征北战，出生入死，建立了深厚的革命情谊。红五军勇往直前、敢打敢冲敢杀的精神，彭德怀军长拔山扛鼎、百折不回的气魄，都让王如痴沉浸其中，深深地着迷，能在彭德怀手下做事，王如痴觉得很愉快。

彭德怀也很欣赏王如痴这个老乡，虽然两人性格差别大，但大家一起共事，取长补短，合作愉快。王如痴走马上任前，彭德怀吩咐炊事班做了两个好菜，在自己宿舍为黄公略和王如痴设宴送行。

与王如痴一样从红五军调到红六军的那批干部，一共有四十多人，包括红五军副军长黄公略。黄公略被调到红六军担任军长，替代牺牲了的李勋。

黄公略是湖南湘乡人，黄埔军校毕业，参加过北伐战争、广州起义。1928年与彭德怀、滕代远一起领导了平江起义。黄公略虽然文韬武略双全，英勇善战，被毛委员称为"飞将军"，但他温文儒雅，低调谦逊，爱读书，爱思考，爱写作，利用空闲时间写作了《论游击战术》一书。带兵打仗，黄公略经常告诫手下：战斗往往在最后五分钟才决定胜败！

王如痴与黄公略性格很像，两人互相赏识，知无不言，言无不尽。到红六军后不久，王如痴就因为坚定的革命立场和突出的才能表现，被提升为红六军第二纵队政治委员，二纵纵队长为罗炳辉。上井冈山闹革命一年半时间，王如痴脱颖而出，成长为中国工农红军的中高级将领。

刚组建的红六军下辖三个纵队，士兵以农民、无业游民和罗炳辉起义带过来的原国民党军队为主，文化程度普遍偏低，纪律散漫，戾气重。有的衣着不整，袒胸露背，吊儿郎当；有的集合时姗姗来迟，嘻嘻哈哈，叼着烟卷；有的私心较重，爱搜别人腰包，趁机捞点好处；有的本土思想严重，不愿到外地打仗。

这样一支队伍，需要好好改造，才能脱胎换骨，成为真正的革命队伍。红六军的政治建军工作任重道远。这是黄公略和王如痴到红六军上任后，做了一番调研，达成的共识，他们认为对红六军的改造迫在眉睫。

彭德怀对三纵队的训诫，让王如痴引以为戒，加强了对二纵队的教育整顿。他要求纵队党员干部身体力行，从我做起，以身作则，树立榜样，进行传帮带，在战士面前叫响"向我看齐"的口号；同时深入各支队谈心谈话，宣传古田会议精神，加强革命纪律性，强调共产党对军队的绝对领导；推行从严治军，惩劣扬优，要求纵队官兵向红四军、红五军学习，做忠诚勇敢的红军战士！

王如痴思想治军三大招，都收到了意想不到的效果，二纵思想面貌很快就发生了全面改观。消息传到红四军，毛委员很高兴，决定亲自到二纵来看看，一是慰问起义过来的队伍，二是调研王如痴的思想工作方法。

被提为纵队政治委员，成为红军中高级将领后，王如痴开始出席党政军高层会议。1930年2月7日，毛泽东在吉安东固陂头村主持召开红四军前委、赣西特委、红五军、红六军军委联席会议，即著名的二七会议。王如痴第一次作为红军高层参加。二七会议上制定出台了《土地法》。王如痴认真地聆听了毛泽东就深入开展土地革命，加强根据地建设的讲话。

毛泽东的讲话感染力极强，让人鼓舞、催人奋进。

会休期间，毛泽东把黄公略和王如痴叫到身边，对他们说："二纵以后就留在红四军，跟随红四军一起行动，如何？"

这是毛泽东对二纵的认可和赏识，能跟随红四军一起行动，王如痴打心眼里感到高兴。黄公略是毛泽东和朱德的爱将，识大体、顾大局是出了名的。既然毛委员这样安排，黄公略坚决服从。黄公略对毛泽东说："这是毛委员看得起我们二纵。"黄公略又转身对王如痴说："如痴，你有福了，可以直接聆听毛委员、朱军长的教诲，跟着他们学习带兵打仗了。你们二纵要好好保护毛委员、朱军长！"

回到红六军，黄公略不放心，又把罗炳辉（时任二纵队队长）和王如痴叫过来，嘱咐他们："二纵队虽然属于红六军，但归根结底是红军的队伍。你们随红四军行动，要坚决接受红四军的领导，谦虚谨慎，做精诚团结的模范。每到一个地方都要努力争取群众，要把争取群众的观念牢记在心里！"

1930年2月底，二纵队随红四军在水南、值夏大败国民党唐云山独立十五旅。罗炳辉和王如痴带着部队深更半夜偷袭了正在睡梦中的十五旅，缴获枪械两千余支。这是二纵取得的第一场大胜利。二纵本来最缺枪支，很多战士手里还是梭镖和大刀。这次胜利帮助二纵解决了武器装备的大问题。毛委员对二纵在战斗中的表现十分满意，他写信表扬王如痴思想工作到位。

从毛委员那儿回来，王如痴给二纵传达了毛委员的肯定，认真做了战斗总结："二纵队在红四军领导下打了大胜仗，这是红四军的光荣，也是红六军的光荣。黄军长号召二纵向红四军学习，这次我们在战场上现学现用，学习效果是最好的。打了胜仗千万不能骄傲，红四军英勇顽强的战斗作风，永远是我们学习的好榜样！"

王如痴盛赞了起义过来的官兵："你们和白军原来在一个锅里吃饭，现在是两个敌对的阵营，是仇人，仇人相见，分外眼红，刀枪无情，我们要的是他们的命啊。这次打仗，你们很勇敢，立场很坚定，打出了威风，你们已经是信得过的红军战士了！"

1930年6月，红四军、红六军、红十二军组成红一军团，朱德任军团总指挥，毛泽东任总政治委员，红六军改为红三军，正式划归毛泽东、朱德直接领导。红三军在赣西南卷起红色浪潮，开创出了一片革命新天地。

1930年8月，红三军三个纵队参加了文家市战斗，红一军团要红三军打头阵。时间紧迫，黄公略命令部队火速拿下高升岭。龙芝道（罗炳辉调走后，龙芝道接任二纵队队长）、王如痴率二纵队率先发动攻击，顿时山头枪声大作，高升岭之敌被全歼。占领高升岭后，二纵队居高临下，又从山上往下压，像赶鸭子一样把敌人撵往文家市，以达到战略目的。

各路红军开始合围文家市。王如痴看到了敌旅长戴斗垣骑在高头大马上指挥作战。戴斗垣与制造马日事变，杀害陈香香、雷晋乾、郭亮的许克祥同属国民党第35军。王如痴升起了满腔仇恨，他从一名战士那儿要来一支步枪，认真瞄准，扣动了扳机。子弹呼啸着，正好击中戴斗垣的额头。戴斗垣哼都没来得及哼一声，就像木头一样从马背上栽了下来。戴斗垣一死，敌军群龙无首，乱了阵脚，军不成军，战无章法。经过三小时激战，文家市战斗取得胜利，歼敌三个团，俘敌上千人。

1930年8月底，中央升格红军编制，红一军团和彭德怀的红三军团合编为红一方面军，朱德为总司令，毛泽东为总政委，红军从游击战向运动战转变。

这种变化让王如痴欣喜若狂。上井冈山两年，红军变化可真大，从当初的星星之火，形成了燎原之势，力量在急剧壮大。王如痴相信，将来红军一定能够拥有自己的大炮、战斗机、军舰，进行多兵种协同、海陆空立体作战，跟蒋介石痛痛快快地决战。

此时，李立三掌握了中共中央的实际权力，共产党内出现了以李立三为代表的"左"倾冒险主义错误，希望通过一省数省的发动，尤其是通过城市暴动，夺取全国政权。

1930年9月，红一方面军迫于"立三路线"压力，硬着头皮攻打湖南省会城市长沙。红三军引蛇出洞，在长沙城南的猴子石与敌展开搏杀。军长黄公略身先士卒，冲在最前面。那一仗，歼敌七八百人。敌人吃了亏，变得比猴子还精，躲在长沙城内，只守不出。红军无奈，汹涌攻城。城内敌军凭借坚固工事，进行还击。红军折兵损将，场面十分惨烈，林彪的"火牛阵"、黄公略的"土坦克阵"都无功而返……

看到红军损失惨重，毛泽东力主撤退，可主战派杀红了眼，成了赌徒，越输越想扳本。毛泽东动之以情、晓之以理地规劝。

彭德怀觉得毛泽东言之有理。彭德怀的意见举足轻重，决定了红军是战是退。久攻不下，红军不得不放弃攻城，从长沙撤退，转攻江西吉安。

吉安是当时赣南闽西红色区域中的一个"扎人的白点"，守敌是孤军。一到吉安城下，红军就发动猛攻，"柴刀队"斩断了铁丝网，"禾草队"填平了壕沟，"支前队"迸发出了无穷的革命力量，吉安城守军无心恋战，战死的战死，投降的投降，吉安重新回到人民手中。攻下吉安，赣西南成为"一片赤旗的世界"，革命根据地进一步巩固扩大。

攻下吉安后，红一方面军更改建制，纵队改师，王如痴担任红三军第八师政治委员。

1930年5月，蒋介石与阎锡山、冯玉祥、李宗仁在河南、山东、安徽等省发生了一场新的军阀混战，史称"蒋冯阎李战争"，又称"中原大战"。10月，中原大战闹剧落下帷幕，蒋介石获胜，权力得到进一步巩固。国民党内的实力派政治军事集团唯蒋介石马首是瞻，俯首称臣。

蒋介石踌躇满志，把眼睛放在了赣南闽西，叫嚣"攘外必先安内"，准备对红军这个屡"剿"不灭、越"剿"越强的心腹大患痛下杀手，实现一统江山。

蒋介石亲自赶到南昌督战，召开行营会议。他意气风发地说："讨逆军事胜利后，消灭共产党是目前之首要任务，希望各位效仿当年曾国藩'剿捻'一样，在短期内'剿灭'赤匪，不得有误！"

蒋介石任命鲁涤平为总司令，南昌卫戍司令、18师师长张辉瓒为前线总指挥，纠集了七个师约十万兵力，采取"分进合击，长驱直入"的战术，对中央苏区发动了第一次"围剿"。

张辉瓒毕业于保定军校，曾在日本陆军士官学校留学。他目光高远、骄横跋扈、刚愎自用，自称18师为"铁军师"，根本没把穿草鞋、拿单响枪的红军放在眼里。

为确保万无一失，蒋介石把鲁涤平、张辉瓒单独留下，对他们面授机宜，要他们推行"连坐法"：班长不退，士兵先退，致班长阵亡者，杀全班士兵；排长不退，班长先退，致排长阵亡者，杀全排班长；以此类推，若师长不退，旅长先退，致师长阵亡者，杀全师旅长。

"围剿"大军来势汹汹，红一方面军总前委在罗坊召开会议，紧急应敌。毛泽东主持会议，主张红一、三军团东渡赣江，把敌人引诱到红色区域，利用群众的支持，在运动中寻找歼敌机会。

毛泽东的想法招来了深受"立三路线"影响的同志的坚决反对，他们觉得毛泽东的主张必败无疑，站起来纷纷质疑：哪有把敌人引到家里来开战的道理？这样岂不是把家里的坛坛罐罐打得稀烂？苏区人民岂不是要遭受重大损失？

到底是在白区打还是在红区打，成为会议争论焦点。

双方据理力争，谁也不服谁，会议陷入了僵局。

也许是毛泽东的态度，也许是毛泽东讲的道理，也许是以上因素综合在一起，起作用了，彭德怀率先表态在红区打击敌人。毛泽东的意见获得了大家尊重，决定把国民党军队诱到根据地，来个"关门打狗"。

回到八师，王如痴把毛泽东的战略思想在干部会上做了传达。王如痴说："我非常相信毛总政委，在长期的革命斗争中，在红军艰难险阻的关键时刻，毛总政委总有办法，而且是最好的办法，带着红军走向胜利！"

红八师干部热情高涨，纷纷表示，一定要让敌人有来无回，葬在井冈山。王如痴循循善诱，说这次反"围剿"，成败关键就是"诱敌深入"，一定要在"诱敌深入"上多做文章，做好文章，做大文章。

有干部问："王政委，万一敌人不深入，咋办？"

王如痴看了那位干部一眼，赞许地点点头，说："这个问题问得好，要让敌人中计上当，就得假戏做真，把敌人的怀疑消除掉，一心一意地跟着我们的圈套走！"王如痴以"牧童诱牛"为例，把道理深入浅出地讲清楚了，"一头牛几百斤，靠绳子牵、靠柳条子抽不一定好使。牛惹急了还会用锋利的牛角拱你，结果牛没牵动反把自己伤了。如果牧童手拿一把青草在前面引诱，牛肯定听话，想把牛带到哪儿就带到哪儿！"

这个比喻让官兵们茅塞顿开，豁然开朗，原来诱敌深入，是要敌人先尝点甜头。

1930年10月下旬，红军主力东渡赣江，一夜之间就撤到了根据地腹地。红三军暂时留在赣江西岸，担任扰敌任务，不断给敌人制造麻烦，引诱敌人。

就如何扰敌，王如痴提出了"蜜蜂战术"。他说蜜蜂机动灵活，红军就要学蜜蜂，趁敌人不注意，蜇一下就跑，不要伤了敌人要害，不要跟敌人纠缠，只要把敌人惹急了，惹恼了，让他们难受，让他们中计，让他们顾此失彼，打乱他们的"围剿"部署就行。

退到根据地腹地，红军如鱼得水，如虎添翼，变得消息灵通，神出鬼没。他们加紧备战，河滩上、丛林里、禾坪中到处刀光闪闪、杀声阵阵。训练之余，有的擦洗枪械，磨刀试刃；有的在太阳下晾晒弹药；有的则三三两两聚在一起写决心书，制订立功计划。连与连、排与排、班与班开展竞赛活动，全军将士精神抖擞，斗志昂扬。

军民对即将收缩的根据地实行坚壁清野，不给敌人留下一丝一毫的东西。磨盘、舂筒被年轻人搬起来扔进了池塘里；青菜、白菜被妇女用菜刀砍了，烂在菜地里；粮食、油盐、红薯、花生及能搬动的东西全部"坚壁"进窖，深藏地下。

为防止敌人渗透和破坏，在根据地实行赤色戒严，儿童团拿着梭镖，戴着红袖章，巡查盘问陌生人，根据地变成了人民战争的汪洋大海。

1930 年 12 月 25 日，红军在小布召开歼敌誓师大会，台下人头攒动，四周红旗招展、刀枪林立。主席台两边悬挂的一副大字对联十分醒目：

敌进我退，敌驻我扰，敌疲我打，敌退我追，游击战里操胜算。

大步进退，诱敌深入，集中兵力，各个击破，运动战中歼敌人。

初战重要，总前委慎重对待，命令十二军 35 师担任诱敌任务，将敌人一步一步引向"陷阱"。伤其十指，不如断其一指！击溃敌人八个师不如吃掉敌人一个师！经再三权衡，红一方面军决定首先吃掉谭道源的 50 师。

经侦察分队密报，12 月 26 日，敌 50 师向小布进犯，红一方面军在小布设下埋伏，守株待兔，张网以待。

时值严冬，霜风飕飕，冷露阵阵。红八师完成扰敌任务后，迅速向小布集结，加入设伏队伍中。将士们蹲在冰冷潮湿的战壕里，眼巴巴地盯着通往小布的大路，从日出到日落，从日落到日出，一天一夜过去了，路上连个人影都没有，敌军不上当，红军无奈地撤出阵地。

第二天，听说谭道源的 50 师又要来了，官兵们兴奋异常，又进入了阵地埋伏。但狡猾的敌人还是没来，原来是有人告密，说小布埋伏了很多红军。谭道源一听，吓得半死，慌忙缩了回去，依托山上工事龟缩不出，红军再次无奈地撤出了阵地。

数次扑空，红八师谩骂声一片，称非要敲破谭道源这个缩头乌龟的壳不可。师长龙芝道笑了笑，说："这不算什么，兵不厌诈，钓鱼不在急水滩，心急吃不了热豆腐。"

王如痴看出大家的不耐烦，接过师长的话，说："一鼓作气，再而衰，三而竭，我们可不能还没打仗就把气泄了。谭道源再狡猾，他躲得了一时，躲不了一世。红军一定会收拾他的！"

东方不亮，西方亮，才跑了一条大鱼，又来了一条更大的鱼。1930年12月29日，敌18师张辉瓒部窜到了龙冈。张辉瓒对这次"围剿"很卖力，因为他是蒋介石钦点的前线总指挥。"围剿"总司令鲁涤平对他说，"剿匪"成功后，把他提拔为军长。张辉瓒认为这是一个千载难逢的机会。

好事多磨，前些天张辉瓒被红军耍了，也变精了。王如痴派出一个小分队，趁着浓雾，指示小分队插在18师和公秉藩的新5师之间，向着他们各放了一阵枪，看他们上当，就借助地形和天气掩护，悄悄地溜了。浓雾中，18师和新5师误以为对方是红军，互相射击，枪声炮声不断，热热闹闹，你死我活地打了一个多钟头，双方都伤亡不少。等到太阳出来，云开雾散，他们看到对方的青天白日旗，才知道大水冲了龙王庙，把自己人打了。

这件事让蒋介石怒火中烧，在电话中把张辉瓒和公秉藩狠狠地臭骂了一顿。为了将功补过，挽回颜面，张辉瓒命令部队长驱直入，寻找红军主力决一死战。可他没想到，此刻的18师已经孤军深入，落进了红军包围圈。

龙冈四面是山，群山环抱，山路崎岖，峭壁林立，中间是个盆地，是个打伏击的好地方。得知张辉瓒进入包围圈，朱德兴奋异常。

大仗前，王如痴给八师做军事动员，他说："鱼肉都摆在砧板上，关键看我们怎么动刀了！我们一定要把刀磨锋利，杀他个人仰马翻，活捉张辉瓒！"

全师官兵情绪高涨，摩拳擦掌，跃跃欲试，准备活捉张辉瓒过大年！

总前委调兵遣将，兵分三路：红三军、红十二军为左路，担任正面主攻；红四军、红三军团为右路；江西独立师迂回敌后，截断敌军退路。三路大军张开天罗地网，准备合围敌 18 师。

1930 年 12 月 30 日凌晨，黄竹岭指挥所一片繁忙，作战参谋进进出出，火药味弥漫。远眺龙冈，大雾涌动，深不可测。

八时许，张辉瓒的先头部队与红三军七师交上火，拉开了龙冈战斗的序幕。七师奋勇进击，梭镖大刀一齐上。敌人凭借武器优势，与七师展开疯狂对攻，战斗陷入胶着。

张辉瓒大骂手下无用，亲自带兵上阵支援。红八师、红九师火速驰援，从两翼夹击敌人，红三军的三个师形成了正面对敌攻势。红十二军、红四军、红五军团也围了上来，全线出击。红军把敌 18 师团团围住，张辉瓒成了"瓮中之鳖"。

但张辉瓒不是浪得虚名的，他带领敌军作困兽斗，战斗十分激烈，枪声、炮声、喊杀声不绝于耳。龙冈一片火海，山坡上的草皮都被炮弹翻转了过来。

黄公略带领红三军不顾一切地拼杀，红八师没有孬种，师长龙芝道和政治委员王如痴身先士卒，率领官兵以命相搏，冲击正面之敌。突然一颗炮弹落了下来，龙芝道眼疾手快，把王如痴一把推倒。炮弹爆炸，弹片纷飞。龙芝道不幸中弹倒地，鲜血直流。王如痴爬起来给龙芝道检查伤口，龙芝道一把推开他，吩咐道："我死了，八师就交给你了，一定要打赢这仗，活捉张辉瓒，祭我在天之灵！"

王如痴含着泪，点了点头。龙芝道自己用手捂住伤口，拼尽最后一口气，高声喊道："同志们，冲，冲，冲！"

龙芝道的喊声越来越弱，却让八师战士充满仇恨的力量，王如痴冲出掩体，一声怒吼："冲啊，同志们，为师长报仇！"

全师官兵从壕沟里一跃而起，迎着枪林弹雨向敌人冲去，跟敌人短兵相接，拼起了刺刀。敌 18 师见红军杀过来了，溃不成军，亡命逃窜。红八师越战越勇，满山满谷都是震耳欲聋的喊杀声！

红三军趁势直捣张辉瓒的师部指挥所。护卫师部指挥所的警卫营营长是黄公略在国民党军队时候的旧部，看到老上级来了，率领全营官兵投了降。张辉瓒见大势已去，连忙脱下将军服，换上士兵服，趁乱钻进了万功山的一个被茅草遮掩的山洞里，躲了起来。

王如痴带领战士到处搜索，最终战士们从茅草堆里把张辉瓒揪了出来。

战士们从张辉瓒身上搜出来一包纸烟，交给了王如痴。

看到高档纸烟，王如痴立马就判断这个穿着普通士兵衣服的"兵"是条大鱼，叫来俘虏一指认，居然是张辉瓒！

王如痴高兴极了，带着几个战士，押着张辉瓒，去见毛泽东和朱德。

龙冈大捷歼敌俘敌九千余人，缴枪九千余支。

战士们押走张辉瓒之后，毛泽东一时兴起，提起毛笔，饱蘸墨汁，龙飞凤舞地写下了《渔家傲·反第一次大"围剿"》：

万木霜天红烂漫，天兵怒气冲霄汉，雾满龙冈千嶂暗，齐声唤，前头捉了张辉瓒。

二十万军重入赣，风烟滚滚来天半，唤起工农千百万，同心干，不周山下红旗乱。

敌18师被歼，张辉瓒被捉，真是"打倒一个，吓跑一群"，国民党各路"围剿"军队顷刻作鸟兽散。红一方面军挥师向东，追歼谭道源50师，命令十二军负责正面攻击，三军团负责左翼攻击，红三军负责右翼攻击，以一部牵制许克祥师，一部迂回东韶，占领一线高地，截断敌人退路，红八师担任迂回包抄任务。

听说许克祥也来了，王如痴眼里冒火，恨不得扒其皮，啖其肉，为陈香香、雷晋乾、郭亮等革命同志报仇雪恨。

1931 年 1 月 3 日凌晨，东韶晨雾弥漫，峰峦若隐若现，退至东韶的谭道源部被红军三面包围，战斗打响了。十二军、三军团发动猛烈进攻，枪炮声、喊杀声此起彼伏，撕裂天空，震撼大地。

　　在红军强大攻势下，敌人阵地一个个被红军占领。谭道源准备鱼死网破，纠集部队垂死抵抗，组织了一次又一次疯狂反扑。眼见局势无法逆转，谭道源带领部分残兵败将逃往黄泥寨，龟缩在里面不出来。

　　黄泥寨是东韶的一个制高点，地形险要，易守难攻。守军居高临下，用密集火力压制红军进攻。在老乡带领下，红军另辟蹊径，攀上了地势更高的雪崖垴。上了雪崖垴，他们先是集中从上面往下面扔手榴弹，然后架起枪，居高临下地射击。

　　从天而降的手榴弹在敌群中突然开花，子弹雨点般落下来，打得谭道源部晕头转向，鬼哭狼嚎，趴在工事里头都不敢抬一下。趁此机会，寨前红军以迅雷不及掩耳之势冲了上来，对着敌人扫射。黄泥寨尸横遍野，谭道源不得不慌忙撤退。

　　红三军没有担任正面攻击的任务，他们冒着倾盆大雨，迂回东韶，抄敌后路。

　　兵贵神速，王如痴带领八师一路飞奔。

　　"快，同志们，再快点，别让谭道源跑了，胜利就在眼前！"

　　一路上，王如痴不停地催促战士们加快脚步。

　　接连下了几天暴雨，河水急涨，汹涌的洪水挡住了红三军的前进。

　　红三军克服重重困难，全力渡河，向东韶背后包抄，快速形成了最后的合围。

　　敌 50 师参谋长感到绝望，劝谭道源说："师座，快撤吧，一旦合围形成，我们被包了饺子，就插翅难飞了！"

　　谭道源见大势已去，无力回天，仓皇撤出了战斗。

东韶大捷，歼敌一个多旅，缴获战利品无数。

红军前后五天，打了两场大胜仗，取得了第一次反"围剿"的胜利。

第一次反"围剿"，保卫了中央苏区，使中央苏区得到了进一步巩固和扩大。

中央政治局对此评价道：红一、红三军团与江西劳动群众，在苏维埃争取的一致行动，取得了令人意外的结果，在伟大的中国革命史上写下了新的光荣一页！

第十五章　歼敌中洞，围猎广昌

过了相当长一段时间，胡兰英才打听到王如痴从红三军调到红六军去了。

胡兰英是战士，王如痴是干部，平时各忙各的，很少见面，单独在一起的时间就更少了。在操练场上，从操练场下来，在战场上，从战场上下来，只要能够远远地看到王如痴的侧影或者背影，胡兰英就觉得踏实，心满意足。

如果碰上王如痴下基层跟战士交流谈心，胡兰英就感觉像过年，她和其他战士一样，把王如痴围在中间，满脸崇拜地倾听他讲革命的道理和故事；但她和其他战士不一样，胡兰英一边听，一边想：这个人是我的救命恩人，没有他，我早就被糟蹋了，死了；这个人是我的革命领路人，没有他，我就不会上井冈山来；这个人就是我爱的男人的样子，以后要嫁人，我就嫁王如痴这样的男人……

以前，胡兰英这种"痴心妄想"的机会，一个月总有那么一两次，即使行军打仗也不例外。可这次不一样了，她已经快半年没有见到王如痴了。

恋人之间（胡兰英是这样定义她和王如痴的关系的）"一日不见，

如隔三秋"。一个月不见，胡兰英觉得还能勉强接受；两个月不见，就坐立不安了；三个月不见，那就坐在炭火上一样，备受炙烤了——上井冈山、参加革命以来，胡兰英还没有这么长时间没见到王如痴的。烽火连天，大仗多，小仗几乎天天有，每天都有同志流血牺牲，莫非王如痴他……

一想到打仗要流血牺牲，一想到王如痴这么久不见人了，胡兰英就心里发虚发慌，感到紧张慌乱……

从南昌行营回到南京总统府，急切等待"围剿"捷报的蒋介石，等来的却是"围剿"接连失利、兵败如山倒的消息。蒋介石被气得暴跳如雷，把电报撕碎了，甩在送文件的工作人员身上，脱口连骂了几个"娘希匹"。

国民党军队在人数上拥有绝对优势，在装备上拥有绝对优势，却一败涂地，真是奇耻大辱。对于这个结果，蒋介石无法接受，更不能原谅鲁涤平和张辉瓒。蒋介石把拐杖使劲地反复地戳在地板上，咚咚咚的声音响彻全府内外，吓得其他人大气都不敢出。

蒋介石觉得鲁涤平让他丢人现眼了，还有三个月就要召开"南京国民大会"了。本来，蒋介石想借"围剿"胜利为"南京国民大会"增光添彩，灭灭怀有二心的党内势力的气焰，进一步巩固自己的权位。中原大战虽然胜利了，但冯玉祥、阎锡山、张学良、李宗仁等都迫于形势，表面上服，其实内心不服，"围剿"胜利有杀鸡儆猴的作用。但"围剿"失利，让蒋介石沦为笑柄，颜面尽失，看起来人数少、装备差、实力弱的红军却野火烧不尽，春风吹又生，反倒越"剿"越多，越"剿"越强了。

怒气冲冲的蒋介石毫不客气地罢免了鲁涤平。蒋介石需要在"南京国民大会"召开前"剿灭"红军，挽回颜面，重新树威立信。1931年2月，蒋介石任命军政部长何应钦为南昌行营主任。1931年3月下旬，何应钦率领二十个师又三个旅，共二十万人，对中央苏区发动了第二次"围剿"。

中原大战，收服其他派系后，在蒋介石眼里，红军又成了心腹大患，欲除之而后快。井冈山革命形势的发展，让蒋介石感到已经迫在眉睫、刻不容缓了。蒋介石命令何应钦用三个月时间，即"南京国民大会"召开前，彻底"剿灭"红军，为"南京国民大会"的召开祭旗！

何应钦踌躇满志，调兵遣将，开始了第二次"围剿"。何应钦率领二十万大军，兵分四路，浩浩荡荡地杀向中央苏区。何应钦汲取鲁涤平失败教训，变猛为稳，坚持稳扎稳打，步步为营，每推进一公里，构筑一公里工事；每推进十公里，构筑十公里工事，从西起江西赣江、东至福建建宁的广大区域，构筑了对中央苏区长达七百公里的弧形包围圈。

何应钦在指挥室的沙盘前，读着战报，打着如意算盘，他准备用时间挤空间、不断缩小包围圈来钳制红军，最终达到彻底"剿灭"红军的目的。届时，他何应钦就是大功臣、大英雄，可以在"南京国民大会"上扬眉吐气，进一步巩固自己的地位了。

祸是躲不过的，该来的总会来，没什么可惧怕的。经过第一次反"围剿"战争的洗礼，中央苏区已经今非昔比了，军民的革命热情被空前地激发出来，红军战士士气高涨，工农基层政权雨后春笋般地冒了出来。

强敌压境，红军何去何从，在军政高层出现了严重分化。中央派来的"三人团"（任弼时、王稼祥、顾作霖）和苏区中央局书记项英都主张红军避实就虚，退出中央苏区，重新开辟革命根据地。在他们看来，红军只有三万五，国民党军队二十万，双方力量对比太悬殊了，六七个人打一个，武器装备有天渊之别，无异于以鸡蛋碰石头，最好的办法是退，好汉不吃眼前亏。

大家统一了思想，达成了共识，决定把敌人诱进来，在根据地内"关门打狗"，痛痛快快地反击第二次"围剿"。

为提升各级指挥员的军政素质，减少牺牲，增强胜算，红军总部创办了"随营学校"，毛泽东讲政治，朱德讲军事，徐特立讲语文，董必武讲历史，左权讲地理。

根据地军民紧急行动起来，大家同仇敌忾，练兵杀敌成为主旋律。从清晨到黄昏，从圩镇到山村，从老人到儿童，都在练射击、练刺杀、练战术，个个生龙活虎，处处杀声震天。

师长龙芝道牺牲后，王如痴既当政治主管，又当军事主管，两手都要抓。王如痴抓住战士爱戴师长的心理，给红八师练兵打上了"仇恨"的烙印。王如痴要全师官兵化悲痛和仇恨为力量，激励大家为师长、为牺牲的战友报仇雪恨！

作为过来人，王如痴知道，仇恨是最好的力量，官兵们只有心怀阶级仇恨，才能浴火重生，凤凰涅槃，在战场上舍命搏杀，以少胜多，以弱胜强。王如痴要把红八师百炼成钢，锻炼成"钢铁之师"！

红八师有个小个子，大家都叫他"红小鬼"。红小鬼天生体弱，生性胆小，练刺刀迸发不出力量。红小鬼参军前，爹娘被"白狗子"刘富贵杀害了，他躲在草垛里，侥幸逃过一命。王如痴给红小鬼制作了一个不一样的稻草人，给稻草人穿上白狗子的衣服，画上刘富贵模样，要红小鬼把稻草人当作杀害自己父母亲人的刘富贵。这一招立马见效，红小鬼紧握刺刀，双眼冒火，一下一下把刺刀捅进了"刘富贵"的心脏。此后，红小鬼的刺杀练得虎虎生风，有效有力。

敌我剑拔弩张之际，中央给红八师派来了一位"独臂师长"。独臂师长叫刘畴西，1897年生，比王如痴大六岁。刘畴西是湖南望城人，黄埔一期毕业，跟王如痴的哥哥王驭欧是同学。刘畴西参加过东征，作战英勇，在讨伐陈炯明的战斗中负了伤，被锯掉了左臂。

刘畴西与王如痴有一段共同经历，都曾被组织派到苏联留学，两人算是校友。刘畴西到红八师那天晚上，在师部见到王如痴，两人越聊越投机，就走出驻地，来到附近山坡上，坐在一起唱《喀秋莎》。这对军政主管一见如故，革命情谊迅速升温。

都在苏联学习过，刘畴西和王如痴练兵有相似之处，就是注重实战。他们带领红八师在青塘一带搞军事演习，派出部分红军在湖垱岭扮"敌人"，在山头修筑工事，在阵地上插"白旗"；其余红军从吊钟岭向湖垱岭发起猛烈冲锋。几个回合下来，当然是"红军完胜"，"敌军缴械投降，或被全歼"。

扮成"敌人"的红军战士感到憋屈，不愿意了。王如痴循循善诱，告诉他们，"敌人"扮得好，一样光荣，为红军增加了更多实战经验，有利于增强红军的战斗力和反"围剿"的胜算。王如痴一番话虽然打消了大家的疑虑，轮到扮"敌人"了也不推辞，但在他们看来，扮"敌人"终究不光彩，以后军事演习，要扮"敌人"，要么轮流来，要么抓阄决定。

军事演习是在苏联留学时的必修课，刘畴西、王如痴学以致用，用逼真的练兵方式锤炼部队，检验部队的战斗力，效果显著，提升很快。红八师的练兵方式，别开生面，得到了总前委的肯定，并被推广。

练完兵，开完会，刘畴西和王如痴喜欢一边散步，一边聊天，一起交流思想和带兵经验，商讨对策。他们喜欢在湖垱岭和吊钟岭选一处地方，坐下来，望着远方，深入地交谈，有时候也憧憬革命胜利之后的生活和打算。

太阳落下去，霞光满天，把天空映得通红。

驻地到处飘荡着革命的歌声，让人热血沸腾，催人奋进。

革命斗争的经验告诉他们，山雨欲来风满楼，一场残酷血腥的战斗正在等着他们！在无情的刀枪面前，生命是如此脆弱，参加革命以来，多少亲密的兄弟，多少亲爱的战友，都慷慨赴死，为革命事业献出了宝贵生命！这一战，不知又有多少兄弟姐妹要倒在血泊中，甚至包括他们自己！

何应钦的四路大军，一路上蚕食鲸吞，悄然逼近，先打哪一路？

毛泽东在排兵布阵，确定主攻方向的时候，引用了《管子》一段话："故凡用兵者，攻坚则韧，乘瑕则神。攻坚则瑕者坚，乘瑕则坚者瑕。"也就是常说的"柿子专拣软的捏"。经过反复权衡，毛泽东要红军首先消灭战斗力较弱的王金钰的 47 师和公秉藩的 28 师，然后，从西向东横扫，进行各个击破。

1931 年 4 月下旬，红军主力昼伏夜出，在东固集结，做好了隐蔽待敌的准备。很多人认为这是一步险棋，东固距离敌军两个师不足三十里，就在其眼皮底下，空中又有敌机侦察，这么多红军要隐蔽好，可不是一件容易的事。一旦被敌人发现，就等于把红军置身于危险境地！

一朝被蛇咬，十年怕井绳。上次东韶之战，公秉藩吃了大亏，心有余悸，如今重赴险境，他是小心翼翼，多次派人到东固侦察，但都没有发现红军的踪影。何应钦派出侦察机在东固上空来回盘旋，左看右看，也没看出什么破绽。

生性多疑的公秉藩还是不放心，把部队开到富田（位于吉安市境内）就不走了，在那儿修筑工事，又做起了"缩头乌龟"。公秉藩的目的很明确，就是要以静制动，以逸待劳，守株待兔，诱引红军前来进攻，然后用坚固的工事和优势的兵力消灭红军。

红三军在东固隐蔽，目的也很明确，就是等敌出动，在运动中寻找机会，歼灭敌人。

这种相持，打的是消耗战。时间在一天天过去，粮食在一天天减少，本来就底子薄、粮食不够的红三军出现了粮荒。粮荒给部队带来了很大困扰，大家只能靠挖竹笋、采野菜充饥，肚子饿得咕咕咕地叫。司号员半开玩笑半认真地对王如痴说："王政委，该死的敌人怎么还不来啊，再不来，我连吹军号的力气都没有了！"

王如痴很心疼战士，可是没有办法。红八师快断粮了，先是把三餐变成了两餐，接着又把两餐变成了一餐，战士们饿得十分难受。为转移他们的心思，王如痴给他们讲起了"孔子废寝忘食"的故事。

　　王如痴说："孔子是古时候的思想家、教育家。他不求富贵，一心专注做学问，有时忘记吃饭、睡觉呢！"接着，王如痴话锋一转，"我们红军要向孔子学习，专注革命事业，也要有废寝忘食的精神啊，饿没什么可怕，多喝几瓢水，勒紧一下裤腰带就过去了！"

　　王如痴要战士挑来一担水，拿着瓢，舀了一瓢，仰起头，咕噜咕噜地连喝了两瓢。"好甜啊！"王如痴抹着嘴巴说，"好饱啊！"王如痴摸着肚皮说。战士们信以为真，你一瓢我一瓢地喝起水来，一担水很快就被喝得精光。虽然水不能当饭吃，只能解一时之饥，但水却是取之不完、用之不尽的，有水喝，总比空着肚子好，总比饿着肚皮强。

　　已经是春夏之初了，各种各样的动物活跃起来。夜里，四周蛙声一片。青蛙叫，泥鳅闹。为获取食物来源，朱德带着红九师27团的战士点着火把，背着竹篓，拿着梳叉，到稻田叉泥鳅。

　　王如痴觉得这是一条自力更生、填充肚皮的好路子，如法炮制，晚上带着战士们下田叉泥鳅，摸螺蛳，抓青蛙，收获很丰盛。大家连夜生火"打牙祭"，把青蛙泥鳅田螺一锅煮，吃得忘乎所以，腥味都不在乎了。

　　老是这样等下去不是办法，正是农忙季节，毛泽东吩咐红军战士静悄悄地换上老表的衣服，到田里帮他们莳田。可以换着法儿透气了，红八师官兵心里乐开了花。很多官兵都是农家子弟，干农活很有一套。王如痴是莳田的一把好手，只见他左手分秧，右手插苗，倒着身子，一路莳过去，头都不抬，只听到哗哗哗的水响，那些禾苗莳得又整齐又匀称，看得老表竖起大拇指，战士们不住地喝彩。

　　看着大家兴致高昂，王如痴诗兴来了，当即吟诗一首：

加紧加紧再加紧，

努力春耕切莫停。

增加生产钱粮足，

支援战争打敌人。

何应钦守株待兔，只推进不进攻，可把蒋介石急坏了。"南京国民大会"眼看就要召开了，"剿匪"还没有丝毫实质性进展，他的"增光添彩计划"就要竹篮打水一场空了。蒋介石再也无法容忍"围剿"前线的不作为。他在电话里很不高兴地批评了何应钦，并下达了进军的死命令：要求各部迅速开进，不得有误！哪支部队不前进就取消哪支部队的番号！

在国民党内部，蒋介石已经一统江山，声威盛隆，权力集于一身。把他惹急了，可没什么好果子吃。蒋介石的命令一级一级地传达下来，当官的害怕了，不得不硬着头皮加快向中央苏区推进。

蒋介石的这道命令成了参加"围剿"的国民党军队的"催命符"，打破了整个战场上的僵局。1931 年 5 月 15 日，公秉藩部极不情愿地离开富田工事，经中洞向东固进击。公秉藩心知肚明，部队贸然进击，先敌而动，自己成了"兔子"，暴露在对方的枪口之下了。

看到狡猾的"兔子"终于出洞了，东固红军暗暗高兴，他们打心眼里佩服：还是毛总政委厉害，沉得住气，算得比诸葛亮还准。听到报告，红军总前委认为机会来了，命令红三军为中路，从东固向中洞方向进击，寻找机会消灭公秉藩部。

命令下来，黄公略迅速召集红八师、红九师军政主管商量作战方案。那夜，红三军军部灯火通明，大家聚集在地图前，沿着公秉藩师的进军路线，七嘴八舌，献计献策，不放过一个细节，寻找最佳歼敌方案，一宿没睡。

中洞三面环山，就像一个天然的布袋子，进去了，把布袋口扎紧，就连一只苍蝇也飞不出来。黄公略用笔在地图上画了一个圈，一拳砸在上面，兴冲冲地说："我们就在这里打伏击，把中洞变成公秉藩的葬身之地！"

但据可靠消息，公秉藩师已经向中洞开进了，红三军要抢先在中洞设伏，就要找一条近路直抵中洞。

红三军紧急集合，改道前进，连夜出发。他们披星戴月，马不停蹄地奔跑了六十多里，拂晓时分，神不知鬼不觉地抵达了中洞，占据了九寸岭高地，悄悄地布下了口袋阵。

红三军刚埋伏下来，公秉藩 28 师就像一条长蛇往布袋里钻。黄公略吩咐下去，要大家不要出声，不要暴露，让敌人全部进入包围圈。见蛇头和蛇尾都进入布袋了，扎口袋的机会来了。黄公略一声令下，枪声、炮声，就像雨点一样往敌人身上招呼。

突然遭遇伏击，公秉藩 28 师惊慌失措，官兵四下逃窜，寻找躲避的地方。

不等敌人反应过来，冲锋号已经吹响了，红八师、红九师就像猛虎下山，居高临下，直扑下来。

"消灭 28 师——"

"活捉公秉藩——"

红军从天而降，喊声响彻山谷。

看着漫山遍野冲过来的红军，公秉藩傻眼了，他想不通，侦察兵明明白白地告诉过他，中洞没有红军啊，红军是从哪儿来的？但有一点他一下就明白了，他的 28 师中埋伏了，被包饺子了，他要葬身中洞了。

公秉藩一边组织手下拼死抵抗，一边跟勤务兵互换了衣服，随时准备金蝉脱壳，溜之大吉。

红八师、红九师势不可当，把敌人死死地压制在山谷中。他们越战越勇，把敌人的长蛇阵截成数段，首尾不能相顾，命令无法传达。其他兄弟部队陆续赶来增援，经过六小时激战，公秉藩部28师被全部歼灭。

公秉藩被俘，由于他穿着普通士兵衣服，又一把鼻涕一把泪地说自己只是一个普通士兵，是穷苦人家出身，被抓了壮丁，他上有老母，下有妻儿子女，请求宽大处理。

红军向来优待俘虏，年轻的战士没有经验，也不认得公秉藩本人，就信以为真，把公秉藩当普通俘虏处理，给他发了一个大洋作路费，把他放了。

公秉藩千恩万谢，拿着路费，不敢逗留，侥幸逃跑了。

在中洞战斗中，红三军缴获了一部电台。

这可是宝贝啊，有了电台，就可以给红军装上千里眼、顺风耳了，可以从根本上改变红军的情报系统和指挥系统了。

红军士气大涨，乘胜追击。

1931年5月19日，红一方面军向东横扫，红三军为中路，红四军为左右路，剑指退至白沙的郭华宗43师。红三军再次担任主攻。

正是吃饭时候，为争取时间，战士们拿起红薯、饭团就出发了。王如痴一边快速奔跑，一边振臂高呼："同志们，时间就是胜利！加快脚步，别让敌人跑了！黄军长要我们勇猛杀敌，多抓俘虏，多缴枪，我们八师一定要做到！"

师长刘畴西快步如飞，一马当先，跑在全师的最前面。作为经验丰富的指战员，他知道战士很累很辛苦，只要他跑在前面，大家就没有怨言，一定会跟上，唯恐落后了；他知道追击溃敌要在其立足未稳时，攻击效果最佳。

有师长带头，政委打气，红八师就像一条御风前行的巨龙。红小鬼边走边风趣地说："刘师长脚上踩了风火轮，我们怎么跟得上啊！"

刘畴西高声大气地说："兵贵神速，再加把劲，我有风火轮，你们也有，我们都要变成三头六臂、神通广大的哪吒！"

大家跟着刘畴飞和王如痴，疾步飞奔。

快到白沙了，洋竹面挡住了去路。

洋竹面，山势陡峭，是白沙的一道天然屏障。

郭华宗不是吃素的，他在此布下重兵，阻击追赶他们的红军，为自己赢得喘息机会。

红八师向洋竹面的敌人发起了猛烈进攻。但都被居高临下、据险守候的敌人打了回来，动弹不得。战斗进行了两个小时，红八师仍被阻在山下，不能前进半步，而且伤亡惨重。

万不得已，刘畴西下令部队停止进攻。这样下去不行，得另想办法，找到敌人的"软肋"。刘畴西吩咐王如痴安排部队短暂休整，救治伤员，同时随时做好再进攻的思想准备，他自己带上望远镜和侦察兵，对洋竹面四周地形进行全方位侦察。

就在这个时候，毛泽东、朱德带领的部队赶到了洋竹面对面山头。他们见红八师受阻，立即派出一个连的兵力组成突击队，带上手枪、机关枪和手榴弹，在白沙游击队的带领下，迂回到洋竹面左侧登山，进行突然袭击。

突击队全副武装，顺着小路，披荆斩棘，攀藤越崖，神不知鬼不觉地摸上了洋竹面。他们突然出现在洋竹面敌军身后，向着敌人猛烈开火。

听到洋竹面山头传来剧烈的爆炸声、枪声和喊杀声，刘畴西知道朱、毛派遣的"孙悟空"钻进了"牛魔王"的肚子里，是到了内外夹击的时候了，刘畴西命令司号员吹响了冲锋号，红八师就像潮水一样向山上涌去。

洋竹面山上的敌军，腹背受敌，乱了阵脚，被打得丢盔弃甲，四散逃命。洋竹面被拿下，白沙通道被打通，红四军、红三军迅速合围了白沙郭华宗部。

白沙敌军发现被围，顿时乱作一团。

郭华宗企图率部突围，但前有大河，后被红军猛烈火力死死封锁，真是"上天无路，入地无门"。红军以排山倒海之势冲过来，一举歼灭了郭华宗 43 师的一个旅，缴获两门七五山炮和一百六十多发炮弹。

战斗结束，红军战士振臂欢呼，庆祝胜利。

1931 年 5 月 22 日，红一方面军继续向东横扫，以红三军团为攻击主力，红四军协同；红三军、红十二军为总预备队，剑指中村高树勋 27 师。

在攻击高树勋 27 师之前，总前委做出决定：第一次攻击只出动三分之二的兵力，其余留作总预备队，看战场上的情况，相机行事。

红三军被部署在层山一带。红八师先头部队在当地老表引导下，翻山越岭，在高湖垴南麓隐蔽下来，严密监视着敌人的一举一动，等待进攻命令。

朱德总司令来到红八师检查备战情况。红八师深受鼓舞，斗志昂扬。一直随着部队冲锋的王如痴知道，中洞、白沙两仗打得很艰苦，战士们没吃上一顿饱饭，几乎没合过一次眼。由西向东，一路打来，红八师没有一个怕死的，没有一个叫苦的，没有一个叫累的！

王如痴吩咐全师官兵养精蓄锐，检查武器装备，随时准备投入新战斗！

这时候，红十二军也赶到了高湖垴南麓，中村一带的赤卫队也赶到了，总预备队的力量进一步壮大。

总前委见时机成熟，命令总预备队全体出击，以风卷残云之势，配合红三军团、红四军围歼高树勋部。一时间，红军力量激增，敌我双方力量发生急剧变化，主战场上掀起漫天尘土，火光四溅，硝烟弥漫。

战斗呈现一边倒态势，高树勋部溃不成军，丢盔弃甲，粮草、枪支、军毯、纸钞、行军锅遍地都是。中村战斗历时两天一夜，歼灭27师一个旅，活捉敌旅长，俘敌官兵三千余人，缴获武器装备三千余件。

1931年5月26日，红一方面军继续向东横扫，由红一军团担任主攻任务。其中，红三军为左路，红四军为中路，红十二军为右路，红三军团为总预备队，剑指广昌胡祖钰第5师和毛炳文、许克祥部。

5月27日凌晨，广昌战斗打响。广昌城的外围战斗进展顺利，红军越打越强，越打越猛，一个个如猛虎下山、蛟龙出海，向着溃不成军的敌人冲一阵，杀一阵，打一阵，将敌人压缩到城内。

胡祖钰正在城头用望远镜视察，被王如痴看到了。他对刘畴西说："师长，我们来个擒贼先擒王。"刘畴西马上就明白了王如痴的意思，他调过来一门迫击炮，指着胡祖钰，要炮手把敌军首脑干掉。炮手瞄准了，刘畴西一声令下，炮弹呼啸而出，飞向城墙，落在胡祖钰身边，轰的一声爆炸了。胡祖钰应声倒地，身上嵌满了弹片。受了重伤的胡祖钰赶忙把指挥权交给副师长，发起了反扑，企图夺回外围阵地。但主将受伤，士兵无心恋战，保命要紧，他们做了做样子，就缩回城里，躲了起来。

战斗转入攻城。敌军知道，如果城被攻破了，他们就要死无葬身之地了，于是强打精神，凭借坚固的工事、强大的火力，负隅顽抗。

红八师负责左侧攻城，刘畴西组织了几次冲锋，都被敌军火力顶了回来。

刘畴西杀红了眼，他把空袖子扎进裤带，准备亲自带队，再次组织冲锋。

但刘畴西一跳出战壕就被王如痴一把拉了下来。王如痴说："师长，敌人居高临下，火力太猛，不能强攻！强攻要吃大亏！"

刘畴西火了，气愤地说："各军都在勇猛攻城，只有我们八师熄火了，这丑出大了，我丢不起这个人！"

王如痴据理力争，刘畴西不依不饶，这对军政主管在战场上第一次脸红耳赤地吵了起来。

前线进攻受阻，红军伤亡较大。毛泽东急了，他亲自上一线督战。

在一线指挥战斗，看着被围困却作困兽斗的敌人，他们觉得冲锋对；冷静下来，想着敌人坚固的工事、强大的火力，看着成批倒在冲锋道路上的红军战士，他们追悔莫及，又一筹莫展。

毛泽东决定来个"虚张声势"的新战法：总预备队、赤卫队全部投入战斗，用虚张声势的强大攻势压迫敌人，吃掉一部分敌人，击溃一部分敌人，故意放走一部分敌人。

这个战法太高明了，获得了一致赞同。

新战法上演了，红军展开佯攻，给城内敌人施加压力，上百挺机枪吐出长长的火舌，无数挂鞭炮在煤油桶里燃放，赤卫队密密麻麻地站满城外的大小山头，摇旗呐喊，军号吹得震天价响。

枪声、爆竹声、军号声、喊杀声把广昌城外搅得翻江倒海。

看到前所未有的阵仗，城内敌人心慌了，不知是计，误认为守在城内就是等死，于是努力尝试突围。

顺化渡桥是城内通往东北方向的一条通道，负责堵住该桥的是红三军的一部分。他们突然接到撤走的命令，很不理解，以为是煮熟的鸭子不吃了。但军队就要服从命令，他们不得不撤。撤下来后，听上级一解释，才恍然大悟，纷纷佩服毛总政委用兵如神。

看到顺化渡桥的红军撤了，广昌城内的敌人感谢天无绝人之路，蜂拥出城，你挤我，我挤你，狼狈不堪地突出红军包围圈。

眼见城内敌人所剩不多，毛泽东命令部队攻城。战斗进行得很顺利，来不及逃跑的守军被全歼。

敌 5 师师长胡祖钰受伤后，医治无效，一命呜呼了。

1931 年 5 月 29 日，红一方面军继续向东横扫，以红三军团为主攻、红十二军为攻城预备队，剑指建宁刘和鼎的56师。

敌56师号称"福建第一师"，全是德式装备，不论官兵，每人背一把大马刀，士兵一律是双套八八式长枪，有的还配有驳壳枪和冲锋枪。

刘和鼎拥兵自傲，烧杀抢掠，吃喝嫖赌，无恶不作，把建宁搞得乌烟瘴气，民怨沸腾。当地百姓对他们恨之入骨，暗地称56师为"遭殃军"。

彭德怀对刘和鼎部的恶行早有耳闻，决定老账新账一起算。战斗打响后，刘和鼎自负地跟红三军团、红十二军展开对攻。几个回合下来，刘和鼎成了彭德怀的手下败将。建宁一战，共歼敌三个团，俘敌三千余人，缴获的西药可以供红一方面军用半年之久。

从江西东固打到福建建宁，红军用时十五天，向东横扫七百里，五战五捷，歼敌三万余人，缴枪两万余支，痛快淋漓地粉碎了蒋介石的第二次"围剿"。

胜利后，毛泽东站在建宁城头，诗兴大发，脱口而出，写下了《渔家傲·反第二次大"围剿"》一词：

> 白云山头云欲立，白云山下呼声急，枯木朽株齐努力。枪林逼，飞将军自重霄入。
> 七百里驱十五日，赣水苍茫闽山碧，横扫千军如卷席。有人泣，为营步步嗟何及！

这首词很快就传遍了全军。

王如痴找来笔墨纸砚，花了两个小时，认认真真地把毛泽东这首词写下来，挂在红八师师部，有事没事都要认真读一遍。

第十六章　戎马倥偬，何以为家

第二次"围剿"的失败，让蒋介石颜面扫地，在"南京国民大会"上抬不起头来。但蒋介石还是硬着头皮在会上高调承诺，一定要把红军尽快干净彻底地"剿灭"。

南京国民大会刚开完，蒋介石就迫不及待地行动了。他认真地总结了一下，认为前两次"围剿"失利，有两个主要原因：一是用人不当，负责人的军事才华和指挥能力不够；二是参加"剿匪"的部队不是自己的嫡系，他们认为自己是"后娘养的"，不愿意为他卖命，致使战机贻误，功败垂成。

基于这两点，第三次"围剿"，蒋介石厉兵秣马，亲自担任"剿总司令"，要让红军和国民党内部暗中嘲笑他的人知道他的厉害。1931年6月上旬，蒋介石率领五个嫡系师，共三十万人，兵分三路，向中央苏区发动了第三次"围剿"，准备亲手除掉"赤匪"这个心腹大患。

第一次"围剿"，兵力十万；第二次"围剿"，兵力二十万；第三次"围剿"，兵力三十万。这时候的蒋介石，已经成了赌徒，为扳本，赌注越下越大。赌徒都迷信"事不过三"，蒋介石相信第三次"围剿"，一定可以把红军彻底消灭。

中原大战，收服其他心怀二心的军政派系后，蒋介石信心膨胀，认为自己具有卓尔不凡的治军之才、安邦之能，第三次"围剿"一定可以旗开得胜，马到成功！

为增强胜算，蒋介石还请来了英国、日本、德国的军事顾问，陪同他一起出征，为他出谋划策。

蒋介石在南京搞了一个规模庞大、气氛隆重的出征仪式，达官贵人纷纷前来送行，国民党的媒体都头版头条地报道了，还配了大幅照片。蒋介石踌躇满志，身披战袍，手握佩剑，信誓旦旦，在众人的前呼后拥中，登上了驶往南昌的军舰。

水来土掩，兵来将挡。针对蒋介石来势汹汹的第三次"围剿"，红军总前委在南丰县康都召开了扩大会议，集思广益，群策群力，共同研究退敌良策。

经过前两次反"围剿"历练，红军高层已经临危不乱、气定神闲了，他们觉得国民党军队虽然人多，武器装备先进，可打起仗来，也没啥了不起，即使蒋介石本人来了也不怕。

总前委一致同意毛泽东的建议，决定还是把敌人引到苏区来，关门打狗，利用有利地形和群众基础，避敌主力，先打弱敌，然后集中优势兵力，各个击破敌人。总前委要求各军迅速行动，积极备战，志在必胜，加快形成粉碎敌人第三次"围剿"的强大态势。

黄公略表面看上去文质彬彬，实际上是个急性子，落实决策从不过夜。会议一结束，黄公略就来到红八师，动员部队，检查备战情况。

在红三军三个师中，黄公略比较偏爱红八师，更喜欢刘畴西和王如痴。从红八师成立以来，尤其是在第一、二次反"围剿"中，红八师表现出来的有勇有谋、敢冲敢打、敢啃硬骨头、敢打硬仗的战斗精神，让黄公略十分欣赏。

大敌当前，要有好的心态，胜不骄，败不馁，再接再厉。黄公略叮嘱刘畴西和王如痴：这次蒋介石是亲自来了，兵力比第二次"围剿"又增加了十万，斗争形势更加复杂严峻，我们要未雨绸缪，要高度认识，做好思想动员，强化练兵，提升战斗力。

黄公略看着王如痴，说："思想就是战斗力，做思想动员，一定要抓重点，讲方法，富有鼓动性！这次是蒋介石御驾亲征，我们要抓住这一点大做文章，如果红八师能够活捉蒋介石，那红八师就会红到天上去！"

黄公略把刘畴西和王如痴逗乐了，三个人哈哈大笑。刘畴西边笑边爽朗地补充："好得很！太巧了！《水浒传》里独臂英雄武松擒方腊，我刘畴西也是独臂，蒋介石来，黄军长就把捉蒋任务交给红八师，我保证胜利完成任务！"

看着斗志昂扬、信心满满的军政主帅，黄公略也深受感染，备觉放心，大敌当前，前路吉凶难料，生死未卜，革命将帅就要有这种豪气干云的英雄气概！

那天晚上，躺在床上，王如痴辗转反侧，彻夜难眠。他和战士们感同身受，第二次反"围剿"，红军十五天横扫七百里，红八师打出了气势，打出了军威；第二次反"围剿"胜利后，部队马上转入打土豪，分田地，筹粮筹款，根本没有时间休整，已经疲惫不堪。没想到不到一个月，蒋介石狼烟又起，作为政治主管，他必须向部队强调钢铁意志，发扬连续作战的精神作风。

做好思想动员，是带好兵、打好仗的前提。在全师誓师大会上，王如痴别出心裁，接连用了两个设问句，来激发战士们的斗志和好奇。

第一个设问句，王如痴问："大家可知道蒋介石身上有两种什么病症？我告诉大家，这两种病，一种是妄想症。他到处说在三个月内消灭红军，这不是妄想是什么？一种是肥胖症。蒋介石的军队虽然人多，看似庞然大物，实际上外强中干，不堪一击，前两次'围剿'不是被我们打趴下了吗？"

这两个比喻很形象生动，从症状看，确实很像，让人忍俊不禁，全师战士被王如痴逗得哈哈大笑。

第二个设问句，王如痴问："大家可知道国民党军队最怕红军什么？我告诉大家，是'对命'！红军不怕死，白军怕死，当官的更怕死！这就是我们红军有战必胜的致命武器！蒋介石十万、二十万、三十万部队算个鸟，红军有总前委的英明指挥，有毛总政委和我们一起并肩作战，只要他们敢来，我们就敢把他们收拾干净，让他们有来无回！"

红八师官兵深受鼓舞，他们情不自禁，异口同声地喊了起来："收拾干净，活捉蒋介石！"

喊声震天动地，在群山迭谷之间回荡。

看着战士们情绪高涨，斗志昂扬，刘畴西和王如痴备觉欣慰。

1931年7月初，蒋介石三路大军长驱直入，千方百计地寻找红军的主力部队，想进行生死决战。总前委决定避其锋芒，采取"磨盘战术"，错开敌人的前锋部队，迂回到敌后的兴国地区，进行集结，伺机捣其后路。

迂回敌后，是一次艰苦卓绝的军事行动。正值盛夏，骄阳如火，急行军中，红军战士被晒得汗流浃背，有的还中暑了。因为是长途行军，粮食供应跟不上来，一餐只能喝点稀饭充饥。但红军战士作风顽强，衣服湿透了就把汗水拧干，草鞋磨破了就打赤脚，饿了就把皮带扎紧，继续向前赶路。

第三次反"围剿"，机会的创造和战争的胜利是靠脚板走出来的。半个月，红军马不停蹄，紧急行军，迂回一千多里，抵达江西兴国的高兴圩，完成了迂回集中的战略任务。

路上，走得上气不接下气的红小鬼问王如痴："王政治委员，我们现在一天走个不停，是不是在学朱聋子打圈圈啊？"

王如痴边走边笑着回答："很不一样呢，朱聋子打圈圈是为了逃，为了躲，只想活下来，根本没想过打败国民党军队。我们绕敌打圈圈，是为了拖垮敌人，创造机会，最终消灭他们！"

收到红军主力又悄悄绕回兴国的情报，蒋介石心中一惊，恍然大悟：看来是中了红军的"调虎离山"计了，他紧急集中了九个师，调转头，匆匆忙忙从不同方向扑向兴国。

敌人气势未减，总前委决定再次避其锋芒，向敌人力量相对薄弱的莲塘、良村一线穿插，跳出敌人的包围圈。

这是兵行险招，要从国民党军队四个师接合部的中间穿插过去，这个接合部的中间只有一条不到四十里的空隙，三万多红军要穿插过去，无异于"骆驼过针眼"。这个大胆计划是步好棋，同时又让很多红军将领担心，如果万一被敌人发现了，后果就不堪设想，红军就会被包饺子了。

毛泽东充分相信革命队伍的纪律性，关键时刻部队一定能够掌握自己的行动，穿插成功。他要十二军扮演主力，向西佯攻，故意暴露，吸引敌人的注意力，掩护其他红军主力"暗度陈仓"。

1931年8月4日，红八师和其他部队为"暗度陈仓"精心准备。刘畴西、王如痴轮番到各团检查。王如痴告诫大家，小不忍则乱大谋，穿插过程中哪怕一声咳嗽、一个喷嚏，都可能酿成大祸，要求凡能发出响声的东西都要坚决杜绝，马和骡子的脚蹄用布匹层层包好，扎紧；马嘴和骡嘴也用绳子捆到不能张开；所有白色的、反光的物件都用锅灰涂黑。

夕阳西下，倦鸟归巢，天渐渐暗了下来，半月黯淡，红军主力趁着夜色出发了。穿插在毫无声息地进行，全程只有手势，没有话语。

红三军翻越一座大山，登顶下山时，发现小路崎岖，速度十分缓慢，严重地影响了穿插速度。这可把黄公略急坏了：按照这种行军速度，天亮前就到不了指定位置，容易被敌人发现，让部队置身于危险之中。

黄公略把担忧悄悄地告诉了王如痴，王如痴也有同感，他们不约而同地想到，会不会有一条下山的捷径呢？黄公略点起一盏马灯，用黑布把外围罩了，露出来微微的光，然后叫上王如痴，在微光照耀下，两人在附近转悠，找起下山的新路来。

果然是功夫不负有心人，他们很快就找到了另一条下山的小路。红三军分成两路下山，速度快多了。

红军又创造了奇迹，只用了一天半时间，三万多红军移师莲塘，神不知、鬼不觉地跳出了敌人的包围圈。跳出了包围圈，全军将士兴高采烈。

刘畴西和王如痴紧紧地拥抱在一起，感慨万千地说：毛总政委的"骆驼过针眼"真是神来之笔，干得漂亮！

随后，红军各部陆续准时到达指定位置，埋伏隐蔽在山野树木之中，静候作战命令。

1931年8月6日晚，总前委在黄氏宗祠召开紧急作战会议，决定就近吃掉驻扎在十万洲的敌47师谭子钧旅，然后向良村突击追歼，继续扩大战果。红三军团担任主攻任务，红十二军为左翼，红三军为右翼，形成东、西、南三面包围的口袋阵。

会议结束，黄公略带着军政治委员蔡会文、参谋长陈奇涵以及刘畴西、王如痴等各师军政主管登上莲逢山，仔细察看地形。

十万洲，山谷绵长十余里，两侧成峰，中间有一条小河潺潺流过。右侧有一山头叫"柳树排"，山势复杂，草木疯长，适合埋伏隐蔽和奇袭。谭子钧旅就在山谷中安营扎寨，居高临下往下看，谭子钧的营地就像一段曲折的"狗肠子"。

黄公略笑着说："听说谭子钧熟读兵书，以将帅自居，看来只会纸上谈兵，犯下如此愚蠢的错误，把部队置于山谷之中，难道他不知道水淹七军和火烧连营的典故吗？"

都是将领，都懂兵法，大家一看，就知道谭子钧志大才疏，与红军过招，还嫩着呢！

刘畴西和王如痴主动请战，对黄公略说："红八师请求主攻，请黄军长放心，我们不管他是帅才还是蠢材，红八师一定要砸烂他的狗脑壳，吃掉他的狗肠子！"

趁着天黑，红三军悄悄地摸上了柳树排山头，埋伏了下来。黄公略吩咐站岗的站岗，其他人抓紧休息，养精蓄锐，等待进攻号令。他要求各师在战斗中做到快、准、狠，配合红三军团，打好第三次反"围剿"的第一仗！

1931 年 8 月 7 日，天还没亮，红三军团向十万洲发起猛攻。将士们早就按捺不住了，听到号令，大家一跃而起，猛虎下山一般从山上冲向敌阵。

战斗打响的时候，谭子钧旅都还在睡梦中，没有起床，他打了一夜麻将，睡得正酣。听到突如其来的枪炮声、喊杀声，他们被莫名的恐惧笼罩，手忙脚乱地穿衣穿裤，拿枪乱射，但为时已晚，黑暗中也分不清敌我，导致互相攻击，自相残杀。

谭子钧从睡梦中惊醒，手忙脚乱地组织反攻，企图从两翼突围。可红三军就像一把铁钳，从右翼把敌人死死地钳住了，让他们动弹不得。

狭路相逢勇者胜！刘畴西、王如痴带领红八师就像离弦之箭，冲下山冈，冲进敌阵，短兵相接，枪战变成了白刃战。两位军政主管身先士卒，刘畴西单手拿刀，左劈右砍；王如痴双手紧握上刺刀的步枪，前刺上挑。在首长带领下，红八师战士杀红了眼，勇不可当。敌人只有招架之功，没有还手之地，斗志全无，溃不成军，狼狈逃窜，只恨爹妈少生了两条腿。

红八师乘胜追击，紧咬不放，边打边追。

天亮了，谭子钧逃到河沟里，被刘畴西远远地看到了。刘畴西从地上捡起一支步枪，递给王如痴，指着谭子钧，说："看到那个穿军官服的指挥官没，我估计就是谭子钧，擒贼先擒王，你枪法好，把那个当官的干掉！"

王如痴接过枪，端枪，瞄准，扣动扳机，一颗子弹呼啸着射了出去，正中谭子钧的脑袋。

谭子钧就像一根树木一样栽倒在河沟里，他倒下的时候，身边溅起一阵巨大的水花。

指挥官被击毙，军队的主心骨没了，剩下来的白军无心恋战，纷纷放下武器，举手投降。

激烈的战斗持续了两个多小时，十万洲之战，红军大获全胜。三路红军全歼谭子钧部和从良村派来的侦察营。

这场战斗，胜在出其不意，攻其不备。红军从高兴圩直插莲塘，是敌人做梦也没想到的。谭子钧旅的一个被俘士兵说："昨天全旅通报还说红军被围困在高兴圩，动弹不得，等着束手就擒呢。谭旅长知道这个消息，以为高枕无忧了，天天要手下陪他打麻将。哪个晓得你们今天清早就到了莲塘，把我们反包围了！"

谭子钧旅被歼，47师师长上官云相如惊弓之鸟，带着师部向龙冈方向慌忙逃窜。

上官云相一边逃，一边埋怨54师师长郝梦龄不够朋友，私心太重，见死不救。

其实，郝梦龄不是不想救他，只是手下意见没有统一，在救与不救的问题上各不相让，争执了半天。不愿意救的认为从前两次反"围剿"看，红军不轻易出击，一旦出击，就胜券在握，如果前去救援，红军早就张网以待，等着援军自投罗网，那不叫"救援"，而叫"送礼上门"了。

郝梦龄与上官云相私人关系不错，争来争去，最后还是决定出兵，可在争执中错失了救援良机，等援军赶到，为时已晚。谭子钧没救成，先头部队在良村撞到了红军枪口上。

郝梦龄的先头部队最先撞上的是朱德和警卫排。战斗打响后，歼灭谭子钧的战斗已经结束，红军大部队火速集结，赶来增援。红三军从外线攻击敌人的先头部队，然后迅速向纵深推进。红八师负责"斩腰"行动，因为敌人部队如同长蛇，先头部队遭遇攻击后，跟进部队还来不及展开，光是敌人军官的行礼和伙食担子就绵亘二三里路。

红八师将"长蛇"拦腰斩成二截，刘畴西、王如痴冲在最前面，各种各样的枪支射出愤怒的火苗，敌人纷纷倒地。与此同时，红一方面军所属各部开始进攻，"长蛇"瞬间就成了"死蛇"，被压制住了，动弹不得，只有挨打的份儿。

郝梦龄心急如焚，作困兽斗。他指挥部队拼命往山上撤，企图居高临下，依山列阵，据险喘息。郝梦龄命令副师长、参谋长上山督战，用枪逼着手下拼命还击。

红一方面军没给敌人任何喘息机会，一鼓作气拿下了敌人退守的全部山头，将敌人压下了山谷、河沟。混战中，敌副师长、参谋长被红军击毙，敌54师溃不成军。

大势已去，郝梦龄赶忙吩咐勤务兵拿来剃须刀，手忙脚乱地把自己标志性的八字胡须全部剃掉，然后换上伙夫衣服，在脸上抹了一把锅灰，从伙夫手上抢过扁担，拿在手里，混在溃军中逃走了。

战斗结束，历时两个小时，歼灭郝梦龄一个旅，缴获战利品不计其数。

两战两捷，红八师一片兴奋。已经担任了王如痴警卫员的红小鬼对王如痴说："首长，蒋介石御驾亲征，我看他的御林军也不过如此！"

王如痴看着红小鬼，纠正说："你的话只对了一小半，更重要的是我们红军敢打敢拼敢冲，跟他们'对命'，天皇老子都害怕；我们的毛总政委用兵如神，他比摇鹅毛扇的诸葛亮都厉害多了，蒋介石更不是对手！"

战争刚停，硝烟还未散去，毛总政委、朱总司令又盯上了黄陂敌军。为麻痹敌人，做到"出其不意，攻其不备"，总前委决定让红三军向龙冈方向"虚晃一枪"，拉起要攻打龙冈的架势来，让敌人产生错觉，其他部队神不知鬼不觉地向黄陂集结，争取一口气吞掉黄陂敌军。

要红三军摆花架子佯攻，将士们觉得很不过瘾，产生了懈怠之意。黄公略看大家有情绪，安慰道："各师不要对总前委的决定感到憋屈，不要小看了佯攻，同样关系到战局胜败。我们的佯攻像不像，效果好不好，直接关系到黄陂之战的胜负。我们如果不能在龙冈掀起波浪来，黄陂的敌人就不会上当，不会麻痹大意。所以，我们的佯攻是攻打黄陂敌人的关键。"

听了军长的话，大家的心结才渐渐解开。黄公略命令红七师、红八师、红九师，浩浩荡荡，大张旗鼓，兵分三路，向龙冈进发。

红三军团的佯攻很成功，效果很好。龙冈敌人看到红军漫山遍野，军心一下就慌了，龟缩着，不敢出来。黄陂敌人以为红军主力在攻打龙冈，离自己远着呢，就该吃吃，该喝喝，该睡睡，该玩玩，该乐乐，没有一点紧张感。

红三军顺利完成佯攻任务后，就像蛟龙一头扎进大海里一样，一夜之间消失得无影无踪了。

正当龙冈之敌摸不着头脑，费尽心思猜测着红军的下一步行动之际，红四军、红十二军突然出现在黄陂，向黄陂敌人展开了猛烈进攻。黄陂敌人猝不及防，被打得抱头鼠窜，溃不成军，大部分被歼灭。

红军声东击西，把蒋介石气得半死，他弄不明白，红军的小把戏，为什么能够屡屡得逞？

缓过神来，蒋介石咬牙切齿，急忙调集西进各路军共二十万人，向黄陂、君埠紧急开进，准备用密不透风的大包围把红军主力包围，决一死战！

蒋介石的密集大包围圈越收越紧，红军处境十分凶险。总前委果断决定，以十二军扬旗鸣号，向东进击为"烟幕弹"，掩护红军主力撤退；红军主力走小路，没有小路，就披荆斩棘，开辟出一条小路来。

趁着月黑风高，红军主力又神不知鬼不觉地从十里不到的敌人空隙中穿了过去。离敌人最近的时候，可以肉眼看到国民党军队中军营里的灯光，听到他们猜拳行令的喝酒声。

出了蒋介石的大包围圈，红八师将士兴高采烈，脸上洋溢着欢笑。刘畴西对着王如痴感慨地说："如果说上次是骆驼过针眼，这次可是蚂蚁钻牛角尖啊！"

王如痴也深有感触，有感而发，掏出小本子和铅笔头，在上面作诗一首：

> 毛总政委胆识高，敌人包围不慌忙。
> 千里回师捣后路，见缝穿梭出奇招。
> 三战三捷破敌胆，红军威名传四方。
> 革命须要灯指引，蒋家王朝长不了。

红军屡出奇招，连战连捷，成功化险为夷，即使被包围，也如入无人之境。红军忽前忽后，忽左忽右，飘忽不定，难以捉摸，让国民党军队彻底抓了瞎，连个影子都看不到，反被拖得人困马乏，苦不堪言，真"肥的被拖瘦，瘦的被拖死"，陷入了进退两难境地，尤其是那些从北方调过来参与"围剿"的部队，由于水土不服，思乡心切，怨声四起，战斗力大打折扣。

蒋介石也是身心俱疲，不断的败战，让他吃不下饭，睡不好觉，动不动就大发脾气，大动肝火。蒋介石清醒地意识到，第三次"围剿"，他已经心有余力不足，又要闹笑话了。

1931年9月初，广东军阀陈济棠，广西军阀李宗仁、白崇禧趁机内乱，闹得不可开交，正好给了蒋介石退兵借口，他顺驴下坡，下达了撤军命令。

两广新军阀内乱，多少给蒋介石的撤军保住了一点颜面。

想来就来，想走就走，还真没那么容易。蒋介石想溜，红军不让了。听到蒋介石要退兵，毛泽东赶紧召开紧急会议，很快就达成了共识：绝不能让蒋介石全身而退，必须要从他身上再剐下几块肉来！

首先确定的猎杀对象是蒋鼎文的第九师。

红三军的任务是连夜赶往吉安泰和县老营盘，抢占要隘黄土坳，堵住第九师的退路。

接到任务，红三军紧急行军，提前到达指定位置，在黄土坳埋伏了下来。

1931年9月7日，黄公略登高望远，用望远镜察看地形，他对参谋长陈奇涵说："只要我们扼守住黄土坳，敌人就插翅难逃了！"

陈奇涵点头应道："那就不能便宜了蒋介石，让他在黄土坳留下买路钱！"

黄公略调兵遣将，把战斗任务分派了下去：红九师和萧克独立五师依托高明山，进行正面阻击；红七师埋伏在牛轭岭打左翼；刘畴西临时有新任务，红八师由王如痴率领，插向野猪岭，打右翼，同时负责阻击从高兴圩方向增援过来的敌军。

战斗在9月8日凌晨五时左右打响。红三军从三个方向扑向老营盘的敌军，子弹雨点一样密集地射向敌人；炮弹、手榴弹呼啸着落在敌阵，在敌群中开花，敌军成片成片地倒下！

从高兴圩方向赶来增援的敌军势头很猛，不要命地往前冲。

师长刘畴西不在，自己就是红八师的主心骨！王如痴给战士下达了死命令，绝不让一个敌人漏网。他给各团连下达命令，要求那些枪法好的战士，专挑穿当官衣服的和机枪手等重火力打击。

敌军援军赶到老营盘，王如痴命令全师官兵向他看齐，跟敌人"对命"，子弹打完了用大刀，大刀弯了用枪托，枪托断了用石头砸，用牙齿咬！阻击战打得很艰苦，伤亡很大，但红八师没有一个退却，顺利地完成了任务，确保了老营盘战斗的胜利。

老营盘战斗持续了八小时，红一方面军全歼蒋鼎文的独立五旅。

老营盘成为坟场，遍地都是敌人的尸体；红军也付出了巨大牺牲。

战斗胜利后，王如痴没有丝毫喜悦之情，他集合队伍，看到战士们身上血迹斑斑，伤痕累累，衣服被撕扯得破破烂烂，一张张脸被硝烟熏黑，找不到一块干净的地方，有些连队剩下不到几个人。王如痴的眼睛湿润了，他为有这样的战士，为跟这样的团队出生入死、英勇战斗，感到骄傲。

1932 年 9 月 15 日清晨，红三军奉命追歼韩德勤 52 师，在兴国县方石岭，与其他兄弟部队将敌军主力团团围住。战斗打响了，红军发起强攻，山谷响彻"缴枪不杀"的怒吼；敌军毫无招架之力。战斗持续了三个小时，歼敌两个旅。

当天下午三时，烈日当空。红三军行进至东固六渡坳，看到路旁有一座废弃的吊脚楼。看着疲惫不堪、饥渴难耐的战士，黄公略心疼了，命令部队原地休息，喝点水，吃点干粮，补充一下体力。趁此机会，黄公略召集各师主管到吊脚楼上研究下一步行动。

突然传来飞机的轰鸣，敌机越来越近，战马受惊，扬蹄尥蹶子，嘶叫不已。黄公略赶紧指挥部队紧急疏散。参谋长陈奇涵告诉他，红七师还在罗坑，时刻都可能暴露在敌机下。黄公略一听，急了，他想冲上去，爬到高地察看红七师的行进位置。警卫员拦住他，劝道："军长，外面危险，你不能出去！"

"一个师的安全比我个人安全更重要！"黄公略不由分说，一把推开警卫员，不顾一切地冲上山坳。黄公略一边打着手势命令红七师就地隐蔽，一边端起一把机枪，对着敌机扫射，想把敌机吸引过来！

敌机俯冲下来，对着黄公略吐出一串长长的火舌。不幸的事情发生了，三颗罪恶的子弹击中了黄公略，打进了他的胸膛。三股血泉水一样从三个枪洞涌出来，片刻就把黄公略身上那件洗得发白的军装染红了。

"军长，军长——"

战士们傻眼了，一边向敌机射击，一边不顾一切地冲上去。

黄公略把机枪一头支在地上，一头撑着自己的身体，努力不让自己倒下，但最后，黄公略渐渐体力不支，笔直地倒了下去……

王如痴看呆了，他的心被揪住了；在黄军长倒下那一刻，他感到呼吸困难，血液凝固，心脏提到了嗓子眼儿。

王如痴不顾一切地冲上去，把黄公略抱在怀里，泪水夺眶而出，他一边给黄公略实施急救止血，一边歇斯底里地喊："军长，挺住啊！革命需要你，红三军需要你！"

听到王如痴呼喊，黄公略缓缓地睁开眼睛，痛楚和不舍写在他越来越苍白无力的脸上。

黄公略吃力地望着王如痴和身边的战友，拼尽全力地说："几次'围剿'我们都胜利了，你们要继续战斗，直至全国革命最后胜利！"

看着黄公略军长，将士们泪雨滂沱，泣不成声！

当天下午，黄公略军长壮烈牺牲，走完了他夏花一样绚烂而短暂的一生，那年，黄公略才三十三岁！

山河含悲，日月失色！

沉浸在胜利中的红一方面军突然被黄军长牺牲的巨大悲痛笼罩！

1931年9月16日，江西兴国水头庄草坪，青天垂泪，江河呜咽，群山静默。

数万红军将士和群众臂缠黑纱，胸佩白花，准备送黄公略军长最后一程。

毛泽东悲痛不已，亲自撰写挽联，沉痛悼念：

广州暴动不死，平江暴动不死，而今竟牺牲，堪恨大祸从天降；

革命战争有功，游击战争有功，毕生何奋勇，好教后世继君来。

好教后世继君来——

读到挽联最后一句，王如痴泪如雨下。

革命的山很高，革命的河很宽，革命的路很长，革命的夜还是黑的，伸手不见五指。

黄公略军长虽然牺牲了，但革命尚未成功，同志仍需努力！

王如痴不怕山高河宽，路远天黑，他暗暗下定决心，誓做毛总政委所写挽联中的那个革命的"后世君"！

第十七章　梅花欲春，黄陂大捷

把同志顺利送上轮船，罗凤梅破例没有急忙赶回家。她坐在江边，吹着浩荡江风，一边想着心事，一边往波涛汹涌的黄浦江里扔石子。

江风撩起罗凤梅的秀发，甩向脑后；轮船呜呜地叫着，驶向远方。

睹物思人，这一幕是这样熟识，难忘，让人浮想联翩。

一个月总有那么三五回，让罗凤梅旧地重游，旧事重提。

当年，她也是这么把王如痴送走的。

时间就像滔滔的黄浦江水，浪奔浪流，不舍昼夜。从1928年夏到1931年秋，转眼就过了三年，罗凤梅已经三年没见到王如痴了。越是没见到，越是思念；越是想忘掉，越是忘不了。

上次表白，吃了闭门羹后，罗凤梅一直还没对谁动过真心。她年纪不小了，眼看就要逼近三十而立大关，成老姑娘了，这可把一家人急坏了。每次罗凤梅带着适龄同志回来，父母都希望他们是那层关系。迎来送往的适龄男青年很多，但住一个晚上或者待几天就走了，看不出有那层关系的迹象。

让老爷太太十分不解的是，看着罗凤梅挽着他们的胳膊亲亲热热地从外面进来，让他们暗暗欢喜；可一进家门，罗凤梅就对人家客客气气，甚至冷若冰霜，换了个人似的，很难腻歪在一起了。

罗家上下琢磨不透，看着罗凤梅，觉得她越来越陌生了，罗凤梅也从来不对他们解释，一说到自己的婚姻，罗凤梅就把话题岔开了。

上海是个中转站，当年的中共中央也设在那儿，地下工作十分忙碌，罗凤梅没有时间顾及个人的事。她的工作性质很危险，是在刀尖上跳舞过日子，更关系到同志们的安全，不容分心和出差错，单身方便。曾经数次出现险情，尤其是内部同志叛变革命，但都被罗凤梅长袖善舞、巧妙机智地化解了。

当然，工作上的原因是次要的；最重要的，是罗凤梅没有找到合适的、让她动心动情的那个人。

为工作需要，罗凤梅八面玲珑，打扮得花枝招展，出入风月场所，打情骂俏，如鱼得水，身边从来不缺公子哥儿。可越是这样，罗凤梅内心越是孤独。在虚与委蛇的应酬之后，回到家，进了闺房，关上房门，清静下来，回归内心，尤其是躺在床上，无边的寂寞就像黄浦江水一样涌上来，把她吞没。这个时候，对王如痴的思念，就像那吞没她的黄浦江水。

罗凤梅很想见王如痴，跟他聊聊天，吃吃饭，散散步，但这些都是一帘奢侈的幽梦。做做梦可以，实现起来，却找不到北。夜深人静的时候，被这种执念折磨得实在受不了了，罗凤梅就从床上爬起来，坐在梳妆台前，揿亮台灯，点一支过滤嘴香烟，在吞云吐雾中，苦闷地给王如痴写信。

出于保密需要，在信里，罗凤梅没有任何姓名称呼和落款。在信里，罗凤梅把王如痴称为"我的 W"，是的，王如痴就是她心中的"王"。

给王如痴写信只是罗凤梅寂寞难耐的时候倾诉感情的一种方式，这些信，既寄不出去——罗凤梅没有王如痴的具体地址，也不方便寄——因为当年王如痴对她说过，已经有心上人了，要赶回去结婚，罗凤梅相信他们已经结婚，甚至小孩都有了。

闲下来的时候，罗凤梅喜欢把信拿出来，逐字逐句地念给自己听——这也是一种心灵的放松、精神的享受，比在舞厅跳着舞要轻松多了，享受多了。三年多时间，累积下来，那些信已经有了满满一抽屉。罗凤梅给抽屉上了一把锁，把信锁在抽屉里，也把这份情锁在心里。

虽然不知道王如痴的具体地址，但罗凤梅知道，王如痴一定在革命闹得最轰轰烈烈的井冈山革命根据地。罗凤梅清楚地记得当年王如痴说过，结婚后，要带着陈香香上井冈山参加革命。蒋介石每发动一次"围剿"，罗凤梅都把心提到了嗓子眼儿，夜不成寐，生怕王如痴有什么意外；每次得知中央苏区反"围剿"胜利，罗凤梅都欣喜若狂，要跑到酒吧喝两杯红酒庆贺，一方面为革命胜利，一方面为王如痴——她知道，虽然反"围剿"胜利，是红军将士用生命和鲜血换来的，但只要红军胜利了，王如痴总会安全些，打了败仗才更加危险。

三年多，罗凤梅听到过一次王如痴的消息。半年前，她负责掩护一个从中央苏区来上海采购药品的同志，那位同志正好是王如痴的下级。他告诉罗凤梅，王如痴已经成为红军高级将领了，在红八师做政治委员。让罗凤梅欣喜的是，从那位同志的谈话中，罗凤梅了解到这些年王如痴身边并没有妻子一样的女人。这些信息让罗凤梅欣喜若狂，晚上躺在席梦思床上，望着天花板，喜极而泣，泪流满面。

罗凤梅觉得上天被她感动了，对她眷顾了，又给了她希望。她没有想陈香香为什么没跟王如痴在一起了，只是想着王如痴还单身着，她还有机会。

那天晚上，罗凤梅彻底失眠了，她一遍又一遍地想象着王如痴身穿军装，横刀立马，指挥千军万马、冲锋陷阵的样子。

想着王如痴，罗凤梅柔情似水，心里涌起无限畅想——那种威风八面、横刀立马、舍生忘死的革命军人形象，才是罗凤梅心中的男人应该有的样子。

苏区的天是明朗的天，革命的人民好喜欢。罗凤梅很想到中央苏区走一走，转一转，看一看——当然，罗凤梅更想到中央苏区找到王如痴，看看王如痴，跟他一起聊聊天，吃吃饭，散散步。但革命需要她留在上海，她的这份工作，别人无法替代，罗凤梅不得不听从组织安排。可罗凤梅的心属于她自己，化作了一只小鸟，飞到了中央苏区，停留在王如痴住房外的树梢上，叽叽喳喳，看着他早出晚归。

皇天不负有心人，机会终于来了。1931年11月，中共中央的一位重要同志前往中央苏区，需要一位同志路上进行掩饰和保护。筛来选去，组织觉得最合适的人选还是罗凤梅，她胆大心细，对敌工作经验丰富，在南京和上海的国民党军政两界有广泛人脉，消息灵通，很吃得开。

组织上把这个决定告诉了罗凤梅，可把她高兴坏了，她毫不犹豫地领下了任务。当天下午，罗凤梅就买了船票。第二天上午，她就和那位同志出发了。他们扮作一对新婚夫妻，旅游度蜜月。罗凤梅希望完成任务后，组织上允许她在中央苏区多待一些日子，让她感受一下革命气氛，更重要的是找到王如痴，跟他一起聊聊天，吃吃饭，散散步。

一路上还算顺利，进入中央苏区，两人都按捺不住激动，觉得一切都是那样新鲜，革命的人民既热情洋溢，又高度警惕。他们看到鲜艳的红旗迎风飘扬，猎猎作响；他们听到革命的歌曲到处传唱，荡气回肠。中央苏区的军民热火朝天，井然有序地忙碌着，人民忙生产，战士忙练兵。

这一切让两人深有感慨，白区和苏区真是两个截然不同的天地。人民的力量是无穷的。看到苏区的军民，罗凤梅终于明白了，为什么蒋介石发动三次"围剿"，在兵力和武器装备上占绝对优势的国民党部队会一败涂地。

进入中央苏区，一路上有人接送，他们就麻痹大意，放松了警惕，最后还是出了问题。路过马安石寨子外围，他们碰上了巡逻的地主武装。地主武装看着他们的表情、装束，听着他们的外地口音，就怀疑他们是共产党人，来投奔红军的，就不由分说把他们抓了，押回了马安石寨子。

虽然中央苏区是革命的天下，但不都是红色的，也有白色据点，分布着不少地主武装。马安石寨子的地主头目马前卒就是其中之一。

马前卒连夜突审，想问出蛛丝马迹来，但一无所获。在审讯中，马前卒看到罗凤梅气宇不凡，谈起南京和上海的国民党军政要人来，头头是道，滔滔不绝，倒也不敢造次。

他们从罗凤梅的行李中搜出来几张罗凤梅跟南京和上海军政要人的合影，不得不打消了对罗凤梅的疑虑，但他们觉得罗凤梅的"丈夫"嫌疑很大，还是把他们关了起来，找渠道向南京和上海落实情况。

消息传到临时中央，临时中央急了，他们决定拔掉马安石寨子，把那位重要同志营救出来。红八师被确定为攻打马安石寨子的主力部队。地主武装不足为惧，在红八师面前，就是一颗鸡蛋。但临时中央再三交代王如痴，马安石寨子扣押了党的重要人物，一定要保证他们的安全，能智取一定要智取。

王如痴准备围而不攻，达到不战而屈人之兵的目的，让马前卒乖乖投降。王如痴一方面率领红八师把马安石寨子围了个水泄不通，连一只苍蝇都飞不出去；一方面摆开架势，准备强攻。寨子周围，山头上刀枪林立，红旗招展，战鼓轰鸣，呐喊震天。红军的大喇叭对着寨子昼夜不停地广播喊话，宣传优待俘虏政策，摧毁敌人的心理防线。

王如痴吩咐战士找到马安石寨子的水源，把饮用水给切断了。地主武装从来没有见过这种阵仗，越来越心慌，以为红八师要攻寨，他们必死无疑。地主武装很多都是穷苦人家出身，只想混口饭吃，不愿意卖命。在红八师强大心理攻势下，寨内地主武装斗志全无，马前卒不得不打开寨门，缴枪投降。

红八师顺利开进马安石寨子。战士们打开水牢，把罗凤梅和那位重要同志解救了出来，带到了王如痴面前。三年多没见了，两人都没想到在这种场合下见面了。见到罗凤梅，王如痴格外惊讶；见到王如痴，罗凤梅格外高兴。

罗凤梅情不自禁地快步走上去，双手紧紧地握住了王如痴的手，久久不愿意松开，两行眼泪顺着那张漂亮的脸蛋流了下来。罗凤梅百感交集，心里有太多话要对王如痴说了，却又不知从何说起。

战士们看着王如痴和罗凤梅，感觉有些怪异——他们不知道两人的关系，更不明白两人的感情。王如痴被看得尴尬，想把手从罗凤梅手里抽出来，但抽了几次，都没有成功。王如痴看了一眼那男的，更不好意思了，因为临时中央告诉他，攻打马安石寨子，要营救的是一对重要的"革命夫妻"。

罗凤梅看出了王如痴的窘迫，莞尔一笑，对王如痴说："我是负责掩护这位同志来中央苏区，路上为了方便和安全，我们假扮夫妻，你别误会了！"

罗凤梅说得王如痴更不好意思了，他们简单地聊了几句，准备回红八师驻地。王如痴安排其他战士护送那位重要同志到临时中央，自己和罗凤梅回驻地。

王如痴把自己的战马给了罗凤梅骑，在莫斯科中山大学读书的时候，罗凤梅学过骑马，虽然很久没骑了，但技术还在。罗凤梅翻身上了马，王如痴牵着缰绳，走在前面。

三年多不见，两人有说不完的话题。王如痴给罗凤梅讲在中央苏区的战斗故事，罗凤梅给王如痴讲在白区的工作经历，都像在说书和听说书，觉得新奇有趣。

听到惊险处，王如痴情不自禁地感慨："原来你在白区做地下工作，表面看起来风平浪静，实际上也是暗流汹涌，危险程度不比我们跟国民党军队正面打仗小啊！"

王如痴的话让罗凤梅很感动，她突然有了一种想哭的冲动，她觉得还是王如痴理解她，知道她的危险和不易。参加革命工作这么多年，罗凤梅从来没有听过这么贴心窝的话。

当天，罗凤梅留在了红八师。晚上王如痴给她接风洗尘。晚饭后，王如痴跑去跟警卫员红小鬼挤在一起，把自己的宿舍让给了罗凤梅。

躺在王如痴的木板硬床上，嗅着被子和枕巾散发出来的自己喜欢的那个男人的味道，罗凤梅从来没有过的踏实和安心，很快就进入了梦乡，甚至响起了轻微的鼾声。

在红八师，罗凤梅一住就是七天。这是她革命生涯中最轻松、最快乐、最难忘的七天。白天罗凤梅跟王如痴下基层部队，看战士们操练，协助王如痴做思想工作，给他们讲白区的经历和形势；回来后，两人一起吃饭；吃完饭，两人一起到驻地周边散步聊天。他们肩并肩，走在苏区的红色大地上，一切都是那样朝气蓬勃，友好热情，井然有序，让人羡慕。罗凤梅真想留下来，待在中央苏区，不回上海了，陪着王如痴，跟他并肩战斗！

天下没有不散的筵席，纵有千般不舍，罗凤梅还是不得不返回自己的战斗岗位，那儿更需要她。临行前一夜，王如痴给罗凤梅设宴饯行，吩咐炊事班难得奢侈地准备了四菜一汤：一份土豆炖野兔，一份青椒炒麻雀，一份炒鸟蛋，一份烧泥鳅，一份野菜汤。野兔和麻雀是战士们打的，泥鳅是战士们下田捉的，鸟蛋是红小鬼上树掏的。

可再丰盛的菜，对罗凤梅来说，都没有什么滋味。离别在即，她柔肠百转，眼睛都红了，她太喜欢苏区生活了，太想留下来了，太想跟王如痴一起战斗、一起工作、一起生活了。

王如痴不停地给罗凤梅碗里夹菜，那些菜有大半被王如痴夹进了罗凤梅的碗里，罗凤梅却一点胃口都没有，味同嚼蜡。但王如痴夹给她的，罗凤梅都硬着头皮塞进嘴里，吃完了。

饭后，罗凤梅要王如痴陪她到外面走走。他们肩并肩地出了宿舍，出了驻地，红小鬼跟上来，罗凤梅示意他不要跟了，红小鬼识趣地回去了。

秋末冬初，天气已经凉了。一轮满月白晃晃地挂在天上，把苏区的大地照得如同白昼。他们上了一个小山坡，选了一块枯草地坐了下来。望着天上的满月和满天的星星，两人都不知从何说起，只听到寂静的夜里，两颗年轻的心扑通扑通地跳动。

时间在一分一秒地流逝，罗凤梅离开苏区的时间进入了倒计时，她急了，再不说就没有机会了，也许以后都没有机会了。罗凤梅声音颤抖地问："如痴，你爱人陈香香呢，怎么没看到她跟你在一起？"

一句话戳中了王如痴的痛处，也把他带进了悲伤的往事中。王如痴心潮翻滚，悲从中来。王如痴沉默了片刻，平复了一下情绪，黯然地说："我回到长沙后才知道，香香在我留学苏联的时候，就已经牺牲了。我回到长沙时，正是香香一周年忌日！"

听到香香牺牲的消息，罗凤梅有些愕然，有些心痛，有些尴尬，但也看到了希望。她安慰说："如痴，节哀啊，事情已经过去这么久了，你也要走出来，开始一段新感情了。很多革命者为了革命事业，抛头颅，洒热血，前仆后继，不计较个人得失。他们死得光荣，我们会记住他们，人们会记住他们，历史会记住他们！"

王如痴深有同感地说："是的，你我也一样，随时都在准备，随地面临危险。今夜我们还坐在一起聊天，明天说不定就见不到了。"

罗凤梅也很伤感，但她鼓起勇气，暗示王如痴："因为我们随时都有危险，所以更不要错过，遇到合适的，要大胆地爱和被爱！"

王如痴并不认可罗凤梅的观点，他觉得对革命工作者来说，爱和被爱都很奢侈，他反驳说："因为时刻都面临危险，所以，更要有责任感，不要轻易说爱。爱情是美好的，我们要努力革命，为子孙后代创建一个勇敢地爱和被爱的世界。他们的世界是崭新的，跟我们完全不同，没有我们的舍就没有他们的得！"

真是一个可亲可爱的呆瓜，罗凤梅想，如果革命者不结婚，哪来后代呢？王如痴对革命满腔热情，在感情上，却是一个榆木脑袋，拿着榔头都敲不醒。想着王如痴还是单身，想着明天就可能是生离死别，想着以后还要忍受离别之苦，想着这一次离别，以后还能不能活着见到彼此都说不准，罗凤梅终于忍不住了，伸出手握住了王如痴的手——她已经顾不上矜持了。

王如痴想把手从罗凤梅手里抽出来，但被罗凤梅紧紧地攥着，根本抽不出来。见王如痴不再挣扎抽手，罗凤梅得寸进尺，把头一偏，靠在了王如痴肩上。王如痴用另一只手来推罗凤梅的头，罗凤梅半开玩笑半认真地对王如痴说："没见过你这么小气的革命男同志，让革命女同胞靠一靠，找一找安慰，你又不会受伤，不会损失什么！"

王如痴不再动弹，让她靠，罗凤梅心里有些小得意，喃喃地说："如痴，你还记得当年我说过，我喜欢你吗？"

王如痴不会撒谎，只得承认："记得很清楚，你说过。"

罗凤梅心里翻江倒海，感慨万千，她想王如痴心里是有她的，他还清楚地记着呢。

罗凤梅说："这些年，我的心里一直装着你呢。当年你要赶回长沙跟香香结婚，我留不住你，很痛苦。现在她牺牲了，轮都要轮到我了。我还是那样爱你，这三年一直在等你。"

王如痴沉默了，不好说什么，不想说什么，他应也不是，拒也不是。拒和应，都太残忍了。也许革命的前途是美好的，但革命者的生命却朝不保夕，不由自主。他们俩，一个在中央苏区带兵打仗，一个在白色恐怖的上海从事地下工作，都是刀尖跳舞的环境，都随时有可能献出生命。也许，既不应承，也不拒绝，才是处理感情的最好方式。

王如痴还是希望把话说清楚，陈香香也好，胡兰英也好，罗凤梅也好，都是时代的好女儿，都是革命的好同志。处在这种刀光剑影、身不由己的环境，确实没有条件、没有资格去爱和被爱，更不用说谈婚论嫁、成家立业、娶妻生子了。

王如痴已经有过一次深刻教训了，上次伤了胡兰英的心，让她一直都躲着自己。这次罗凤梅从上海千里迢迢地跑过来，出生入死，王如痴不忍心再伤害一个姑娘的心了。胡兰英还年轻，以后的路还长；罗凤梅已经不年轻了，到了谈婚论嫁的时候了。

王如痴对罗凤梅说："我们都是革命者，都是共产党人，我们随时都有可能为革命事业牺牲生命。爱情和家庭，对我们来说，既很奢侈，又是责任。如果有缘，等革命成功那天吧！我在彭德怀首长面前发过誓，革命不成功，不讨老婆。你在革命工作中，如果碰到看上眼的，情投意合的，就结婚成家，我祝福你们！"

王如痴一半拒绝、一半给了一丝希望的表白，让罗凤梅心里五味杂陈。她知道，王如痴说得没错，现实确实如此，既然选择了革命，就身不由己了，谈一回恋爱都是那样奢侈。可如果革命不成功，人民不能当家做主掌握自己的命运，又有多少人的爱情可以自己做主呢？

两人不再言语，话已至此，在对待感情上，两人观点背道而驰，说多了也没用，只是徒增烦恼。能够握着王如痴的手，头靠在他肩上，有这短暂一刻，罗凤梅感觉已经够了，值得回味了。

两人肩并肩地坐在革命的山坡上，看着月亮，数着星星，听着偶尔一两声虫鸣鸟叫，不断有流星划过天空，留下美丽的痕迹。

一阵夜风吹来，寒意袭人。王如痴把外衣脱下来，披在罗凤梅身上。罗凤梅感动地挽住了王如痴的胳膊。那一夜，两人待到很晚才起身返回驻地。王如痴把罗凤梅送到宿舍，自己又去跟红小鬼挤地铺。

红小鬼被惊醒了，看着王如痴打趣地说："首长，梅姐明天就走了，这么晚，我还以为你今晚跟梅姐在一起，不过来了呢！"

王如痴嘴巴不含糊，跟红小鬼开起了玩笑："你这小鬼，生下来就是一个坏人坯子，脑子里净想不正经事，参加革命这么久了，都还没让你脱胎换骨啊？"

两人都情不自禁地笑了起来。

第二天天没亮，王如痴没去送罗凤梅，就下基层了。倒不是因为工作真有那么忙，其实送送罗凤梅，也是工作，算是公私兼顾。但王如痴是故意不去送的。他觉得前一天晚上，他们的言谈举止已经超出了正常的革命同志的情谊范畴了，王如痴希望快刀斩乱麻，不想跟罗凤梅再有缠绵缱绻的情节出现，这是对罗凤梅好，对她负责。

在基层的时候，想象着罗凤梅离开中央苏区，不断回头，希望看到他的样子。王如痴想，如果将来革命胜利，自己还活着，第一件事就是去上海找罗凤梅。

1931年9月，第三次反"围剿"胜利后，中央苏区又迎来了革命的春天。赣南、闽西实现了无缝对接，坐拥二十一座县城，面积达五万平方公里，人口突破了二百五十万，设立了江西省工农民主政府和福建省工农民主政府。苏区艳阳高照，愉快的歌声满天飞，人民翻身得解放，当家做了主人。

1931年11月7日，中华苏维埃共和国在江西瑞金成立，毛泽东被推选为中华苏维埃共和国主席。

苏维埃共和国鲜艳的旗帜迎风飘扬，猎猎作响。

为继续肃清苏区内的敌对势力，苏区中央局把"打围子、拔白点"作为斗争重点。红三军积极响应号召，加紧行动，彻底清除了苏区内的地主武装力量。

受到苏区革命气氛感染，1931年12月中旬，驻守赣州宁都的国民党26路军一万七千名官兵宣布起义，加入革命阵营。26路军是北方人，千里迢迢来到南方"剿匪"，本来就心有怨气。"九一八"事变后，蒋介石的不抵抗政策，致使北方各省频频告急，暴露在日军铁骑之下。26路军由怨生恨，最终揭竿而起，与蒋介石彻底决裂。

国民党26军弃暗投明，让中央苏区喜不自禁，将其与红三军合编为红五军团，红军力量急剧壮大。

1931年12月底，周恩来从上海辗转来到中央苏区。

1932年2月，彭德怀率领红三军团，兵分三路，围攻赣州城，他信心百倍，志在必得；红五军团作为预备队，红三军团主要负责消灭于都、宁都的地主武装，为攻克赣州城扫清外围。

黄公略牺牲后，红三军军长由周子昆接任。周子昆是广西桂林人，参加过五四运动，参加过北伐战争中的汀泗桥战役和贺胜桥战役，与王如痴在北伐战争中有交集。周子昆坚决执行苏区中央局的战略意图，清扫务尽，为赣州战役创造"真空"环境。

王如痴号召红八师将士向黄公略军长学习。王如痴把红八师拉到黄公略军长的墓前，誓师出征。站在黄公略墓碑前，王如痴潸然泪下，语气哽咽："黄军长虽死犹生，气贯长虹，精神不灭，给红八师注入了无穷力量。同志们，我们别无选择，只有战斗，英勇战斗，直到革命胜利那一天！"

也有战士质疑，扫清外围是不被重用，显得无足轻重。王如痴解答了战士们的疑惑。他对战士们说："赣州地势险要，敌军强悍，需要一心一意，专注对付，要打组合拳。扫清外围就是搬掉绊脚石，为红三军团攻打赣州解除后顾之忧。我们除恶务尽，坚决把于都、宁都的地主武装彻底消灭干净！"

攻打赣州远比想象中艰难，每天都有大批战士倒在冲锋的道路上，苦苦攻打了二十天还是没有攻下，红军损失惨重，流的血把赣州城的护城河染得通红。彭德怀越打越生气，他想出一个"城下开花"的主意，从各连队抽掉精壮的战士从地下挖坑道通往城下，用棺材装满炸药，做成"集束炸弹"，用巨爆摧毁城墙，打开缺口。

道高一尺，魔高一丈。敌旅长马崑鬼精鬼精的，他把全城耳朵精明的瞎子召集起来，组成了"瞎子队"，专门监听红军挖坑道作业的声音，判定坑道的方向和位置，然后实施反向爆破。很多红军战士没来得及到达城下，就被掩埋在坑道里了。

1932 年 4 月 19 日，总攻漳州开始。与毛泽东预料的一样，漳州城内的国民党 49 师果然是豆腐军，战斗还没打响，看到来势汹汹的红军，49 师就抱头鼠窜，四下逃散。战斗很快就结束了，红一军团大获全胜，以牺牲五百人的微小代价，全歼敌 49 师，俘敌一千六百人，缴枪两万余支，还有两架飞机。

1932 年 7 月中旬，红五军团与粤军在南雄水口突然遭遇，仓促之下，双方展开了疯狂对决。红五军团原以为粤军只有四个团，结果越打越多，最后打出了十个团。

湘军如虎，粤军如狼，都不是软柿子。南雄水口遭遇战，演变成了一场艰苦卓绝的硬仗。

红三军全线压上，红八师负责正中突击。阵地上硝烟弥漫，遮天蔽日，枪声炮声不绝于耳。敌人越打越多，红八师被陷其中，苦苦拼杀。

新上任的师长李聚奎心明如镜，这种形势下，兵败如山倒，谁先泄气，谁先吃亏。李聚奎吩咐大家："我冲最前面，我倒下；团长冲最前面，团长倒下，营长冲最前面……"

王如痴一边冲，一边振臂高呼："战死是军人最高荣誉！杀一个够本，杀两个赚一个，为了中华苏维埃共和国，同志们，杀啊！"

那场战斗打了三天三夜，枪炮都没停过。大家都没休息过，双方都杀红了眼。

那一仗，红三军牺牲一千五百多人；红八师牺牲也很大，排以上干部战死十之七八！南雄水口成了红八师的劫难之地。

战斗结束，看着不成建制的红八师，王如痴仰天长啸，悲痛欲绝，他掏出铅笔头，打开笔记本，痛苦地写道：

> 浴血沙场染四秋，枕戈待旦铸红流。
>
> 多少英雄多少泪，革命丰碑筑心中。
>
> 八师旌旗映八师，烽火狼烟取狼首。
>
> 南雄水口鸣悲曲，长恨赣江水东流！

由于这一仗伤亡过大，1932 年 8 月，红八师被迫取消建制。

命令下来，全师剩下来的将士，一片悲泣，哭声震天。

王如痴十分愧疚，觉得对不起活着的战士，更对不起死去的战友同志。唯一让他欣慰的是，红八师没有孬种，牺牲的，都是倒在了冲锋陷阵的道路上。

王如痴把队伍集合起来，向着红八师军旗庄严敬礼。

敬完礼，抹掉眼泪，王如痴给红八师官兵进行最后一次训话："红八师，是中国工农红军历史上一个永远无法磨灭的番号，部队没有了，但红八师的精神永存，我们要把红八师的精神铭刻在心，带到其他部队去，开枝散叶！红八师精神万岁！"

王如痴训完话，红八师战士异口同声地跟着怒吼："红八师永存，红八师精神万岁！"喊声如虎啸山谷，狮吼平原。

红八师解散后，王如痴奉命调任红五军团 13 军政治委员。不久，各军团取消军级，王如痴调任红一军团 31 师担任政治委员。

1933 年 1 月，蒋介石再次纠集四十万兵力，任命何应钦为总司令，陈诚为前线总指挥，兵分三路，分进合击，对中央苏区进行了第四次"围剿"。这时候，日本全面侵华野心已经暴露无遗，但蒋介石认为"内乱引起外辱，攘外必先安内"。

王如痴已经被调任红十一军，担任政治委员。红十一军是由红一军团 31 师和闽浙赣根据地红十军合成，归红一军团指挥。红十军是以方志敏和邵式平领导的弋阳横峰农民暴动的队伍为基础发展起来的，方志敏是闽浙赣军委主席，邵式平是政治部主任。1932 年，由于革命需要，邵式平被调往中央苏区工作。方志敏是闽浙赣根据地的创始者，担任闽浙赣省苏维埃政府主席。他身材魁梧，信念坚定，胸怀全局，在闽浙赣革命根据地赫赫有名。

两军融合，王如痴给部队训话，要求红一军团 31 师向红十军学习，他说："红十军是闽浙赣根据地的主力红军，划归中央苏区是第四次反'围剿'的迫切需要，是对中央苏区的重大贡献！"

在王如痴主导下，两支队伍快速融合，我中有你，你中有我，积极地投入到反"围剿"斗争中去。

1933 年 1 月底，国民党军队分进合击，二路纵队将红军主力围困于南丰、广昌一带。

如何才能把战局盘活？红一方面军总政委周恩来绞尽脑汁，决定效仿毛泽东，来个"明修栈道，暗度陈仓"，同时又不能把真实意图告诉临时中央——否则，就可能没法执行了。他电告临时中央：红一方面军急需转移作战，但王如痴必须留下来作为红十一军政委单独行动。

王如痴一看周恩来的电报，就立刻明白了这是周总政委的诱敌之计，是准备"明修栈道，暗度陈仓"，这是对红十一军和他的信任，他对军长周建屏说："诱敌在于调动敌人，盘活棋局，在调动敌人中拉开空当，让敌人露出软肋，方便主力红军寻机歼敌。"

周建屏和王如痴认真研究，周密部署，率领红十一军伪装成红军主力，东渡抚河，向黎川急进。

有些将士不解，王如痴一边紧急行军，一边给他们讲了"明修栈道，暗度陈仓"的故事：刘邦准备进关中与项羽争霸天下，陈仓是进入关中的门户，项羽派出重兵把守。刘邦采用大将韩信"明修栈道，暗度陈仓"之计，明里命令樊哙一万兵力用三个月时间，修筑栈道准备进攻陈仓，以麻痹陈仓守敌，吸引敌人注意力，暗地里派出主力翻山越岭，从小道偷袭陈仓，从而开创了汉王朝的大业。

很多战士都没读过什么书，更不懂兵法战略，但王如痴的比方，故事性极强，又把道理说得很简单，个个都听得明白了，王如痴很好地传达了周恩来的战略意图。战士们听完故事，恍然大悟：原来诱敌是为了麻痹敌人，吸引敌人的注意啊，看来我们也在"明修栈道"了！

红十一军一路向黎川佯动，浩浩荡荡，闹出了很大动静。国民党军队很快就上当了，他们所有的情报都显示：红军主力已经移到了黎川一带。

在运动中寻找歼灭敌人的机会终于出现了。1933年2月28日，敌第一纵队52师、59师想抢头攻，急速向黎川方向冒进。这两个师装备精良，战斗力强。黄陂是其必经之路。这里群峰叠起，地势凶险，适合大兵团伏击作战。周恩来决定在此设下重兵，张网以待，准备生吞这两个冒进贪功的精锐师。

当晚，夜深人静，紧急行军后疲惫不堪的敌军正在梦乡酣睡，刺眼的信号弹突然响起，划破宁静的夜空，枪炮声、喊杀声震耳欲聋，响彻山谷。红三军团正面出击，红一、红五军团从两翼侧击，敌52师、59师顿时乱了阵脚，慌作一团。红军勇往直前，敢打敢冲；敌人全线崩溃，夺路狂奔。红军一边追一边打，经过两天激战，敌

52 师和 59 师被全部歼灭。

1933 年 3 月中旬，国民党军队吸取教训，改变策略，变分进合击为抱团进攻，八个师滚动前进，寻找红军主力，进行决战。

敌人八个师在一起，力量太强大了，必须想办法把他们分割开来，找到下手空当。黄陂之战，红十一军诱敌大获成功，赢得了周恩来、朱德、刘伯承的高度认可，他们决定再次把诱敌任务交给红十一军，要他们把敌人引向广昌方向，然后寻找机会，消灭他们。

"又要我们演戏了，我们都要成专业演员了，红十一军都快成'演戏军'了！"红小鬼调侃说。

王如痴敏锐地意识到，红小鬼的想法代表了战士当中相当一部分人的想法。利用休息空当，王如痴站在一块石头上，对战士们说："会演戏是大本领，周总政委夸我们黄陂诱敌大戏演得好。黄陂大捷，红军主力消灭敌人两个精锐师，红十一军的演戏功不可没。我们要好戏连台，把广昌诱敌大戏演得更好，让红军主力消灭更多敌人！"

王如痴一席话，彻底消除了战士们的不满情绪，他们第一次意识到，原来演戏这么重要，这么被周总政委肯定，那就更投入一点，把戏演得更真一点，更像一点。

没想到国民党军队果然又上当了。1933 年 3 月 18 日，红十一军浩浩荡荡地开进了广昌地区，国民党军队 11 师尾随而至。

草岗台，是国民党 11 师的必经之地。草岗台的霹雳山山势险峻，红军主力利用有利地形，在此设伏。等敌人进入埋伏圈，红军的枪炮雨点般地向敌人阵地招呼。战斗从拂晓一直打到傍晚五时，敌人大部分被歼灭，只有小部分逃出了包围圈。

11 师被歼，国民党军队折兵损将，蒋介石心灰意冷，不得不面对失败事实。蒋介石提笔给前线总指挥陈诚书写道："此次挫失，凄惨异常，实有生以来唯一之隐痛！"

陈诚早就觉得红军不好打，也不愿意打了，他回复蒋介石，说："诚虽不敏，独生为羞！"

话虽如此，陈诚听出了蒋介石的意思，在11师被歼后不久，陈诚下令撤兵。

国民党军队第四次"围剿"，又以失败告终。中央红军取得了第四次反"围剿"的伟大胜利。

第十八章　委以重任，连战连胜

胡兰英是一个单纯的姑娘，举目无亲，跟着王如痴上了井冈山，一直把他当作自己唯一的亲人。

那天胡兰英只听到王如痴"革命不成功，不讨老婆"，没有听到王如痴后面的解释。

王如痴"革命不成功，不讨老婆"，在胡兰英听来，就是拒绝了她，就是伤了她的心。胡兰英没有耐心再听下去，饭还没吃完，就掩面哭泣着，夺门而出了。

胡兰英希望王如痴追上来，但他没有。胡兰英没有回宿舍，怕其他战士看到她伤心的样子。胡兰英爬上了驻地附近最高的山峰，然后坐在悬崖边上，把双脚悬在悬崖边下。

胡兰英很想纵身一跃，但是她没有。她觉得这样死很不光彩，丢了革命军人的面子，也可能给王如痴带来很大的负面影响。

死并不可怕，但革命者，要死就死在冲锋陷阵的道路上。

直到夜深人静了，被凉风一吹，胡兰英才冷静下来，她慢慢地站起来，拍了拍屁股上的灰尘，往宿舍走去。虽然死的想法打消了，但胡兰英还是没有从悲伤中走出来，她脸上阴郁，谁都看得出来。

其实，王如痴也不好过，这件事让他耿耿于怀。王如痴一直想，如果胡兰英把话听完了，就不会怪他了，甚至可能会支持他。

与很多投身革命的同志一样，胡兰英也是苦难人家出身，有着刻骨铭心的阶级仇恨，不能太儿女情长。胡兰英也是老革命了，见了太多的流血牺牲，对革命的残酷有深刻的认识。

这件事情胡兰英听到了，不会有误会；没听到，容易产生误会，甚至造成伤害。

王如痴觉得很有必要找胡兰英单独聊一次，面对面地讲清楚，但战事紧张，事务繁忙，一直没有合适的机会。这天终于不忙了，王如痴来到红三军基层，在团部约见胡兰英。

团长的警卫员跑到女子义勇队请胡兰英，说首长王如痴想跟她聊聊。胡兰英还在气头上，一听是王如痴叫她，就气不打一处来，并没有到团部见王如痴。

不错，军人是要服从命令。但胡兰英知道，王如痴找她，肯定是他们俩的私事，不是公事。既然王如痴都拒绝她了，她就没有必要再自讨没趣了。个人私事不在军人命令范围内，去也可以，不去也可以，胡兰英自己决定得了。

胡兰英不愿来见他，就意味着还在生气，不能让革命同志带着情绪上战场，这是最起码的常识。解铃还须系铃人，王如痴屏退左右，自己一个人到女兵连找胡兰英。

见到王委员了，其他女战士围上来，把王如痴围在中间，叽叽喳喳，问个不停。她们很崇拜这个毛主席口中的"七个洋学生"之一的王如痴，也有各种各样的问题要问。

只有胡兰英坐在床沿上，不为所动。王如痴进宿舍的时候，胡兰英就看到了，也在那一刻，她故意把头转向了窗外，眼睛盯着树上一对上蹿下跳、嬉戏追逐的喜鹊。

胡兰英明明知道王如痴是来找她的，但她过不了心里那道坎，王如痴把她的心伤透了。

胡兰英料到了她不上团部，王如痴就会来女兵连。她早就换上了一件干净的军装，梳妆打扮了一番，把自己收拾到最美状态，然后待在宿舍里，哪儿也没去，静静地等着王如痴到来。

那天的胡兰英扎着粗大的马尾巴，英姿勃发，就像井冈山上的一朵怒放的映山红。

跟其他女兵寒暄了几句，王如痴就委婉地下了逐客令，说要跟胡兰英好好谈谈。女兵们这才恍然大悟，原来王政治委员不是来给她们做思想工作的，而是来找胡兰英，单独做胡兰英的思想工作的。

女兵们挤眉弄眼，互相推搡着，识趣地走出了宿舍。走在最后的那个女兵顺手把宿舍门带上了，把王如痴和胡兰英单独留在了宿舍里。

王如痴"革命不成功，不讨老婆"的誓言也随着这个故事，在部队上广泛传开了。战士们一边为这对金童玉女感到惋惜，一边被这个故事和王如痴的誓言激励，希望多出力，让革命早日成功，让更多有情人终成眷属。

这次王如痴风尘仆仆地下到基层来找胡兰英，难道事情的转机来了？

战士们期待着这个故事能够峰回路转，期待着两人的关系柳暗花明，出现新的进展。

宿舍里只剩下他们两个人了，胡兰英还是没有把眼睛从窗外移回来。

"兰英同志，我向你道歉来了！"王如痴认真地说，"你我都是老革命了，还在为那点小事生闷气，想不开呀？"

胡兰英不依不饶，没好气地说："你是革命大英雄，是大男人，是党的高级干部，是红军的高级将领。在你那儿，革命是大事，感情是小事；我只是一个普通战士，一个无依无靠的小女子，在我这儿，感情是大事。"

"革命提倡男女平等，我们都在干大事，你的感情也是大事，感情处理不好，革命干劲受影响。"王如痴说。

王如痴没有多少时间哄胡兰英，也不知道怎么哄。当然，王如痴知道，最有效的办法就是答应胡兰英，跟她建立关系，谈恋爱。可这违背了他对革命的誓言，他做不到。

"你是一个好女孩，但革命不成功，我是不会讨老婆的。如果有缘，如果有命，革命成功后，我们都还活着，到时候，我们再看看吧。"王如痴说。

"那罗凤梅呢？"胡兰英脱口而出，"她都睡到你床上去了！"

上次罗凤梅到中央苏区来，住在王如痴的宿舍里，整整七天，在部队上也传开了，大家都把罗凤梅当作了王如痴的女朋友。

原来胡兰英在为这个生气呀！

王如痴觉得又好气又好笑。

"罗凤梅是睡在我床上，她是客人，来苏区了，给她尽量好的环境，是我们苏区军民的待客之道，总不能让她睡到女兵宿舍，挤地铺吧！我没跟她睡在一起，我跑去跟红小鬼挤地铺了，不信你可以问红小鬼。罗凤梅是我党在白区做地下工作的革命同志，也是我在苏联留学时候的同学，她是对我好，可我对她也是这么说的，革命不成功，不讨老婆！"王如痴说。

"原来你们不是一对呀！我以为你拒绝我是为了她呢！"

胡兰英破涕为笑了，把眼睛从窗外移回屋内，落在了王如痴身上。

胡兰英的眼神是那样清澈，就像井冈山上流下来的那口山泉；胡兰英的眼神是那样热烈，就像漫山遍野开放着的映山红；胡兰英的眼神是那样欣慰，就像窗外一望无际的碧蓝的天空。

只要王如痴说到做到，没有偏心，对她和罗凤梅一视同仁就行，胡兰英想，这是她跟王如痴进行这次感情对话的最起码的要求了。

照王如痴这么说，她和他之间，以后还是有机会的，革命成功后就革命成功后吧，胡兰英在心里飞快地计算着：如果革命成功要八年，那时候她二十八岁；如果革命成功要十年，那时候她三十岁。对一个女人来说，三十岁成家可能稍微晚了点，但还不算太晚，等得起。那时候，王如痴刚刚四十岁出头，对一个男人来说，正当壮年，也许革命成功后，他们水到渠成，一切刚刚好。

误会烟消云散，两人开始愉快地聊起天来。

王如痴扫了一眼宿舍，看到了胡兰英放在床头的那根拐棍。王如痴有些感动，那根拐棍把他带回了跟胡兰英一起上井冈山的往事。那时候的胡兰英营养不良，面黄肌瘦，还是一个黄毛丫头，没有这么多烦心事。现在的胡兰英已经成为一个成熟的革命女青年了。

时间就是这样无情，转眼四年过去了。那根拐棍已经被岁月磨掉了结实的皮、坚硬的棱角，手握的地方看上去光滑顺溜。

"这根破棍子，你还留着？"王如痴开着玩笑。

听王如痴称那根拐棍为"破棍子"，胡兰英来了气，她白了王如痴一眼，很不高兴地说："什么破棍子，别人拿一根纯金棍子来，我也不会换。这根棍子对我来说可重要了，棍在人在，人在棍在！它把我引上井冈山，引向革命道路，它给我力量，神奇得很呢！这些年来，我是枪不离手，棍不离身！"

胡兰英生气的样子很可爱，说出来的气话让王如痴听得很开心，当然也有些尴尬，他没想到一根普通的棍子对胡兰英那么重要——王如痴也知道，在胡兰英那儿，压根儿就不是那根棍子重要，而是他这个人重要，是他们俩共同经历的那段岁月重要，是他们俩共同走过的那段道路重要，是他们俩在此基础上建立起来的共同的革命信念重要！

胡兰英突然想起了什么，对王如痴说："如痴哥，我要你给我办件很重要的事情！"

王如痴看着胡兰英认真的样子，也认真地说："你说吧，什么事，只要不违背组织原则和我的誓言，能做到的，我一定照办！"

胡兰英狡黠地笑了，说："很容易做到的，不让你违背组织原则和誓言！"

王如痴弄不清胡兰英葫芦里卖的什么药，有些焦急地说："那就别拐弯抹角了，我赶时间，什么事情，你快说，我快做！"

胡兰英从床头取过那根拐棍，递给了王如痴。

王如痴把拐棍接过来，愣住了，他不明白小姑娘要他干啥，难道是把拐棍还给他，要他带走？

就在王如痴迟疑的瞬间，胡兰英把手伸进枕头下面，摸出一把匕首，递了过来——那把匕首是胡兰英从国民党军官那儿缴获的战利品，国民党军官用它来削水果皮的。

接过匕首，拿在手里，看着左手的拐棍、右手的匕首，王如痴还是没弄明白胡兰英要他做啥。他望着胡兰英，有些困惑，不知所措。

胡兰英莞尔一笑，说道："不是要你搞破坏，把棍子削了、砍了。请你帮我在拐棍上刻上'王如痴'三个字。"

原来是这样啊，王如痴被逗乐了，这个事他倒是很乐意效劳，他对自己的书法有信心。

拿着拐棍和匕首，王如痴陷入了沉思之中，他不知道是刻行书呢，还是刻隶书、篆书、楷书。

王如痴琢磨不定，他不知道胡兰英更喜欢哪种字体，所以迟迟没有动手。

这倒把胡兰英急坏了，以为王如痴不愿意，她气呼呼地说："不就是三个字嘛，就那么为难你了？拐棍是你当年给我做的，现在官做大了，地位高了，名气大了，要你刻个名字，你就不愿意了？"

王如痴连忙解释："兰英同志，你误会了，我愿意！我是想在上面刻什么字体，让你更喜欢。"

"只要是你刻的，什么字体，我都喜欢！"胡兰英高兴地说。

"刻个让你最喜欢的字体，"王如痴说，"让你看着更高兴，行军打仗的时候更有劲！"

"那就刻行书吧，"胡兰英说，"你带兵打仗，天马行空，神龙见首不见尾，我都见不到你了。"

胡兰英知道王如痴的行书字漂亮，她很喜欢。当年在军官教导大队，王如痴做教员，她做学员，胡兰英看过王如痴的行书，那字行云流水，风流倜傥。

"那就听你的，刻行书，只要你满意就行！"王如痴说。

王如痴不再说话，开始一笔一画，有板有眼，全神贯注地在拐棍上刻起自己的名字来。

落刀的地方正是胡兰英习惯性地握拐棍的地方。

那根拐棍是从香樟树上折下来的，很硬很结实，王如痴足足花了半个钟头才把自己的姓名刻上去。

刀过处，木屑落下来，在地上撒了薄薄一层，散发出阵阵香樟树的馥郁清香，香气弥漫了小屋。

三个字，看起来工作量不大，王如痴却是用心在刻，手指头上握刀柄的地方，皮肉都凹了进去，有些酸痛，尤其是那个笔画烦琐的"痴"字，刻得异常辛苦。

刻好最后一笔，王如痴看了看，自己也感到比较满意，"王如痴"三个字在拐棍上笔走银蛇，龙飞凤舞，煞是俊秀。

胡兰英接过拐棍，目不转睛地盯着"王如痴"三个字，激动得热泪盈眶，说话带着颤音。

"这个痴情的'痴'字，刻得最传神了，我最喜欢！"胡兰英一语双关地说。

"不是痴情的'痴'，是对革命如痴如醉的'痴'！"王如痴不愿意让胡兰英浑水摸鱼，一本正经地纠正。

"反正都一样，都是一个'痴'字！"胡兰英说。

胡兰英心满意足，她把那拐根棍紧紧地抱在怀里，沉浸在激动人心的遐思迩想中。王如痴是什么时候离开的，胡兰英都不知道。

看着王委员走出宿舍，躲在外面偷听的女战士们一拥而入，来抢胡兰英手里的拐棍，看王委员刻的字。

女兵们一边抢，一边高兴地取笑："我们要看看王委员痴情的'痴'到底刻得有多好！"

胡兰英护宝一样地护着拐棍，跟女战士们哄抢在一起。

王如痴回头看了看闹哄哄的女兵宿舍，摇了摇头，然后翻身上马，双腿一夹，挥动马鞭，开始了新的征程——他的工作又有了新调动。

听到马蹄声响起，胡兰英才意识到王如痴走了。她赶紧追出门口，只看到王如痴和警卫员红小鬼的背影。

夕阳西下，马背上两个人的背影越来越模糊，越来越渺小。他们转过一道弯，背影消失了，他们过处，留下漫天尘土。

那天晚上，胡兰英看着拐棍上的"王如痴"出神。第二天，从操练场上回来，她在"王如痴"三个字下面，偷偷地把"胡兰英"三个字也刻了上去。

胡兰英没有多少文化，"胡兰英"三个字还是王如痴教的。胡兰英的字没刻好，歪歪扭扭的，看上去有点丑。在胡兰英看来，"王如痴"三个字就像白天鹅，"胡兰英"三个字就像丑小鸭。但胡兰英也是用心刻了，那三个字花了她一下午的空闲时间。在胡兰英一生写过的为数不多的汉字中，她觉得刻在拐棍上的"胡兰英"三个字最漂亮，最让她满意。她觉得王如痴的字是红花，自己的字是绿叶，红花需要绿叶配，相得益彰；她觉得王如痴是红花，她自己愿意做绿叶。

1933 年 3 月下旬，王如痴接到命令，到苏区中央局召开紧急会议。在这里，他又碰到了老搭档刘畴西。他们已经分开一年多了。

见到刘畴西，王如痴疾步上前，伸出双臂，跟他拥抱在一起。刘畴西用那支独臂，使劲地拍打王如痴的背部。

让他们更高兴的事情还在后头，苏区中央局考虑到这对老搭档知根知底，配合默契，让他们再次组合，一起调往闽浙赣革命根据地，刘畴西担任闽浙赣省军区总指挥，王如痴担任红十军军长兼政治委员。

这对老搭档又可以在一起并肩战斗、沙场点兵、驰骋疆场了，王如痴和刘畴西格外兴奋。那天晚上，中央局把他们安排在一个房间里，两人秉烛夜谈，一宿未眠。

在那天晚上的谈话中，他们提到最多的就是两人共同带出来的红八师了。红八师没了，是他们心中的痛，永远的痛。谈到红八师，两人心情格外沉重。

昏暗的油灯下，王如痴泪光闪闪，声音哽咽："我经常梦见红八师牺牲的同志，他们吵着要我给他们讲故事，他们个个精神着呢。我心中有愧啊，没能保护好他们！"

刘畴西沉默了片刻，安慰道："你就是一个秀才，总是多愁善感。革命打仗，哪有不流血、不死人的呢！只要死得其所，就是光荣的！十八年后，他们又是一条好汉！"

刘畴西是嘴硬心软，其实他心里跟王如痴一样，很不好受。

第二天清早，他们出发，毛泽东亲自前来送行。

毛泽东从警卫员那儿拿过一份嘉奖令和一枚苏维埃红星奖章，把嘉奖令交给了刘畴西，把红星奖章交给了王如痴，然后说："这是颁发给志敏同志的，他没时间到中央苏区来领，这次你们带过去，代我转交给他。"

告别毛泽东，刘畴西和王如痴翻身上马，奔赴新的战斗岗位。

空白的纸上好画画。对新的战斗岗位，刘畴西、王如痴踌躇满志。虽然闽浙赣根据地存在这样或那样的困难，红十军刚组建不久，武器装备差，战斗力弱，但两人都是革命老同志，有深厚的理论基础、丰富的经验，以及长期搭档形成的友好和默契，他们有信心有决心把闽浙赣根据地发展好，建设好，巩固好，把红十军打造成一支富有战斗力的威武之师——中央苏区和红一方面军也是从小到大、从弱到强，一步步、一天天成长壮大起来的。

闽浙赣革命根据地位于福建、浙江、江西三省交界地区，山多峰险，江河纵横，形成天然屏障，又物产丰饶，民风淳朴，地主恶霸欺诈盛行，是实行武装割据的上选之地。

方志敏是闽浙赣革命根据地的开创者。1928年1月，方志敏和邵式平在赣东北发动"弋阳横峰暴动"，点燃了革命的星星之火，在闽浙赣地区迅速形成了燎原之势。闽浙赣革命根据地的全盛时期，囊括了上饶、横峰、弋阳、开化等二十多个县，人口达一百多万，成为当时的全国六大根据地之一。

闽浙赣根据地紧靠中央苏区，与湘赣根据地互为掎角，从左右两个方向保护中央苏区。方志敏经常教育部队：闽浙赣根据地与中央苏区唇齿相依，关系密切，说与他们是"皮之不存，毛将焉附""覆巢之下，焉有完卵"的关系。

方志敏对部队经常强调：我们一定要接受中央苏区的领导，做中央苏区的东北屏障和坚强右翼，努力担负起保卫中央苏区的责任。

方志敏十分崇敬毛泽东，认真地学习和执行他的战略战术，坚决抵制"左"倾思想路线的干扰。在军事战略方面，实行工农武装割据，大力发展人民战争，开展农村包围城市，武装夺取政权；在战术方面，主张出敌不意，攻敌不备，声东击西，避实就虚，集中优势兵力，争取主动，打不打操之于我，扎口子，打埋伏，打小仗，吃"补药"，吃得下就吃，吃不下就跑。

闽浙赣根据地的蓬勃发展，让其与中央苏区一样，成了蒋介石的心腹大患，必欲除之而后快。蒋介石悬赏六万大洋买方志敏的人头，但数次派兵"围剿"，结果与"围剿"中央苏区一样，损兵折将，无功而返。

刘畴西、王如痴日夜兼程赶往闽浙赣根据地，到达红色省会葛源时，方志敏已经在恭候他们了。

见到方志敏，王如痴箭步向前，行了一个标准的军礼，然后紧紧地握住方志敏的手，感慨地说："都说方主席仪表堂堂，威震敌胆，今日一见，果然名不虚传。闽浙赣坚如磐石，为中央苏区做出了重大贡献，毛主席要我们向您学习呢！"

方志敏哈哈大笑，朗声说道："你和刘总指挥大名鼎鼎，第一次反'围剿'全歼敌军 18 师，活捉师长张辉瓒，在我们闽浙赣根据地是妇孺皆知啊！"

刘畴西也开心地笑了，说道："我们都是革命同志，不是一家人，不进一家门。以后要并肩战斗，就别客套了，太客套了反而不好开展工作。"

那天正赶上闽浙赣省第二次苏维埃代表大会，这是人民当家做主的大会。会场彩旗飘飘，锣鼓喧天，鞭炮齐鸣，人民欢天喜地。

刘畴西走上主席台，高声宣读了中央的嘉奖令：

方志敏同志：

　　中华苏维埃第一次全国代表大会，授你勋章一枚，并授红十军全体战士奖旗一面，以嘉奖为苏维埃政权而艰苦奋斗的英雄战士。

主席：毛泽东

王如痴快步走上主席台，为方志敏颁发了中华苏维埃红星奖章，并给他佩戴在胸前。

为表达对闽浙赣根据地军民的敬意，帮方志敏戴好奖章后，王如痴转过身来，向着台下军民，"啪"地立正，敬军礼，朗声说道：

"前段时间，我红十一军再次担任吸引敌人主力之任务，配合红军主力全歼敌人两个师。红军大获全胜啊，我们彻底粉碎了敌人对中央苏区的第四次'围剿'，中央苏区与我们闽浙赣苏区真正连成片了。革命形势一片大好，让我们在中央的领导下，再接再厉，再立新功，迎接新的胜利！"

王如痴讲完，台下掌声雷动，会场变成了欢乐的海洋。

1933年4月初，闽浙赣省委常委会做出决定：将红五月定为突击月，中心任务是两个月内扩充红军六千人，打几场有意义的大胜仗，用高涨的革命激情，迎接新的革命考验。

"扩红运动"进入高潮，五一劳动节那天，方志敏、刘畴西、王如痴一起策划组织了五百二十名工人集体参军，在闽浙赣根据地引起巨大轰动，很多适龄青年都跑来要求参加红军。

计划赶不上变化，没过多久，中央革命军事委员会将红十一军、闽北红军独立师、信抚红军独立团划归中央红军序列，根据地只剩下新编不久的红十军。

王如痴顿时感到了前所未有的压力：国民党对闽浙赣根据地的进攻从来没有消停过，兄弟部队被抽调，红十军将独立承担起保卫根据地的重任。

危难之际显身手，王如痴决定用实际行动保卫闽浙赣的革命果实。他深入基层调查研究，发现闽浙赣省是红军地雷战的发源地，省县区乡苏维埃都设有地雷部，各村都有地雷组，地雷生产成为根据地的群众性运动。

这让王如痴大喜过望，建议省军区发挥根据地的传统优势，扩大地雷产量，提高地雷爆炸力。他反复强调："我们武器少，相对落后，但我们多造地雷，只要敌人敢来，就用这些'黑西瓜'招待他们，撑破他们的肚皮！"

闽北兵工厂一片忙碌，厂里工人达三百多人，每天都是满负荷生产，每月生产地雷一万多个。厂里还为县乡培训制造地雷的技术人员，使其成为县乡制造地雷的骨干力量。兵工厂发挥了辐射作用，工厂附近家家户户都生产地雷。

为动员根据地力量，提振士气，准备第五次反"围剿"，闽浙赣根据地第三次工农兵代表大会提前召开。王如痴代表红十军起草了贺信，那封信信心百倍地写道："这次大会是粉碎敌人绝望的第五次围攻的号炮，是推进苏维埃运动，更进一步巩固和发展闽浙赣苏区的洪钟！"

闽浙赣省苏维埃政权一边开会，一边举办了"群众武装展览会"，希望群策群力，共同抵御强敌。地雷、石头炮、老虎弓、花机关枪悉数登场。最轰动的是地雷展示，各种各样的地雷都有。地雷总设计师戴良还演示了新发明的电话遥控引爆地雷。

戴良拿着地雷，自信满满地对大家说："这个地雷，乖得很，我叫它爆炸它就爆炸，没有我的命令，它不会爆炸！"

说完，戴良把地雷放在地上，抬起脚，用力冷不丁地踩了下去。戴良这个疯狂举动把胆小的吓得赶紧卧倒。戴良见状，哈哈大笑了起来。果然，在戴良重踩之下，地雷没有一点反应。

戴良又把这个地雷（母雷）拿到远离人群的地方，接连布了十多个雷，然后返回来，开始命令母雷。他手握电话，轻按话机上的手柄，只见"轰"的一声巨响，母雷爆炸了，其他地雷跟着接二连三地爆炸，爆炸声响成一片，远处浓烟滚滚。

看着惊讶的人们，戴良得意地说："这是我们的最新发明，是子母雷，连环爆炸。如果敌人在雷区，就要被全部消灭，几乎没有生还的可能。"

亲眼见到这个新式武器的威力，王如痴兴奋极了，他快步走到戴良身边，拍着戴良的肩膀，当即指示："这个遥控子母地雷真是个好东西，一个响，个个响，威力无穷。你们要抓紧生产，越多越好！红十军就用子母雷、连环雷，只要国民党军队敢来，我们就把他们炸个稀巴烂！"

1933年4月底，红十军小试牛刀，初露锋芒。国民党军队53师孤军深入，抵达江西省乐平县。

得到情报，王如痴大喜过望，他摊开地图，命令28师、29师在适合伏击的一处好地方埋伏下来，在伏击圈内埋满地雷，准备用地雷阵先给敌人来个下马威。

刘畴西来到设伏地视察，对王如痴说："这一仗事关重大，是我们到闽浙赣以来指挥的第一仗，要首战必胜，作为我们送给方主席的见面礼。既然53师撞在枪口上，我们就拿他开刀，拿他们的血为红十军祭旗！"

王如痴胜券在握，豪气干云地说："刘总指挥放心吧，红十军养精蓄锐，斗志旺盛，只要敌人敢来乐平，我们就让乐平变成他们的葬身之地！"

正如他们所料，敌53师如期进入雷区。触雷后，地雷处处开花，炸声不断，伏击圈内飞沙走石，敌军倒下一大片，断臂、断腿满天飞。前进也炸，后退也炸，走正路也炸，退到路边也炸，敌军惊恐万分，乱作一团。

见时机到了，王如痴一声怒吼，跃出战壕，带着红十军杀向敌阵。

敌人慌不择路，连忙组织还击。

一颗子弹擦着王如痴的脸颊飞过，顿时血流满面，视线都被挡住了，看不清东西。

脸上一阵剧痛，用手一抹，看到满手是血，王如痴才知道自己中枪了。

医务兵赶上来，给王如痴简单做了包扎。

王如痴玩笑地说："马克思还是希望我留下来继续革命！稍正一

点，就要到他那儿报到了。"

将士们见军长受伤了，要他下火线，王如痴生气了，吼道："下什么火线，死不了，杀敌要紧！"

说完后，王如痴一跃而起，带头往前冲。

看到受伤的军长身先士卒，战士深受鼓励，他们就像一群下山猛虎，扑向敌阵。

敌人见势不妙，纷纷后退，红十军乘胜追击。

这一战，共消灭53师一个团，缴获机枪七挺，步枪千余支。

红十军首战，旗开得胜。

1933年6月初，弋阳县城守军、国民党军队21师出城活动，打算经琬港桥到横峰的杨家村抢劫。

得知这一消息，王如痴欣喜万分，认为是个好机会，肉到嘴边来了，焉有不吃的道理？

王如痴立即向方志敏、刘畴西做了汇报，请求作战歼敌。

方志敏关心地问："你的伤势恢复怎样了？此战机不可失，但一定要注意安全。你就不要上一线了，哪有军长冲锋陷阵的道理，万一有个三长两短，谁来指挥部队？逞个人英雄，可是兵家大忌啊！"

虽然是批评，但批评中满是关切。王如痴心中一阵感动：方主席果然粗中有细，爱兵如子啊。

王如痴笑着说："请方主席放心，我的伤早好啦。我的命也大，从上井冈山到转战闽浙赣，一路征战，大小战斗经历了一百多场，这还是第一次挂彩呢。不打败国民党，不打倒蒋介石，马克思是不愿意见我的！"

兵贵神速，与方志敏、刘畴西达成一致意见后，王如痴赶紧集合红十军，带着部队出发了。

红小鬼还没睡醒，迷迷糊糊地问："军长，这回我们打谁啊？"

王如痴说："我们去打强盗！"

红小鬼诧异了，心想：打强盗有地方游击队就够了，犯得着全军出动吗？

见红小鬼满脸疑惑，王如痴解释说："国民党 21 师到横峰来抢劫财物，不是强盗是什么？"

听着军长与警卫员对话，其他将士恍然大悟，一想到横峰的群众要遭受洗劫，他们不由自主地加快了脚步，脚下就像装了风火轮。

红十军抢先一步到达朱家坑，在那儿埋伏了下来。

21 师没想到红军已在朱家坑埋伏了，他们做着发财的黄粱美梦，大摇大摆地走了过来，一点防备都没有。

见敌人进入了包围圈，王如痴一声令下："给我打！"

王如痴率先打出一枪，一个当官的，应声栽下马来。

霎时，枪炮齐鸣，杀声震天。

21 师仓促应战，但在猝不及防的枪炮攻击下，21 师军心已散，队形已乱，根本不是红军的对手，被打得狼狈逃窜。

战斗只用了一个多小时就结束了，这一仗，红十军歼敌三百多人，缴枪数百支，又一次取得了胜利。

1933 年 6 月下旬，闽浙赣省军区决定攻打库桥。

库桥是国民党军队在贵溪县的一个重要据点。刘畴西觉得这个据点就像敌人的一双贼眼，窥视着红军的一举一动，还时不时地骚扰根据地，制造了很多麻烦，让人很烦，于是决定拔掉它！

方志敏、王如痴对刘畴西表示支持。充分准备后，红十军猛攻库桥守敌。

经过一番激战，红十军摧毁了据点，歼敌一个团。

江西上饶的玉山县是土豪劣绅的集中营，有大批国民党的地方靖卫团，他们搜刮民脂民膏，残害群众，民怨沸腾。

王如痴决定各个击破，对反动势力进行蚕食，将敌人一口一口地吃掉。

战斗很成功，玉山的土豪劣绅家大业大，红十军缴获了大量的银圆、谷物和枪支。

王如痴非常兴奋，看着堆积如山的战利品，兴奋地说："敌人打劫我们的苦难群众，我们就打劫他们的地主老财，以眼还眼，以牙还牙，公平得很！"

琬港桥战斗王如痴亲临一线指挥，红十军将士十分顽强，同敌人展开了阵地战。敌人出动了飞机、大炮，战斗场面十分惨烈。

红十军伤亡较大，方志敏唯一的胞弟、87团团长方志慧，在琬港桥战斗中被敌人枪炮打中，壮烈牺牲，年仅二十六岁。

方志慧同志的牺牲，让王如痴对方志敏同志心怀愧疚。王如痴动员全军以方志慧同志为榜样，学习他勇猛顽强，同敌人血战到底的战斗精神！

初到闽浙赣，王如痴的战绩得到了中央革命军事委员会的高度认可，被授予中华苏维埃共和国中央革命军事委员会二级红星奖章。对琬港桥战斗，王如痴比较自责，因为部队伤亡过大。事后，王如痴反省：在革命力量还处于弱势时，不能跟敌人硬碰硬，打阵地战、消耗战。1933年9月，在王如痴带领下，红十军奇袭，一路打到浙西。当地游击大队积极配合，一举拿下了开化县城，缴获了大量武器装备。这是红军打进浙江的良好开端。

1933年11月底，国民党辎重部队到达上饶枫岭头一带。得到消息，王如痴如获至宝，决定进行伏击。这些辎重，可都是"宝贝疙瘩"，是急需的战略物资。凭以往经验判断，国民党辎重部队战斗力较弱，是很好捏的软柿子。

果然与王如痴的判断一模一样，枪声一响，敌人就丢下辎重，四下逃窜。他们知道，红军是奔着物资来的，只要丢下物资，就能够保住小命。战斗很快结束了，红军收获丰硕，缴获棉衣千余套，及大量枪支弹药。当时正值天寒地冻的冬天，红军战士缺吃少穿，那些棉衣可谓是雪中送炭。看着战利品，王如痴喜不自禁地向方志敏、刘畴西发电报汇报战果：此役，红十军大发"洋财"，温暖过冬！

枫岭头胜利后，红十军士气高涨，乘胜出击，把目标瞄准了国民党21师的两个团。国民党21师是蒋介石的嫡系部队，蒋介石对21师十分看重，将其作为进攻闽浙赣根据地的急先锋，给士兵们发"双饷"，所以，21师又称"双饷师"。

因为"双饷"，让这支部队披上了神秘色彩。攻打21师，红十军战士有些顾虑，认为"双饷师"装备精良，是"重赏之下的勇夫"，势头很旺，战斗力很强，很不好打。

王如痴看出了战士们的顾虑，开拔前做了一次全军战前动员，他说："'双饷师'没有想象的那么可怕，钱多了，人就怕死了，怕没命花。为什么要发'双饷'，是因为怕死，不愿意打仗，要用钱刺激。只要红十军敢于碰硬，不管是'双饷'还是'单饷'，我只知道他们的命只有一条！只要我们敢跟敌人'对命'，我们就能干净彻底地消灭他们！"

原来"双饷师"是这样的！听着王如痴的话，红十军士气大涨，打消了对打"双饷师"的顾虑。全军战士同仇敌忾，决定把这只"出头鸟"打掉。没过多久，机会来了。红十军逮住机会，在横峰杨家门设伏，把21师两个团团团包围了。战斗打响后，红十军将士如猛虎下山，全线压下，"双饷师"成了豆腐渣师，一触即溃，两个团被全歼，俘敌三百人，缴获迫击炮、机关枪、步枪三百支。

"打到蒋介石的老家去！"王如痴号召红十军再接再厉！

战士们兴奋异常，战斗力被彻底激发，红十军继续挥师西进，歼敌第4师和21师一部，扩建了开化、婺源、德兴等苏区。

随后，红十军连续作战，攻克了浦城、江山县城，取得了一系列胜利，沉重地打击了国民党军队的嚣张气焰，极大地鼓舞了闽浙赣根据地军民的斗志，有力地巩固和扩大了闽浙赣根据地。

第十九章　浴血鏖战，突围失利

对爱情真心憧憬的胡兰英没有坚持到革命成功就倒在了前进的道路上。

在生命倒计时的最后几分钟里，躺在冰冷潮湿的土地上，仰望着越来越灰暗的天空，那一刻，胡兰英明白了王如痴"革命不成功，不讨老婆"的誓言有多英明，有多理智，有多现实。

原来王如痴这句誓言不只是为千千万万的年轻人争取"爱情自由，婚姻自主"，情愿牺牲自己感情的革命理想，更是在为当事人胡兰英着想。

那一刻，胡兰英暗自庆幸王如痴没有答应自己，她可以走得无牵无挂，王如痴也可以活得无羁无绊，继续自己的革命追求，她后悔没早点弄明白，委屈王如痴了。

如果当初王如痴答应自己了，跟她恋爱了，结婚了，生孩子了，临死，胡兰英怎么放得下王如痴和孩子？自己死了，王如痴又怎么能放得下？

胡兰英牺牲于1934年12月1日，在波涛汹涌、浩荡东去的湘江边上。胡兰英是在第五次反"围剿"战斗中的湘江战役中英勇牺牲的。那一仗，也是中央红军损失最重的一次战斗。经此一役，中央红军从出发时的八万六千人骤降至三万人，人员折损接近三分之二，胡兰英就是其中之一，有很多烈士连姓名都没有留下来。

武装割据形成的星火燎原之势让蒋介石寝食难安，1933年9月25日，蒋介石亲任总司令，调集一百万大军，"筑公路、建碉堡，稳打稳扎，合围推进"，实施"铁桶"合围计划，对中央苏区发动了第五次"围剿"。蒋介石坐镇江西南昌，亲率五十万大军重点围攻中央苏区；顾祝同率国民党北路军，约十万人，"围剿"闽浙赣根据地。

雪上加霜的是，不经验主义，不教条主义，不书本主义，坚持中国革命与实践相结合的毛泽东已经大权旁落，说不上话，做不了主，王明路线的坚定执行者博古夺取了中央和军队的最高指挥权，坚持军事冒险主义、军事保守主义路线，主张用红色堡垒对白色堡垒，御敌于"国门"之外。从一开始，中央红军就屡战屡败，接连折兵损将，根据地受到严重破坏，苏区面积不断萎缩。

1934年10月10日，中央红军被迫撤出根据地，进行战略大转移，开始了艰苦卓绝的二万五千里长征。湘江战役是中央红军突破国民党军队第四道封锁线的关键战役，关系到中央红军的生死存亡。激烈残酷的战斗打了四昼夜，从1934年11月27日打到12月1日。两军在湘江上游广西境内的兴安县、全州县、灌阳县进行激战。

跟着中央红军渡过湘江，突破国民党军队的第四道封锁线，胜利在望的时候，胡兰英却倒下了。

好不容易渡江成功，胡兰英和几个女兵站在湘江边上，望着被鲜血染红的浩荡江水，一边为牺牲的战友伤心难过，一边为胜利渡江的自己暗中庆幸，就在这个时候，一架敌机飞过来，对着她们一顿疯狂扫射。

从枪炮声中辨出飞机轰鸣，胡兰英抬起头，看到了向她们俯冲过来的飞机，飞机上的机枪吐着长长的火舌。胡兰英本能地伸开双臂，用自己的身体挡在几个女兵前面。其他女兵得救了，胡兰英却被打成了筛子，有几枪打在胸脯上。胡兰英感到一阵紧似一阵的胸闷和剧痛，捂着胸口慢慢地倒了下去。

医务兵闻讯赶过来，准备给她包扎止血，但被胡兰英推开了。她知道自己伤得太重了，已经不行了。这个时候，时间就是生命，轻装前进才能迎来最后胜利。胡兰英更不想成为战友的拖累，影响部队前进。

胡兰英下意识地抓紧了那根拐棍。在生命的最后时刻，她只想把最后的力气放在那根拐棍上；在生命的最后时刻，她只需要那根拐棍的慰藉，其他什么都不重要了。

那根拐棍成了胡兰英唯一的陪葬品，那个墓连个标记都没有——胡兰英还算好的了，在那次战斗中牺牲的绝大多数战士，要么暴尸荒野，埋都没人埋；要么被湘江水冲走，尸骨无存。

在蒋介石发动第五次反"围剿"之前，中央苏区迎来了发展的黄金时期。1934年1月，中华苏维埃共和国第二次全国工农兵代表大会在江西瑞金召开，王如痴当选为中华苏维埃共和国第二届中央执行委员。

1934年3月，王明"左"倾思想统治中央，王如痴遭到排斥，被派往红军第五分校担任教育长。1934年7月，王如痴被派往皖赣边区，担任皖赣独立师师长。王如痴审时度势，率领皖赣独立师挺进到国民党力量薄弱的黟县、石埭、太平一带，开展游击战争，并与宁春生的皖南游击大队胜利会师，把两块新苏区打通，连成了片。

皖赣根据地和皖南根据地的开辟，让蒋介石慌了神，也认了真，真是"野火烧不尽，春风吹又生"啊，闽浙赣根据地已经被围得水泄不通了，怎么又冒出两块新的根据地来了？真是让人防不胜防。

1934年9月，国民党慌忙派出49师"围剿"新苏区。王如痴跟宁春生联手，在徽州石门设下埋伏，迎头痛击49师，击毙、俘虏敌军三百多人，解救壮丁四百余人。凭着这一仗，帮助新苏区站稳了脚跟，稳定了局势。

闽浙赣根据地的节节胜利没有得到以王明为首的中共中央的肯定，甚至提出了批评，指责王如痴犯了右倾保守主义错误。王明"左"倾路线开始传导到闽浙赣根据地，王如痴被调离红十军，红十军军长由刘畴西兼任。

闽浙赣根据地改换门庭，被迫执行博古的"赤色堡垒"对"白色堡垒"的政策，根据地群众被动员起来，挑土的挑土，抬石头的抬石头，砍树的砍树，昼夜不停地修筑"赤色堡垒"。他们没有学过军事，没有学过建筑，却在短时间内建成了成千上万个碉堡，各家各户的墙体上都刷着"为保卫苏维埃政权流最后一滴血，以血和肉保卫苏区"的宣传标语。

1934年10月10日，连吃败仗、损失惨重的中央红军被迫实施战略大转移。为调虎离山，分散国民党军队围追堵截带来的巨大压力，中央军委以红七军团为"诱敌之师"，高举抗日救亡大旗，一路北上。

1934年10月下旬，北上抗日先遣队到达闽浙赣地区，与红十军会师，会师后，两支队伍合编为红十军团，继续北上抗日。方志敏担任红十军团军政委员会主席，刘畴西为红十军团军团长，乐少华为红十军团政委，粟裕为红十军团参谋长，下设19师、20师、21师，其中寻淮洲为19师师长，王如痴为19师参谋长。

在葛源的北上抗日誓师大会上，方志敏决定向皖南进发。要离开一手创建的闽浙赣根据地，方志敏心中十分不舍，他努力说服自己：这次出兵皖南，不是放弃赣东北，而是创造皖南新苏区，把新旧苏区打通，连成片，形成更加巩固、更加强大的根据地。

知道红军要走，群众纷纷赶来十里相送，道路两边站满了送行的男女老少，他们一边送，一边哭，一边询问红军什么时候回来。

当时的中央红军正在进行艰苦卓绝的湘江战役，为给中央红军纾压解难，把敌人注意力吸引过来，红十军团大张旗鼓，继续北上，把目标指向蒋介石老巢南京，希望起到围魏救赵的作用。

1934年12月中旬，红十军团抵达安徽太平县谭家桥，在这里打了关键一仗。

黄埔一期毕业的国民党少将旅长王耀武率领补充第一旅就像一块牛皮糖一样粘住红十军团不放。王耀武踌躇满志，志在必得。他认为湘江战役已经让中央红军元气大伤，皖浙赣红军东躲西藏，已是强弩之末，不堪一击。他做梦都想灭掉红十军团，抢夺头功，为自己捞取军政资本。

刘畴西和王耀武是同学，都是黄埔一期毕业，彼此知根知底。刘畴西不怕王耀武，将其看作砧板上的肉。刘畴西认为王耀武贸然出击，脱离大部队，孤军深入，犯了兵家大忌，给红十军团歼灭补充一旅创造了条件。刘畴西准备活捉王耀武，给国民党十万追兵来个下马威！

红十军团指挥部连夜研究作战方案，刘畴西建议在乌泥关设伏。

乌泥关是进入徽州、黄山的重要关隘，两侧高山，中间公路横穿而过，就像一个天然的口袋子，向来是兵家的必争之地。

只要补充一旅进入口袋子，把袋口扎紧了，王耀武就成了瓮中之鳖，无路可逃了。

刘畴西的作战方案并没有赢得所有人支持。军团参谋长粟裕和19师师长寻淮洲提出了异议，他们认为红十军团战士长途奔波，十分疲惫，不适合作战；况且敌情不明朗，地形不熟悉，背后是黄山天险，无路可退；补充一旅装备精良，势头旺盛，战斗力强，如果轻举妄动，后果将不堪设想。

寻淮洲在中央红军中举足轻重，虽然他只有二十岁出头，但已经是红军中最年轻的军团长了，中央革命军事委员会把北上抗日先遣部队的大旗交给他，足见对他的信任。

王如痴站在刘畴西一边，他很信任刘畴西，这对搭档一致认为，对我方不利的因素，对敌人同样存在，既然王耀武孤军深入了，就是天赐良机，战机稍纵即逝，要打就要当机立断，不能优柔寡断，贻误战机！

大家最后把目光集中在方志敏身上，希望他拿主意。方志敏比较稳重，不愿意冒进。他沉思良久，劝说刘畴西："畴西啊，此战是红十军团进入皖南的第一战，事关全局，简单不得，轻敌不得，宁愿把困难想得难上加难。打赢了，势必重挫敌人锐气，'追剿'的敌军不会再贸然追击，以便我红军各个击破。打输了，十万'追剿'敌军就会争先恐后地赶来抢功，合击我们红十军团，到时候我们就彻底被动了！"

刘畴西不愿意放弃，反过来劝方志敏："主席啊，打仗自有三分险，此战我已经充分考虑过了，两个师合击一个旅，十拿九稳；我们说是在转移，实际上是一直在逃跑，战士们疲惫，有怨气，有想法，红十军团急需一场胜仗来提振士气，凝聚军心。现在王耀武这块肥肉送到我们嘴边来了，焉有不吃之理？机会难得，机不可失，时不再来呀！"

作为红十军团的主心骨，方志敏需要顾全大局，他认为内部团结比什么都重要。见刘畴西心意已决，并且分析合情合理，胸有成竹，不忍心打击他的作战热情，于是同意了刘畴西在乌泥关至谭家桥一带伏击敌人的作战方案。

终于意见统一了，刘畴西十分高兴，抓紧排兵布阵，从乌泥关起，沿公路两侧，按19师、20师顺序进行设伏。19师主力部署在乌泥关以北，20师以一个营构筑工事坚守谭家桥正面，补充一旅通过乌泥关，进入伏击阵地后，两个师拦腰出击，并排打下去，将其大部歼灭于乌泥关至谭家桥的公路上。

一切准备就绪，刘畴西并不平静，此战是他力主之战，不容有失。中央红军一路败北，红军陷入了前所未有的困境之中。他一直在等待机会，准备用一场胜利之火，来温暖寒冬中的红军，扫除笼罩在红军头上的阴霾。红十军团需要一场胜利，全国红军更需要一场胜利！现在机会来了，就要果断下手！

　　刘畴西不怀疑自己的决断！

　　寒风呼啸，将刘畴西的空袖吹起来，甩来荡去，让这位身经百战的独臂将军感到彻骨透心的凉意。

　　刘畴西用另一只手抓住空袖，三下五除二地把空袖塞进皮带里。

　　"他娘的王耀武，你敢来，乌泥关、谭家桥就是你的葬身之地！"刘畴西狠狠地说道。

　　1934年12月14日，王耀武果然来了，他坐在吉普车里，带着补充一旅，一路耀武扬威，不可一世。

　　看到王耀武出现，方志敏掏出怀表，看了看，怀表的指针正指向六点整。

　　刘畴西轻声骂道："这狗日的，来得这么早，要迫不及待见阎王啊！"

　　猎人聪明，狐狸也不傻。王耀武并非等闲之辈，他看了看两边的山，示意停下车，跳了下来，命令部队放慢脚步，搜索前进，缓步通行，以防埋伏。

　　国民党军队被红军打过很多伏击，吃过很多亏，也变精了。

　　王耀武知道，打伏击是红军的拿手好戏，只要地形合适，几乎都可能被伏击。

　　明枪易躲，暗箭难防，虽然弱小的红军不敢跟强大的国民党军对着干，但趁你不注意，突然给你一记闷棍的事经常发生，王耀武不得不防。

　　搜索的结果是并没有发现什么异常，王耀武命令部队沿着公路继续向前推进。

看到敌人出现，陆续走进包围圈，王如痴心中暗喜，庆幸伏击计划如愿以偿，没有落空。王如痴也是主张打这一仗的，这仗打得好不好，他也压力很大；但他知道军团长刘畴西压力更大。看到敌人，王如痴心里唯一的念想就是把仗打好，让红十军团扬威提神，扬眉吐气！

补充一旅在一步步往口袋里钻，但脚下带刹，速度迟缓——王耀武刻意放慢部队前进的速度，果然老奸巨猾，不是一盏省油的灯。

如果按照原先部署，打赢这一仗是没问题的。但百密一疏，补充一旅才一半进入伏击圈，就出事了。

20师方向，一名新兵战士由于过度紧张，没等命令，就把枪打响了。

补充一旅慌忙向枪响的方向进行还击，一时间，子弹纷飞，炮弹轰鸣，两军激烈地对干起来。

补充一旅还没有全部进入伏击圈，一场好端端的伏击战变成了遭遇战，鸭子还没煮熟就被揭开了锅，战斗提前打响了。

19师按原计划截击公路上的敌人，与王耀武的前卫团扭打在一起，喊杀声震耳欲聋，子弹横飞，刺刀见红，大刀、枪托成为利器，双方不断有人倒下，血流成河，尸体横七竖八地躺满公路。

这是一场残酷至极的贴身肉搏，短兵相接，你中有我，我中有你，无法剥离，每一分、每一秒都有人倒下，或是敌人，或是战友。作为指挥官，王如痴心里清楚，混战之中，难分难解之际，靠的是必胜的信心，敢拼的勇气，"对命"的霸气！他一边指挥作战，一边高声怒吼："勇敢对命！杀一个够本！！杀两个赚一个！！！"

混战中，王耀武指挥手下集中攻击，不顾一切地抢下了石门岗制高点，架起轻重机枪，向着红军密集扫射，弹壳就像花生壳一样剥落，遭遇战变成了阵地战。

补充一旅的后续部队陆续赶过来，加入了战斗；敌人的飞机闻讯赶来支援，从空中扔炸弹，居高临下地用机枪扫射，红十军团渐渐不支，落了下风。

正面战场上，20师以血肉之躯阻挡敌人炮火的猛烈进攻，阵地被冲垮了，部队被打散了，损失惨重。19师一部向乌泥关以南的敌军阵地发起冲锋，师长寻淮洲奋不顾身，冲在最前面。寻淮洲本来不同意打这一仗，但既然打了，就没有孬种，不留退路，勇往直前。

阵地上硝烟弥漫，日月失色。突然，一串机枪子弹扫过来，正中寻淮洲腹部，顿时血流如注，寻淮洲踉跄着，栽倒在地，战士赶快把师长抬了下去。

敌人像蝗虫一样，越赶越多，枪炮声越来越密集；红军将士前仆后继，纷纷倒在敌人的枪炮之下。

方志敏看在眼里，痛在心上。泪水打湿了他的眼睛，他希望倒下的是自己，他愿意用自己的生命换取战士的生命；他盼望奇迹出现，希望刘军团长能够扭转战局，帮助红十军团化险为夷，转危为安。

刘畴西更是悔恨交加，悲痛欲绝。一切都出乎他的意料，好端端的一场伏击战竟被打得一败涂地！看着不断倒下的红军战士，看着越来越多的敌人，刘畴西意识到自己决策错了，已经无力回天了，他真想扇自己两个耳光！

再也不能这么打下去了，再打下去，红十军团就要被打光了！留得青山在，不怕没柴烧！刘畴西习惯性地将空袖管塞进腰带，下达了撤出战斗的命令。

被硝烟熏得满脸灰黑的参谋长粟裕，提着手枪站在谭家桥桥头，就像一座雕塑，久久不愿离开。他不相信，也不甘心。这是他参加革命以来，最灰暗的一天。

太阳落下去，残阳如血，谭家桥天地一片血色！

撤出阵地的红十军团转移至茂密的树林里，躲避国民党军队的追击。天寒地冻，缺药少医，寻淮洲的伤情加重，奄奄一息。方志敏、王如痴、胡天桃（红十军团21师师长）围在他身边，欲哭无泪，黯然神伤。战斗打成这样，刘畴西自觉没脸见寻淮洲，一个人蹲在一旁，愧疚万分。

昏迷中的寻淮洲终于醒来，艰难地睁开眼，挨个地看了大家一遍，声音虚弱无力："我已经不行了，大家不要难过，一定要把部队带出去。天寒了，把我的衣服脱下来，洗干净，还可以给战士们穿！"

寻淮洲一边说，一边吃力地解着衣扣，一粒、二粒，当解到第三粒时，寻淮洲的手停了下来，一动不动地凝固在那里，眼睛也闭上了，就像困极了，累极了，睡着了。

寻淮洲牺牲后，被就地掩埋，刘畴西这才鼓起勇气来到寻淮洲坟前忏悔，好像是他把寻淮洲害了。

王如痴陪着刘畴西，两人在寻淮洲坟头席地而坐。空气凝固，四周寂静。刘畴西好几天没说一句话了，他脸上写满了愧疚和悔恨。王如痴的胸口也像压了一块石头，闷得慌：谭家桥战斗，王如痴是支持刘畴西的，这个错误是他们一起犯下的，应该一起承担。红十军团遭到毁灭性一击，那么多年轻将士牺牲了，王如痴的心在滴血，悲痛无比！

夜深人静，残月如钩，冰天雪地，寒意逼人。

王如痴打破无边的沉默，轻声劝道："老刘，回去吧！"

刘畴西抬起头，迎着王如痴理解的目光，心里掠过一丝宽慰。刘畴西知道，他们是一对患难与共的生死搭档，别人不理解他，王如痴理解他，别人不原谅他，王如痴不会怪他。刘畴西像在忏悔，像在解释，又像在自言自语："真没想到有人提前开枪，彻底打乱了我们的伏击计划！"

王如痴伸手把刘畴西拉起来，帮他拍打屁股上的泥土，安慰说："老刘，你已经尽力了，大家都看到了，关键是你要振作起来，带领红十军团，走出去，渡过眼前这个难关！"

寻淮洲牺牲后，王如痴接任 19 师师长。红十军团继续北上，几度转战，抵达皖南苏区。皖南苏区苏维埃主席宁春生热情地欢迎红十军团到来。宁春生见到王如痴，两人紧紧地拥抱在一起。

宁春生说："老王啊，真是有缘啊，我们又见面了，你在皖赣打游击，我在皖南打游击，皖赣、皖南苏区连成片，我们就跟亲兄弟一样亲啊！"

到了皖南苏区就像回到了家，将士们难得地高兴起来，谭家桥战败的阴霾消散了不少。王如痴露出了难得的笑容，"与宁主席一别经年，兄弟领导有方，皖南苏区兵强马壮，形势一片大好，让人刮目相看啊！"

方志敏也露出了久违的笑容，心宽了不少。红十军团一路征战，可谓步步惊心，刀刀见血，当着这个家，他没吃过一顿好饭，没睡过一个好觉。今天来到自己亲手安排创建的新苏区，怎不让人欢欣鼓舞，笑逐颜开啊！

方志敏听完宁春生汇报，肯定地说："皖赣与皖南都是我们闽浙赣派出的同志发展起来的，四周都是白区，你们是虎口拔牙，在夹缝中求生存，真不容易啊！宁主席说得好啊，皖赣、皖南苏区是亲兄弟，打断骨头还连着筋，以后更要相互支持，抱团发展。我送你八个字：紧握钢枪，任他风暴！"

在皖南休养了一段时间后，红十军团慢慢恢复了一些元气，他们告别宁春生，又转战各地，最后决定重返闽浙赣根据地，重新积蓄力量——那儿才是红十军团的根，那儿才是红十军团养料补给地，那儿的人民又陷进了水深火热之中，在盼望着红十军团回去。

国民党军队继续咬着红十军团的尾巴，一路追赶，残酷的战斗仍在不断发生，前前后后，大大小小又打了十几仗。由于红十军团已经元气大伤，不敢碰硬，所以总是小仗获胜，大战退却，相当被动，难有起色，全军士气低落，处境越来越凶险。

1935 年，元旦过后，红十军团紧急开拔，向南华山急行军。

南华山山高壁陡，怪石嶙峋。

正值隆冬，雨雪交加，天寒地冻，山岩披冰卧雪，树枝上结满冰凌，队伍行走缓慢艰难。

经过一片竹林，看见被积雪压弯的竹枝，依然傲冰斗雪，迎风摇曳，方志敏感慨万千，对战士们说："你们看这些竹枝被冰雪压得多苦，但它们依然坚强不屈，绝不低头！"

方志敏一时兴起，掏出一个小本子，从口袋上摘下钢笔，唰唰唰地写下了《咏竹》一诗。

方志敏把小本子递给王如痴，要他念给大家听。

王如痴接过来，迅速扫了一眼，赞叹说："好诗！"

王如痴用他特有的抑扬顿挫的湖南普通话，大声地给战士们朗诵了起来：

> 雪压竹头低，
> 低头欲沾泥。
> 一朝红日起，
> 依旧与天齐。

这首诗只有短短二十个字，但大气磅礴，传递着雪中竹子百折不回、坚韧不屈的意志，像战鼓，像号角，听着听着，红十军团战士慢慢抬起了头。

方志敏是做思想政治工作的行家，越是艰难困苦，越强调思想政治工作的重要性。他常说打胜仗除了要靠手中武器之外，更要靠内心思想迸发的力量！一旦这种思想力量迸发，就能以一当十，以弱胜强，让敌人望而生畏！

当红十军团抵达江西上饶德兴港首村时，国民党 49 师贼头贼脑地摸了上来，发起突然袭击，把红十军团截为两段，军团首长和机关被包围了。

19 师临危受命，准备营救，王如痴做了紧急火线动员："同志们，方主席、刘军团长被敌人围困！首长有危险，红十军团将面临灭顶之灾。为了红十军团的前途命运，我们一定要把军团首长和机关解救出来！"

王如痴带着 19 师，趁着天黑，一头扎进了敌人的包围圈。他们猛冲猛打，撕开了一条血路，找到了军团机关，掩护他们冲出了重围。

苦战一夜，拂晓时分，王如痴清点部队，心情沉重悲痛：此战又痛失百余同志。

方志敏、粟裕等八百人在 19 师掩护下突围至陈家湾。刘畴西、王如痴率领红十军团主力滞留港首村，战士们实在走不动了，被敌人合围。

方志敏在不安中等待了一天，仍不见红十军团主力如约前来会合，心急如焚，吩咐粟裕率领一半人先走，自己率领一半人原路返回，准备接应红十军团主力。

方志敏这一折返，就麻烦了。1935 年 1 月 17 日，方志敏、刘畴西、王如痴率领的红十军团主力被国民党军队十四个团重重包围在怀玉山地区。

怀玉山处在江西和浙江交界处，峰险壁陡，沟深路窄，人迹罕至。

红军将士连日翻山越岭，风餐露宿，缺衣少食，饥寒交迫，疲惫不堪，浑身无力。

王如痴奉命率领一部从八磜村突击，试图为大部队撕开一道口子。

王如痴知道战士们已经体力严重透支了，这次是生死之战，如果不能成功，以后要再杀出去就更难了。

八磅村笼罩在冰天雪地之中，十分安详静谧。村口两个哨兵在不停地搓手跺脚，哈着热气取暖。王如痴心想：看情形，此处敌人不多，兵贵神速，撕开口子就从这里下手。

王如痴从战士手里取来长枪，啪啪两枪就把哨兵干倒了。

被枪声惊动，躲在村里的敌人倾巢而出，疯狂往外冲，黑压压的一大片。

王如痴一看就傻眼了，敌人远比自己估计的要多！

王如痴不得不硬着头皮迎战，他们居高临下，对着慌乱的敌人扫射，敌人被撂倒一大片。

慌乱中，一股敌人爬上了对面山头，架起了重机枪，跟红军对射，双方伤亡都很大。

一股敌人从左侧摸了上来，最先发现的是三排排长吴开国。吴开国身上已经多处负伤，左胳膊几乎断掉了，只连着一点皮。吴开国喉咙已经喊哑了，发不出声音了，情急之下，他用嘴咬断胳膊那点皮，抓起自己的断胳膊，用尽最后的力气把胳膊甩了上去。胳膊落在王如痴脚下，他大吃一惊，顺眼看去，看到了左侧正在疯狂往上爬的敌人。王如痴一声怒吼，抓起一把轻机枪，冲了过去，对着敌人一阵猛扫。轻机枪吐着愤怒的火苗，射向敌人。王如痴边打边冲边喊："同志们，冲啊，跟敌人拼了！"

枪管烧红了，子弹打光了，王如痴已经冲到了敌人面前，他从背后抽出大刀，高高举起，左劈右砍。那刀呼呼生风，快如闪电，所到之处，非死即伤，杀得敌人鬼哭狼嚎。

随后赶来的战士加入肉搏，跟敌人扭打在一起，已经受伤的战士用尽最后的力气，抱紧敌人，滚下山崖，落进山下的龙潭，跟敌人同归于尽。

瀑布上游被尸体堵塞，白瀑布变成了红瀑布，龙潭里漂浮着尸体。

八磜村之战，惨不忍睹。红军牺牲五百多人，王如痴身边剩下不到一个班，王如痴心头感到无限悲凉。

从闽浙赣出发到八磜村突围，王如痴就像坐了一趟过山车。红十军团从革命鼎盛到兵败如山倒，一切来得太突然了，落差太大了。

风在吹，雪在飘，王如痴真切地感到革命的严冬来了。

这一幕似曾相识，王如痴想起了井冈山上桐木岭那一战。

那年桐木岭失守，也正是冬天，雪花飘飘。

当时红三军团的处境与现在红十军团的处境如出一辙，但红三军团挺过来了，王如痴希望红十军团也能挺过去。王如痴想起了自己喜欢的英国诗人雪莱的那句名诗：冬天已经来了，春天还会远吗？

得知红十军团主要领导人被围困，蒋介石喜不自禁，发来电报，要王耀武速战速决，他的悬赏令雪片般飞来：活捉方志敏赏大洋八万，活捉刘畴西赏大洋三万，活捉王如痴赏大洋两万。

红十军团准备分开突围，方志敏、刘畴西、王如痴各带一部分人，能突围一部分算一部分，能突围一个算一个。

在突围中，他们身边的战士越来越少了。

1935年1月27日，红十军团19师师长王如痴弹尽粮绝，被敌人围困，在激烈肉搏中寡不敌众，不幸被捕。

1935年1月28日，红十军团军团长刘畴西弹尽粮绝，被敌人围困，在激烈肉搏中寡不敌众，不幸被捕。

1935年1月29日，红十军团军政委员会主席方志敏弹尽粮绝，躲在山洞里，被叛徒出卖，被敌人搜出，不幸被捕。

认出方志敏，抓他的两个国民党士兵大喜过望，兴奋得脸上肌肉扭曲。他们认为这个红军大官身上有很多值钱的东西，兴奋地搜起了身，结果大失所望，方志敏身上除了一支钢笔、一个怀表外，一无所有。

两个国民党士兵不相信像方志敏这么大的官身上会没钱，其中一个士兵掏出手榴弹，故作拉弦状，吓唬方志敏，最后还是一无所获。

风在刮，像大地在呜咽；雨在下，像苍天在流泪。

至此，红十军团除了参谋长粟裕带领二百余人成功突围，保留住了部分革命火种外，几乎全军覆没了。

第二十章　身陷囹圄，英勇就义

在尝尽前四次"围剿"的苦头后，第五次"围剿"，国民党军队峰回路转，苦尽甘来。

在蒋介石看来，湘江一役，中央红军折损过半，望风而逃，既成惊弓之鸟，又是砧上鱼肉。

围攻闽浙赣根据地的北路军也是捷报频传，胜利更加彻底：红十军团全军覆没，主要领导人悉数被抓。

蒋介石大喜过望，亲自拟定了贺电和嘉奖令，给王耀武发了过去。在怀玉山战斗结束后，王耀武被蒋介石擢升为51师师长。

在蒋介石看来，第五次"围剿"算是大功告成，彻底胜利了，其他"流匪"不足为惧，悉数"剿灭"指日可待。

蒋介石信奉"三分军事，七分政治"，直觉告诉他，红十军团主要领导人被活捉，这事大有文章可做，可以起到一石三鸟的作用：打击国民党内的对手，炫耀自己的丰功伟绩；瓦解"赤匪"阵营，动摇其军心；两条半枪闹革命，把闽浙赣赤区做得风生水起，以方志敏为首的红十军团领导人个个都是栋梁之材，比起自己手下那些庸碌无能之辈强多了，眼下自己正是用人之际，蒋介石希望他们驯服，为己所用，共襄党国大计。

表彰完王耀武，蒋介石当即电令闽浙赣"剿匪"司令赵观涛：善待，并周全押解至南昌。

"剿灭"了红十军团，活捉了红十军团主要领导人，得到了蒋委员长的亲自嘉奖，赵观涛春风得意，喜不自禁，在将方志敏、刘畴西、王如痴等押解到南昌后，大张声势地搞了一个规模空前的庆功大会，邀请了很多媒体记者参加，为自己歌功颂德。

为落实蒋介石的"善待"指示，赵观涛命令手下给红十军团主要领导人解除了脚镣手铐，准备了干净、时尚、合体的衣服，把他们带到会场，安排在嘉宾席上就座，设宴款待。

但红十军团领导人拒绝换衣服，他们仍然穿着那身破旧、血渍斑斑的红军军装出席了庆功大会，赵观涛也没有勉强。红十军团主要领导人心明如镜，他们知道这并不意味着赵观涛的胸襟宽广，不计前嫌，礼贤下士，爱才如命，他只是做做样子，达到一箭双雕的目的：炫耀自己的战功和能力，同时羞辱手下败将，让他们尝尝失败的滋味。

方志敏把这一切看得通透，不愿意为赵观涛背书。

赵观涛笑意盎然地走过来，客气地邀请方志敏讲话，希望他为自己美言两句。

方志敏觉得机不可失，他站起来，当着记者和嘉宾的面，慷慨陈词，怒斥赵观涛："如今国难当头，外辱肆虐，生灵涂炭，你们不去抗日救国，却来'围剿'北上抗日武装，干着亲者痛、仇者快的勾当，令人不齿！摆什么庆功会？你们真胜利了吗？我告诉你们，红军是赶不尽、杀不绝的！得道多助，失道寡助。一意孤行，最后失败的注定是你们！"

赵观涛的一位御用记者很不服气地站起来反驳方志敏："红十军团全军覆没，已经不复存在了，这难道不是党国胜利，而是你们红十军团胜利吗？"

刘畴西发出一阵不屑的冷笑，用大烟斗敲了敲桌面，站了起来，讥讽地说："你们是真不明白，还是装糊涂啊？红十军团八千人，你们二十万大军，二十万人打我们八千人，十二个人打一个人，这也叫胜利？你们用飞机大炮，我们用步枪；你们用机枪，我们用大刀；你们用枪，我们用拳头，这也叫胜利？真是无稽之谈，说出来让人笑掉大牙！"

王如痴早就按捺不住了，没等刘畴西说完，他霍地站了起来，直接干脆地痛斥："我看你们还是省省吧，搞什么庆功会，也不嫌丢人现眼，简直虚伪、无耻至极，祸国殃民之至！"

王如痴声若洪钟，振聋发聩，发言短促有力。

现场一片骚乱，一张张脸上写满惊愕。

赵观涛被气得脸上红一阵，青一阵，震怒异常。他没想到几个阶下囚还如此理直气壮。他想发飙，但想到蒋委员长交代的要"善待"，硬生生地把脏话咽了回去，气急败坏地离开了庆功会现场。

方志敏、刘畴西、王如痴、胡天桃等人被重新戴上脚镣手铐，押送到军法处看守所。

军法处看守所就像一座暗堡，阴暗、潮湿，屎尿味扑面，霉气刺鼻，死亡每天都在发生，或被折磨致死，或被病痛枪伤拖死，或倒在敌人的枪口之下。

看守所大门徐徐打开，方志敏、刘畴西、王如痴、曹仰山等被押了进去。

被关押在看守所的共产党员、红军战士看到这些人，都不由得惊呆了，他们不敢相信自己的眼睛，就连方主席、刘军团长、王师长等领导都被捉了，跟他们关到一起了，红十军团到底经历了怎样的一场浩劫啊？

他们不解、猜测、担心、悲伤，各种情绪掺杂在一起，心里翻江倒海。

方主席——

刘军团长——

王师长——

他们叫着，喊着，有的捶胸，有的顿足，有的用头撞墙。

看着红十军团主要领导人从走廊经过，他们从铁栅栏里伸出手来，想触摸一下，看看这一幕是不是真的。

方志敏、刘畴西、王如痴等人没有说话，他们表情坚毅，眼神坚定，面带微笑，从战友们、同志们眼前走过，跟他们用目光交流。他们的目光告诉大家：战斗并没有结束，只不过是从硝烟弥漫的战场转移到了这个没有硝烟的特殊战场，大家不要害怕，不要流泪，不要失望，不要后退，我们与你们在一起，继续并肩战斗！

王如痴握紧拳头，把戴着手铐的双手举过头顶，在空中挥舞，他想给同志们传导一种视死如归、宁死不屈的革命力量！他知道，作为革命者，即使失败了，被捕了，在这个特殊的地方，也不能有一丝一毫的落魄模样和挫败感，革命首先是一种姿态，一种舍生忘死的姿态；一种精神，一种战斗不止的精神！

方志敏、刘畴西、王如痴、曹仰山四个人被关在一个囚室里。小小的囚室放了四张狭窄的单人床，其他什么都没有，高高的墙壁上有个窗户，用来透风透光。窗户很小，只容得下一只花猫进出。从窗户透进来的光被分散，囚室显得格外黯淡。

墙壁是用巨大的石块砌成，坚硬，厚实，冰冷，隔音。

方志敏、王如痴还好，在战斗中没有受伤，身体健康；刘畴西受了皮肉伤，伤在那只独臂上，除了动作不方便，其他基本上不碍事；曹仰山的情况有点麻烦，在战斗中，他被打了三枪，其中最厉害的一枪打在左肩骨上，把左肩骨打断了，虽然不是致命伤，但躺在床上，动弹不得。

看到狱警离开后，方志敏招呼刘畴西、王如痴坐到自己身边，他想到的第一件事情就是认真总结失败的经验教训，就像每次打完仗一样，这是必做的功课。

这个经验太重要了，这个教训太深刻了，不管有没有机会出去，都要认真地总结检讨的，这是他们的共识。

这个后果是致命的，不可挽回的，红十军团八千多人哪，一招不慎，满盘皆输，多么严重的政治错误和历史责任，作为负责人，他们谁都不能置身事外！

从弋阳横峰暴动开始，那支辛辛苦苦拉起来、倾注了他们无数心血、肩负着他们远大理想的革命队伍，说没就没了！

方志敏痛心疾首，他闭上眼睛，痛苦地挤出一句话："我真后悔，如果我们考虑周全一点，把困难考虑充分一点，红十军团就不至于落到今天这个地步了。世上什么药都有，就是没有后悔药啊！"

说到责任，刘畴西是红十军团的最高指挥官，是最直接的责任人，红十军团由盛转衰的乌泥关、谭家桥之战是他力排众议，主张打的，他的责任最大。没想到自己一时冲动，就把红十军团置于万劫不复之中了。

刘畴西万分愧疚，方志敏的话让他更加难过了，刘畴西说："方主席，您千万别自责了，是我的过失。我是军团长，我是军事总指挥，是我力主打这一仗的！你这样自责，让我情何以堪？"

方志敏沉重地摇了摇头，缓缓地说："谭家桥是红十军团成败的分水岭，这一仗打不打，我是举了手的，如果我不赞同，也不会打了，我是负有主要责任的！"

王如痴也很自责，他说："港首那夜，如果我们咬紧牙关，带着部队冲出去了，红十军团主力就有了生路了，方主席也不会重新杀回敌人的包围圈来找我们了，我们也不会落到今天这步田地了！"

说到这里，王如痴低下头，不敢正视方志敏，他用很低的声音说："都怪我妇人之仁，一时心软了。当时，战士们饥寒交迫，走不动了，我答应他们就地宿营，天亮才走。这个决定做得真是愚不可及啊！一时之仁，害了全军，我真该死啊！"

听着王如痴这么说，想着红十军团全军覆没，刘畴西的眼泪流了下来，那道命令也是他下的，王如痴只不过是同意了他的决定——自从他们搭档以来，王如痴都是他的坚定支持者，自己做什么决定，他从来没有反对过，只是补充完善，贯彻执行——王如痴对自己太信任了。因为那一夜，那个就地宿营的命令，刘畴西肠子都悔青了。刘畴西把头抵在石墙上，痛苦万分。

曹仰山昏沉沉地听着，他的伤口感染了，发炎引起了高烧，他被烧得糊里糊涂，奄奄一息，说话都没有力气了。

空气就像结了冰，大家心情沉重如铅，囚室内陷入了短暂的沉默。

又是方志敏打破了难堪的沉默，他问道："以前刀兵相见，以命相搏，赵观涛恨不得扒我们的皮，啖我们的肉，现在突然对我们那么好了，你们知道为什么吗？"

这倒真把大家问倒了，刘畴西和王如痴面面相觑，不知道如何回答。

方志敏说："国民党要劝降我们，从心理上打击红军战士、共产党人和革命群众，我们不能让他们的阴谋得逞！"

"要我们投降？"刘畴西看着王如痴，认真地问，"如痴，你投降吗？"

王如痴摇了摇头。

刘畴西又把睡着的曹仰山摇醒了，问他："国民党要你投降，你投吗？"

曹仰山急了，挣扎着要坐起来，但没有成功。

曹仰山看着刘畴西，轻蔑但艰难地说："你投了，我都不投！"

刘畴西和王如痴相视一笑，异口同声地说："让敌人的劝降阴谋见鬼去吧！"

他们就像两个读私塾的小学生在一起朗读课文一样。

方志敏的判断很准，国民党确实一心一意想劝降他们。

但把谁作为突破口呢？

蒋介石第一个想到的就是刘畴西。

刘畴西是黄埔军校一期毕业生，算是他的学生。在黄埔军校的时候，刘畴西表现优异，蒋介石曾经嘉奖过他，两人关系还算不错。

刘畴西曾经追随过蒋介石，粤系军阀陈炯明叛变革命，蒋介石组织黄埔军校的学生军东征，刘畴西积极响应，表现勇敢，他的那条胳膊就是在征讨陈炯明的战争中受了伤，被截掉的。

劝降刘畴西，如果做到动之以情，晓之以理，应该有意想不到的效果，或许可以马到成功。

蒋介石把闽浙赣"剿总"指挥顾祝同叫到办公室，嘱咐他："攻坚易，攻心难，无论如何，先从刘畴西身上打开缺口，把他争取过来！"

顾祝同信誓旦旦，拍着胸脯，打包票说："委员长请放心，劝降刘畴西的事，包在我身上！"

顾祝同这么有底气是有原因的，除了刘畴西跟蒋介石的师生情，刘畴西跟自己还曾经是上下级关系，当年东征，刘畴西就是顾祝同部队三连的党代表。不看僧面看佛面，不看鱼面看水面，把刘畴西争取过来，硬关系太多了，顾祝同相信重情重义的刘畴西不会不给面子的。

顾祝同的表面工作也做得相当到位，他亲自三到监狱，把刘畴西请到了办公室，表达了"三顾茅庐"的诚意，以示自己对刘畴西的看重。前两次，顾祝同没有切入正题，只是叙旧，扯交情。直到第三次，顾祝同才声情并茂地说："畴西乃我黄埔精英，当年随我东征，屡立战功，实乃虎将，给我印象深刻，一直不敢忘记！我屡念旧情，今日与君相见，亦是上天旨意，汝可知我心否？"

刘畴西并不愿意被顾祝同绑架，上他贼船，他刻意跟顾祝同撇清私人关系："当年东征，扫除黑恶，乃我从军之初衷！至于英勇杀敌，作为军人，乃我分内之事，不足挂齿，不值一提！"

顾祝同并不生气，继续劝道："畴西此言差矣，老弟英勇之气，我深感佩服！独臂将军威名响彻三军，谁人不知，哪个不晓？今日落难，才华难显，壮志难酬，汝可投身党国事业，续写军人华章。委员长以校长之名要我前来规劝，足见他心意之诚，兄弟只要弃暗投明，将来肯定前途无量！切莫辜负校长栽培厚意，汝还记否，当年校长亲手为你佩戴奖章，合影留念。"

顾祝同的心思，刘畴西心明如镜，他不愿意再纠缠下去。刘畴西觉得道不同，不相为谋，跟顾祝同对话，就像对牛弹琴，乏味得很，远不及跟方志敏、王如痴、曹仰山在囚室里闲聊来得痛快，他直截了当地说："顾长官，请恕我直言，我们不在一个阵营，没办法尿到一个壶里，我信仰共产主义，崇敬共产党，不是贵党，请你转告校长，不要再费心思了！"

见软的不行，顾祝同气急败坏，来硬的了，他威胁刘畴西："年轻人别不识好歹，一意孤行，结果如何，你是知道的！"

顾祝同终于撕下伪装，露出了真面目。刘畴西更加不屑了，他冷冷地对顾祝同说："从归依共产主义，参加革命那天起，我就看淡了生死。死不可怕，脖子一伸，挨一刀，胸脯一挺，挨一枪，都行。临难无苟免！"

"真是顽冥不化，朽木不可雕——"

顾祝同深感失望，拂袖而去。

劝降刘畴西不行，顾祝同把目光转向了王如痴，希望从他身上获得突破。他不相信，人都抓回来了，心征服不了？他不相信，那么多人，都是一根筋？他不愿意两手空空，向委员长复命——他是打过包票的。

顾祝同还是老套路，把王如痴叫到办公室，打起了感情牌，"令兄驭欧是我黄埔好友，你也是我兄弟了，我们可是一家人。一家人不说两家话。令兄是黄埔一期高才生，委员长对他十分器重，对你也是不计前嫌，寄予厚望。委员长派我前来，希望你们兄弟二人殊途同归，共同为党国建功立业！"

王如痴冷眼看着顾祝同，不为所动："人各有志，焉能强求！我改名如痴，就是对共产党领导的革命事业如痴如醉。为人处世，贵在忠诚，我早就准备一条道走到黑，就是我哥驭欧亲自来劝，也改变不了我的立场和主义！"

对哥哥王驭欧的事，其实王如痴是知道的。王驭欧追随国民党左派代表人物邓演达，早就被蒋介石视为眼中钉，肉中刺，处处排挤。其时，王驭欧在国民党内部已经被边缘化，安排在服务社会部做一些群团工作。

顾祝同并不甘心，继续劝道："你还年纪轻轻，才华横溢，前途无量！如痴如痴，可不能痴迷不悟啊！共产党能给你什么吗？共产党给不了你的，我们国民党都可以给你，你该为自己打算，不要跟错人瞎胡闹了！"

驴唇不对马嘴，多说无益，徒添心烦。王如痴不愿意再跟顾祝同纠缠下去，十分干脆地说："要劝我投降，你是打错了算盘。我无妻无儿，无以为家，以身许国，别无他图。我既不爱爵位，又不爱金钱。你喜欢的那些，我不喜欢；你讲的那些，对我毫无用处！你还是省了这份心吧。"

顾祝同还是不甘心，他听到王如痴提到了家，觉得拿家做文章，也许有作用，"无以为家？难道你就没想过成家吗？不孝有三，无后为大，你是读书人，这个道理，你应该懂的！"

王如痴也不否认顾祝同，"想过，是人都会想。但我不能啊，国家国家，没有国，哪有家？国将不国，即使成了家，也只能害了人家，我已经做好了舍生取义的准备。我们不像你们追求显贵，封妻荫子，我们共产党人是为了解救劳苦大众，愿意牺牲生命的，对这一点，你是无法理解的。无后，可能不孝，但忠孝不能两全，对这一点，你也是军人出身，你是理解的！"

顾祝同恼羞成怒，也失去了耐心，他怒气冲冲地说："不为党国所用，必为党国所杀。你就真的不怕死？"

王如痴仰天一笑，朗声说道："你们只能砍下我的头颅，却永远不可能动摇我的信仰！"

王如痴把顾祝同说得哑口无言。接连受挫，劝降无望，顾祝同在刘畴西和王如痴身上连续碰壁，被弄得灰头土脸，一切应验了蒋委员长那句话"攻坚易，攻心难"。

也许，有史以来，攻共产党人的心是最难的。难道共产党人都吃了秤砣——铁了心？

顾祝同最后把目光落到了方志敏身上，兵法上说，擒贼先擒王，也许问题的症结在方志敏这儿，他是职务最高的，只要他愿意投降了，其他人就都跟着投降了。

顾祝同提审了方志敏，他看方志敏仪表堂堂，中庭饱满，颇有大将之风，真心感到惋惜。顾祝同说："方先生正值英年，当大有可为，投身'共匪'，是屈才了。委员长的意思，只要方先生发表一个书面声明即可。委员长爱惜方先生才学，一心想请方先生为国效力，共同成就蓝图伟业！"

方志敏比刘畴西和王如痴更加爽快干脆，他就像打伏击，扎布袋口，一句话就把路封死了："代我谢谢他的好意，也让他省了这份心。方志敏看不上蒋某人，也不会供他驱遣，替他办事。他想改变我的信仰，这辈子是办不到的！"

顾祝同还抱有希望，继续劝道："方先生请三思，这世上什么药都有，就是没有后悔药！"

方志敏斩钉截铁地说："既然落在了你们手里，就不要多说了，我只求一死！"

话都说到这个份儿上，确实没有必要再继续下去了。顾祝同没想到共产党人对自己这么狠，都不要命了。

顾祝同深深地叹了口气，无可奈何地说："你们中的红毒太深了，无可救药，都无可救药！"

黔驴技穷的顾祝同一边说，一边板着面孔，拂袖而去。

劝降没有任何进展，蒋委员长还在殷切期待，等着他的消息，顾祝同不得不匆匆赶回南京，向蒋介石复命。

临走，顾祝同吩咐军法处处长曹振飞，要他继续跟进，想尽办法，务必完成蒋委员长的意愿。

曹振飞工于心计。他想，刘畴西、王如痴没有妻儿家小，无牵无挂，方志敏不一样，他有妻子，有四个小孩，人心都是肉长的，这是一个很好的突破口。

曹振飞吩咐手下把方志敏押到审讯室，看着方志敏，说："听说方将军妻子廖敏漂亮温柔，你们有四个聪明伶俐的小孩？"

方志敏不知道曹振飞葫芦里卖的什么药，反问道："是又如何？"

曹振飞说："方将军东奔西跑，南征北战，现在战争结束了，闲下来了，是否想念他们，想跟他们团聚？"

方志敏平静地说："是很想念他们，作为丈夫，作为父亲，我欠他们的太多了。"

终于尿到一个壶里了，曹振飞暗喜，"如果方将军想见妻儿，我愿意成人之美，做出安排！"

没想到方志敏还是不吃这一套，他笑着说："我的妻儿，我挂念就好，无须你来操心。我们还是说点别的什么吧。"

虽然讨了个没趣，曹振飞还是不甘心，故作生气地说："将军这是什么话，不相信我？军中无戏言，你可以给他们写封信，从狱中任挑一个人，给他们送去。"

这句话倒让方志敏怦然心动了，别的不说，刘畴西、王如痴、曹仰山都是有能力、有才华、年纪轻轻的重要干部，以送信为由，能救出一个是一个，总比待在监狱里，大家都死了强。有人出去了，还可以把这边的情况向苏区汇报，争取救援。

方志敏看着曹振飞，说道："如果你们真有诚意，我倒可以想想！"

见方志敏动心了，曹振飞切入主题："已经到了这一步，为什么要拗着拧着，共产党也好，国民党也罢，在哪儿做事不都一样吗？跟共产党走，现在成了阶下囚；跟着国民党，给你的舞台更宽更广，前途一片光明！"

方志敏说："共产党和国民党，太不一样了。你也别抱什么幻想了，我有我的主义和信仰。主义和信仰是大树；在主义和信仰面前，人是蚍蜉。任何人都无法撼动我的主义和信仰！"

曹振飞摆了摆手，继续劝道："方将军，我们不谈主义和信仰了，好吗？我不能说你们是盲从，我也不能说你们的主义和信仰没有正确的东西，但至少你们那一套目前在中国行不通，你们要成功，至少也得五百年后，你们为什么要为几百年后的事情不顾一切呢？"

方志敏哈哈大笑了，笑得曹振飞有点摸不着头脑。

"为光明而战斗，不论多久，都是有价值的！你要我朝三暮四？我是宁为玉碎，不为瓦全！"方志敏坚定地说。

水都泼不进去，曹振飞终于上火了，他悻悻地骂了句："真是一群不识时务的东西，简直不可救药！"

再审下去也未必能得到自己想要的结果，曹振飞吩咐手下，把方志敏重新押回牢里。

回到囚室，方志敏跟三位战友讲了送信的事，大家猜来想去，都觉得是敌人虚晃一枪，想利用方志敏的妻儿来劝降，都不太赞同。

可方志敏觉得不妨一试，他说："我们就来个将计就计，只要出了这囚室，就有一丝生机，能救出一个算一个！出去的那个，要继续革命，把我们没完成的事业完成！"

小小的囚室一下安静了，其他三个人不约而同地看向王如痴。

王如痴不高兴了，生气地说："你们这样看着我干吗？"

刘畴西狠狠地一拍大腿，大声说："如痴，就你了！方主席，敌人是不会放的，不存在送信一说；我和仰山有伤，行走不便，即使有机会也逃不掉；只有你，四肢健全，身强力壮，跑得比马快，这个送信的人是非你莫属了！"

小小囚室又安静了。

风透过门窗缝隙挤进来，让人感到格外地阴冷。

昏暗光线下，王如痴认真地审视着三个战友的眼神，发现他们是认真的，不是在开玩笑。

"不！"

王如痴干脆响亮，不容置疑地大声拒绝了。

那个"不"，声音尖锐，短促，就像国民党半夜三更突然把人拖出去枪毙的那颗子弹，把其他三个人都吓了一大跳。

看到自己失态了，王如痴放低声量，补充说："要去你们去！反正我是不会去的！"

曹仰山劝道："王师长，你不是壮志未酬，还想革命，还想回到战场吗？你出去了，我们活着，你可以带兵来救我呀！我们死了，你可以为我们报仇雪恨呀！"

方志敏看着王如痴，拍了拍他的肩膀，语气柔中带刚："你的想法我懂，但这是组织交给你的一项光荣任务，你好好考虑一下，我们四个人，没有谁比你更合适了。革命不成功，不讨老婆。你出去，以后革命成功了，讨个老婆，生一窝小孩。"

王如痴还是没有同意，他反问方志敏："方主席，如果换作是你，你会去吗？"

方志敏想都没想，摇头否决了。

"那就是喽，你不愿意的事情，为什么要强加给我？我去送信，同志们还以为我意志不坚定，投降了呢。那时候，我是跳进黄河也洗不清了。与其活在别人的怀疑里，生不如死，不如痛痛快快地死了！"

王如痴把自己的担心和盘托出。他的担心，也是其他人的担心，是相同处境下，所有革命者的担心。对一个共产党人来说，名节很重要，他们宁愿死在敌人屠刀下，也不愿活在别人的质疑中。

其他人不再坚持，放过了王如痴。送信一事，就这么被搁置下来。这个事，让他们达成了空前共识：既然都不愿意苟活，那就痛痛快快求死，刀砍头不过脖子上碗大一个疤，十八年后又是一条好汉，继续扯起红旗干革命！

想好了，看开了，就彻底放开了。他们该吃吃，该喝喝，小小囚室不时响起他们的欢声笑语，他们把自己当作早就在战场上牺牲的人了，能活一天都是赚的了，四个人变着法子让枯燥的监狱生活变得丰富起来，快乐起来。

虽然都做好了赴死的准备，但真要死起来，就没那么容易了。他们的命运被捏在国民党反动派手里，如果他们不让你死，你就得奉陪到底！

方志敏想到了越狱。如果越狱不成功，反正也是一死；如果越狱成功了，大家还能将功补过，继续扛起红旗，拉起队伍，从头再来。

一听越狱，刘畴西顿时来了劲，他压低嗓门，兴奋地说："想要越狱成功，就得有外援配合。如果能与南昌的地下党组织取得联系，里应外合，胜算还是有的。"

王如痴说："这个比较难！南昌是国民党的大后方，要越狱成功很不容易，没有把握，贸然越狱，只会让更多同志流血牺牲。"

听说要越狱，曹仰山不知哪儿来了劲，翻身坐了起来，兴奋地说："咱们干脆来一次监狱暴动，把看守所掀个底朝天！"

还是方志敏拍板，他认为无论如何，都不能坐以待毙，机会是创造出来的，只要条件允许，就实施越狱计划。

他们开始在监狱内部物色能够提供帮助的人，但那些有良知的狱吏，对他们只有同情、欣赏和钦佩，并不敢提供实质性的帮助，他们都怕惹祸上身，掉了脑袋。

看守所外，由于王明"左"倾冒险主义影响，中央红军损失惨重，红军主力已经离开了中央苏区，留下来打游击的，力量微小，朝不保夕，根本不是南昌城内实力强大的国民党军队的对手；南昌的地下党组织已经被破坏殆尽，也没办法为他们越狱提供帮助。

找不到外援，越狱计划一直无法实施。

没辙了，方志敏决定以笔代枪，用笔杆子继续战斗。他佩服毛主席，毛主席既看重枪杆子，说枪杆子里面出政权，又看得起笔杆子，他自己笔耕不辍，写出来的很多文章给了革命群众无穷力量，胜过千军万马。

方志敏决定把革命经历写下来，把失败教训写下来，把狱中斗争写下来，把心声愿望写下来，把对党的忠诚、对国家的热爱写下来，这些都是匕首，是投枪，让国民党反动派心惊胆寒，又是后来者的革命宝典，给他力量，给他们启迪，让他们少走弯路。

写作是在极其秘密的情况下进行的，方志敏写，其他三个掩护。

方志敏想尽办法弄来纸张，蘸着米汤在上面书写。

为躲过敌人视线，方志敏经常在夜深人静的时候，爬起来奋笔疾书。那个时候，看守所里的狱吏都睡觉去了，即使值班的，也在打瞌睡。

方志敏下笔千言，心路历程跃然纸上。

在《死》一文中，方志敏写道：

敌人只能砍下我们的头颅，

绝对不能动摇我们的信仰！

因为我们信仰的主义，

乃是宇宙的真理！

为着共产主义牺牲，

为着苏维埃流血，

那是我们十分情愿的啊！

在《可爱的中国》一文中，方志敏把中国比作母亲，激情澎湃地写道：

听着！朋友！母亲躲在一边去哭泣了，哭得伤心得很呀，她似乎在骂着："难道我们四万万七千万的孩子，都是白生了吗？难道他们真像着了魔的狮子，一天到晚睡着不醒吗？……"

字里行间，深沉而痛惜，方志敏期待用手中的笔，唤醒母亲的孩子，与残害母亲、剥削母亲的敌人做坚决斗争，把母亲解救出来，使她成为世界上最出色、最美丽、最受人尊重的伟大母亲！

方志敏觉得王如痴很有才华，很有想法，也动员他拿起笔，用写文章的方式继续战斗，但被王如痴拒绝了。

王如痴叹息说："方主席，没用的，即使写了也送不出去，我就不劳心费神了。我现在只想把病养好，养精蓄锐，等到英勇就义那天，铆足劲，把口号喊得震天响，把刽子手的胆吓破，向反动派证明：我王如痴又轰轰烈烈地干了一回革命！"

病魔在无情地折磨王如痴，他的伤寒病和肋膜炎日益加重。在

看守所里，那床被子盖在身上就像糊了一层纸，轻薄僵硬，包不住一丝暖气。晚上，王如痴蜷缩在被窝里瑟瑟发抖。

王如痴不知道什么是肋膜炎，只知道心肺就像被铁箍箍着，喘不过气来，一喘就骨头断裂、肌肉撕裂一样，钻心地疼。疼痛伴随着豆大的汗滴，喷泉一样涌出来，把被子弄得一片潮湿，让他的伤寒更重了。

王如痴整夜整夜地睡不着。清冷的月光从窗外照进来，落在床前。触景生情，他浮想联翩，想起了家乡的四明山，想起了四明山上苍翠挺拔的青松，想起了四明山上漫山遍野的映山红，想起了白发苍苍的父亲，想起了不幸病逝的母亲，想起了整整七年没有见面的兄弟姐妹，想起了热情似火的雷晋乾、郭亮，想起了温柔似水、美丽多情的陈香香……

对家乡的惦记也好，对恋人的思念也好，都凝聚在那把暗红色的木梳里。

王如痴从衣兜里掏出木梳，贴放在胸口，愧疚就像夏季的野草，在心里蔓延。前些年，王如痴的母亲去世，他没时间回去参加葬礼，送上最后一程；而那个白发苍苍的老父亲，还以为他读书毕业后，在长沙当差呢，自古忠孝难两全，看来这一生注定要愧对父母了。

曹仰山发着高烧，神志不清。他一边迷糊地喊着热，一边撕扯着衣服，掀踢着被子，丝毫感觉不到寒夜的冰冷。

方志敏要写作，刘畴西是独臂，照顾曹仰山的责任落在了王如痴身上。他经常半夜起身，帮曹仰山盖上被子，用冷毛巾敷在他额上。

事情进展出乎蒋介石意料，他的"善待"就像泥牛入海，一点泡沫都没有溅起来。方志敏、刘畴西、王如痴、曹仰山仍然铁板一块，一点缝隙都没有。蒋介石认为，这是他们团结的结果，于是决定瓦解他们，破坏他们的攻守同盟。蒋介石吩咐人把方志敏从四人囚室中分离出来，把他安排进了优待室。

分离在即，方志敏对其他三人说："看来蒋某人要学习我们的游击战术，准备各个击破啊！你们不用担心，我方志敏富贵不能淫，贫贱不能移，威武不能屈，是金刚不坏之躯、百毒不侵之体。要我投降，做他的春秋大梦吧！"

王如痴是万般难舍，本来他就对方志敏很敬佩，共同的监狱生活，让他对这位乐观、执着、睿智的兄长又添加了几分敬佩，他走上去紧紧地握住方志敏的手，情绪复杂地说："方主席，此去或是小别，或成永别，您是革命楷模，是我们的榜样。您放心，我们活着一天就要与敌人斗争一天，直至生命最后一刻！您多保重，我们后会有期！"

刘畴西从不怀疑方志敏的革命气节，他只关心方志敏的身体，刘畴西特别嘱咐道："方主席，优待室条件比这里好，您何不趁此机会，有吃就吃，能睡就睡，把痔疮养好？即使是在狱中斗争，也需要一个好身体。"

方志敏跟战友们一一拥抱。他最放心不下的就是曹仰山，看着奄奄一息的曹仰山，方志敏心疼啊。他叮嘱刘畴西、王如痴照顾曹仰山，然后转过身，揩了一下眼角，拖着沉重的脚镣，离开了。

转入优待室，条件好了，时间有了，方志敏一心一意，专注写作。他知道留给自己的时间不多，蒋介石的耐心在一点点耗尽。与此同时，方志敏积极物色人员，把自己撰写的文章传递出去。

看守所里终于有两个人被方志敏成功策反了，答应帮忙。

其中一个是胡永一。

胡永一是国民党要员，由于说话得罪了蒋介石，被软禁了起来。但胡永一比较自由，在监狱里可以随意走动。

胡永一钦佩方志敏的人品和执着，力所能及地为方志敏提供掩护和帮助。

一个是文书小高。

小高比较有正义感，他对方志敏的忠烈和品德佩服不已。

小高成功地帮助方志敏跟南昌地下党组织取得了联系。

南昌地下党组织积极准备劫狱。一听地下党组织的人员和装备情况，原来一心想着越狱的方志敏打了退堂鼓。方志敏已经意识到王如痴是对的，在国民党力量固若金汤的南昌城劫狱，机会渺茫，最后可能是赔了夫人又折兵，狱没越成，还可能把南昌地下党组织搭进来。

谭家桥一役，把红十军团毁了；不能再因为越狱，把南昌地下党组织毁了，同样的错误是不能再犯了。

一个人被关在优待室，写作空隙，方志敏十分想念刘畴西、王如痴、曹仰山，想念小囚室一起度过的难忘岁月。端午节到了，方志敏申请把刘畴西、王如痴叫过来一起过节——曹仰山行动不便，没叫。这是他们最后一次聚在一起。王如痴乐观地告诉方志敏，自己上刑场时的口号已经想好了，就叫："迎着敌人的子弹头，我们绝不退缩！"

1935 年 8 月 5 日，蒋介石终于失去了耐心，签署了将方志敏、刘畴西、王如痴、曹仰山、胡天桃执行死刑的命令。

命令下达到看守所，先被枪毙的是刘畴西、王如痴、曹仰山、胡天桃。国民党对方志敏还抱有幻想，希望杀鸡儆猴，让方志敏屈服。

他们被刽子手从囚室提了出来，带向刑场。

这一天终于来了，他们没有一丝畏惧，甚至像期盼已久了一样，他们昂首挺胸、大义凛然地走向死亡。

他们异口同声地唱起了《国际歌》，看守所里其他同志和战友跟着唱了起来。

一开始，那声音就像潺潺的小溪；逐渐地，千万条小溪汇聚到一起，成为波涛汹涌的江河海洋，惊涛拍岸，万马奔腾！

《国际歌》唱完，他们也到了刑场。

在自己的位置上站好后，王如痴掏出木梳，梳了梳被风吹乱的头发。

王如痴看到刘畴西头发有点凌乱，也给他梳了梳。

王如痴对刘畴西开了人生的最后一个玩笑："军团长，到了那边，你找一个漂亮的女人照顾你，我要继续革上帝的命，恐怕没时间照顾你了！"

刘畴西也不含糊，回了王如痴最后一个玩笑："到了那边，看你怎么向陈香香和胡兰英两个女同志交代！"

两人的玩笑把刑场上的同志们逗乐了，他们情不自禁地笑了。

行刑队手忙脚乱地扣动了扳机。

一阵密集的枪响，刘畴西的烟斗、王如痴的木梳脱离了身体，在空中画过一道道弧线，掉落在地上。

在生命的最后时刻，王如痴静静地躺在地上，仰望着天空。

正是半夜三更，黑灯瞎火，天上残月如钩，繁星点点，一串流星从遥远的天际划过，把黑暗的天空照得如同白昼。

疼痛越来越轻微，意识越来越模糊。蒙眬中，王如痴看到了陈香香，她在家乡四明山上漫山遍野开放的映山红中，笑靥如花，向他飞奔而来。

王如痴清楚地听到陈香香说："革命成功了，你可以娶我了！"

在刘畴西、王如痴、曹仰山、胡天桃被枪毙的第二天，在同一个地方，用同样的方式，国民党反动派残忍地把方志敏杀害了。

就义的时候，方志敏三十六岁，刘畴西三十八岁，王如痴三十二岁，曹仰山二十八岁。

尾　声

闪烁的霓虹，靡靡的音乐，暧昧的氛围；媚惑的眼神，袅娜的身段，妖娆的舞姿。

1935 年 1 月 31 日，在上海的一场高大上的派对上，罗凤梅从与她共舞的国民党要员那儿打听到了红十军团全军覆没（只有粟裕带着数百人突围），主要领导人方志敏、刘畴西、王如痴、曹仰山、胡天桃等被活捉的消息。

王如痴被捕了！

这个消息犹如晴天霹雳，把罗凤梅惊得目瞪口呆，她一个趔趄，差点摔倒，幸亏舞伴拉住了她。

借口身体不适，罗凤梅匆匆离开了派对现场。

回到家，进了闺房，掩上门，躺在床上，眼泪不知不觉地流了出来，把棉被打湿很大一块。

罗凤梅一边流泪，一边想办法，准备营救。

罗凤梅认真地梳理了一下关系网，整理出二三十个人的一个名单来。

名单上的人，都算是这些年罗凤梅在逢场作戏的风月场上积攒下来的上海和南京的国民党军政要员。

第二天起床，罗凤梅开始给他们打电话，试探口风，忙了一个上午，又梳理了一遍，从中勾画出十来个人物来，下午开始马不停蹄地拜访。

但事情进展并不顺利，这件事实在是太大了，虽然罗凤梅认识很多国民党军政要员，但没有一个人拍得了板，做得了主。

这些人一听到罗凤梅的诉求，就像躲瘟疫一样下了逐客令。

罗凤梅忙了一整天，结果一无所获。

其实，那些国民党军政要员没有怀疑她，告发她，就给了她天大面子了——当然，有些人只敢怀疑，不敢告发，因为与罗凤梅关系太好了，怕告发她了，自己也惹祸上身了。

如果救不了一群，哪怕救出一个也行。

罗凤梅退而求其次，希望把王如痴救出来。

从蒋介石发布的悬赏令看得出来，王如痴虽然榜上有名，但不是红十军团中最重要的那个人，也许有机会。

又经历了数天努力后，罗凤梅发现，救一群人跟救一个人，其实结果都一样，没有哪条路走得通。

有一位国民党要员给罗凤梅出主意：如果能够劝降他们，倒是可以安排她去见他们一面。

这也是一条死胡同，罗凤梅知道，包括王如痴在内，红十军团主要领导人中的任何一个人，都是宁愿去死，也不愿意投降的。

罗凤梅担心王如痴的前途命运，希望去南昌见他一面。她把这个想法向组织做了汇报，但被组织毫不犹豫地否决了，组织上害怕罗凤梅的行动给其他同志带来危害。

从1935年2月到1935年8月，罗凤梅大白天奔波在各种各样的交际场所，尽心尽力、尽职尽责地工作；晚上回到家，关上门，躺在床上，就以泪洗面，心如刀绞。

罗凤梅找了很多关系，想了很多办法，但都无法落实。

在大上海的交际场所，罗凤梅如鱼得水，风光无限，但在营救王如痴这件事情上，却是一筹莫展。

那段时间，人前的罗凤梅笑靥如花，但她的内心是那样痛楚，那样无助。大半年时光就在罗凤梅束手无策、度日如年中过去了。1935年8月5日，罗凤梅从某位国民党要员那儿得到消息：已经彻底丧失了耐心的蒋介石下达了于8月6日在南昌下沙窝对红十军团主要负责人执行死刑的命令！

这个消息给了罗凤梅当头一棒，把她惊得眼冒金星，脑袋嗡嗡作响。她再也顾不上那么多了，叫上司机，开着车，向着南昌方向狂奔——无论是上刀山，下火海，还是要面对组织的严厉处罚，罗凤梅都不管不顾了，她想见王如痴最后一面，哪怕是在刑场边上做一名普通观众也好。

尽管一路上不停地催促司机快点再快点，但罗凤梅还是慢了一步，他们赶到南昌下沙窝的时候，已经是王如痴被枪毙的第三天下午了。

刑场周围寂静无声，只有风吹树木发出沙沙的声响，阴森极了。

罗凤梅只觉得天旋地转，感到胸口剧痛闷塞，好像射在王如痴胸膛的那几枪也打在了罗凤梅胸口。

太阳已经落下去了，天空灰蒙蒙的，四周空无一人，只有一群乌鸦在林间悲切哀鸣。

红十军团主要领导人英勇就义前站过的地方，地面上结着一层厚厚的血痂，告诉罗凤梅，他们确实已经被枪毙了。

每块血痂都很宽大，就像是大地的伤口。

罗凤梅想象着王如痴是怎样的视死如归，中枪后是怎样的痛楚，临死是怎样的不舍，泪水情不自禁地流了下来。

婆娑泪眼中，那个才华横溢、出口成章、热情大方、执着乐观、大义凛然的年轻人，无比清晰地站在罗凤梅面前。

"如痴——"

罗凤梅痛苦地叫着，伸手一摸，却什么也没有。

站在王如痴流血牺牲的地方，罗凤梅才明白王如痴对她说的"革命不成功，不讨老婆"的真正含义——王如痴是在为罗凤梅着想啊。

在刑场上，罗凤梅看到了方志敏的钢笔、刘畴西的烟斗、王如痴的木梳。

烈士们的遗物寂寞地躺在冰冷的地面上，冰冷地看着这个它们的主人为之奋斗、流血、献出生命的冰冷的尘世间。

罗凤梅最熟悉的就是那把木梳了。

记得四年前在中央苏区，住在王如痴的宿舍，每天早上，罗凤梅就是用这把木梳梳的头。告别王如痴，从中央苏区返回上海的时候，罗凤梅想把木梳带走，留个纪念，但王如痴没有同意；罗凤梅想用自己的木梳交换，王如痴还是没有同意。

王如痴告诉罗凤梅这把木梳对自己有多重要：这把木梳是母家的嫁妆之一；少年时离开家乡，母亲把木梳送给了他，见梳如见母，见梳如见家；到苏联留学，王如痴把木梳作为定情信物送给了陈香香，见梳如见他；陈香香英勇牺牲后，这把木梳又辗转回到了王如痴手里，见梳如见她——木梳是王如痴最爱的陈香香留给自己的唯一的念想了。

罗凤梅对着烈士们的遗物鞠了三个躬，然后弯下腰去，把它们一一捡了起来。

罗凤梅先捡方志敏的钢笔和刘畴西的烟斗。她伸出衣袖认真地擦去钢笔和烟斗上的泥土和血迹，用手帕认真地包了起来，放进了小提包里。

罗凤梅最后才捡王如痴的木梳。

把木梳拿在手里，是那样沉重，像是把一座山放在手心里，罗

凤梅再也忍不住了，泪水就像雨水一样落下来，滴在木梳上，冲洗着木梳上的血渍，把木梳洗得干净锃亮。

罗凤梅掏出另一块手帕，把木梳包好了。她没有把木梳放进小提包，而是放进了贴身的口袋里，用自己的身体温暖着木梳。

失魂落魄地回到上海，罗凤梅把方志敏的钢笔、刘畴西的烟斗默默地交给了组织，把王如痴的木梳偷偷地留了下来，带在身边。

罗凤梅在上海从事地下工作，直到新中国成立前夕。

在这风雨如磐的十多年里，罗凤梅一直用王如痴的木梳梳头，走到哪儿，罗凤梅都把那把木梳带在身上。

地下工作风险很大，每次出去执行任务前，梳完头，罗凤梅都视死如归，她把死看得如此轻描淡写，是因为她想着在另一个世界，王如痴在等着她。

吉人自有天相，很多次遇险，罗凤梅最后都化险为夷了，在罗凤梅看来，是那把木梳带给她好运，是王如痴在保护她。

1949 年 5 月，解放上海的战斗眼看就要打响了，罗凤梅不用戴着面具生活了，她兴高采烈，她终于盼到革命要成功了。

但罗凤梅接到了组织的命令，要她继续潜伏，要她跟着国民党部队去台湾。

拿到去台湾的船票，罗凤梅已经意识到，这一去可能就回不来了，王如痴牺牲了，那把木梳是烈士的遗物，是党的公共财产，不是她私人的，她贪心地占用了这么多年，已经是违背了党的原则和意愿，该是让那把木梳去它该去的地方了。罗凤梅十分不舍地把王如痴的木梳交给了组织。

台湾是一座孤岛，一到台湾，国民党大肆捕杀共产党员，罗凤梅就跟党组织失去了联系，一个人在台湾孤军奋战……一生未嫁，直到 1969 年在台湾病逝。

寂寞难耐的时候，罗凤梅的耳边一直响着王如痴那句话："革命不成功，不讨老婆！"

在罗凤梅看来，人民解放军没有收复台湾，就是革命还没有成功。

王如痴的话潜移默化，深刻地影响了罗凤梅。到了她这儿，这句话就演绎成了："革命不成功，不嫁人！"

在人生旅途的倒计时里，躺在病床上，罗凤梅披头散发，说什么都不愿意梳头，死了也是披头散发，并且留下话来，即使死了，谁也不能梳她的头发。

年轻小护士要给罗凤梅梳头，都被她莫名其妙地拒绝了，罗凤梅还对护士发了脾气。委屈的小护士背地里称罗凤梅为"莫名其妙的疯婆子"。

当然，罗凤梅不是不愿意梳头，她是一个爱时尚、爱美丽、爱干净的女人，一生都是这样。

只是罗凤梅希望用王如痴那把木梳给自己梳头。那一刻，罗凤梅很后悔把那把木梳交给了组织——弥留之际，罗凤梅认为她一生中如果留有遗憾的话，那就是把那把木梳交给了组织。

要是王如痴的那把木梳一直在身边就好了，她就不至于在孤岛上孤苦伶仃，备感寂寞了；她也不至于到另一个世界找王如痴的时候，披着头，散着发，不修边幅了。

罗凤梅是在这样幸福的自问中离开人世的：三十多年过去了，王如痴还认识我吗？不知道认出我后，王如痴要做的第一件事是不是给我把头发梳好？

（小说部分人物及故事为作者虚构）

后记　让先烈精神在新时代发光放热

人生几十年，脚步太匆匆。有的人流芳百世，有的人遗臭万年；有的人来过了，什么也没有留下。

消亡的是肉体，不朽的是精神。社会进步，摧枯拉朽，时光碾压一切，唯有时代精神就像启明星，十年百年千年万年，它依然在那里，一如"黑夜给了我黑色的眼睛，我却用它来寻找光明"。

那些承载时代精神的历史人物，不能被湮没在历史长河中，而应被后代铭记、怀念，传承其精神，并发扬光大。

这是我们创作这部长篇小说的根本原因和澎湃动力。

我们都没有写过关于历史人物的长篇小说的经验，对那个时代，我们只是道听途说，知之甚少，能搜集阅读到的资料，也是语焉不详。但我们还是义无反顾地接下了这个艰巨的写作任务，大家做到了群策群力，努力把以家乡著名革命烈士王如痴为原型的这部长篇小说创作好。

在中国现代革命史上，有一张照片彪炳千秋，照耀汗青，即中国共产党著名的革命家、政治家、军事家，杰出的农民运动领袖，土地革命战争时期闽浙赣革命根据地和红十军团的缔造者方志敏烈士英勇被俘后的那张三人戴着镣铐的合照。

那张照片中，居中的方志敏是天下无人不识君；左边那个"独臂将军"、当年红十军团军团长刘畴西也是知之者甚众，但右边那个革命先烈却相对鲜为人知——他就是王如痴。

即使在王如痴出生成长的故乡祁东县，人们对这样一位英雄先烈，也是知道者不多。如果没有一部伟大作品讲述王如痴的故事，他有可能被当作普通人一样，被抛进被人遗忘的角落，湮没在历史长河中。

作为红军时期重要战将，王如痴带领战士，浴血奋战，舍命搏杀，身经百战。面对敌人屠刀，慷慨赴死，以身殉国，其斗争精神、革命气节，气壮山河，名垂青史。

这样一个人物，不应该被历史和人们忘记。虽然祁东是一个人杰地灵的地方，大人物辈出，但在中国现代历史上，有这种作为、地位和声望的，也就王如痴一人而已——即使把王如痴放在衡阳地区，他对中国革命所做的贡献和与之对应的历史地位也是能够跻身前列的。

鉴于此，我们这个创作班子一致认为，王如痴既是家乡祁东县的宝贵财富，也是中国人民的宝贵财富，把他的故事创作出来，进行跨越时空的传播，让更多人从中受益，汲取奋然前行、砥砺逐梦的力量，是我们这个创作班子的历史使命。

长篇历史小说的创作，是一个苦活、累活、重活，王志武（祁东县委一级调研员）同志多次主持召开相关创作会议，定调子，参与撰写修改，为我们创造条件；感谢王如痴家属代表王溪云、王聚云和王顺成讲述王如痴故事，参与修改；刘继海、周建元、彭建华、陈江衡等热心参与润色，提出宝贵的修改意见。

为向建党百年献礼，这部小说的创作比较赶，从 2021 年 1 月开始着手创作，到3月初完成初稿，三十多万字，共计花费四十多天，平均一天六七千字。从时间上看，算得上是一个创作奇迹，完成了不可能完成的任务。这本书也得到了作家出版社副总编辑颜慧老师的鼓励和支持，她为将此书纳入作家出版社建党百年的相关出版专题努力奔走推动。

虽然写作时间仓促，但我们是用心在写的，希望对得起王如痴烈士，对得起烈士的家属，对得起烈士家乡的人民，对得起成千上万的读者；希望这本书能够将王如痴烈士的故事讲精彩，让王如痴烈士的伟大革命精神薪火相传。

王如痴烈士年少时就疾恶如仇，极富反叛精神，与身边的罪恶势力进行不屈不挠的斗争，他为革命牺牲时，刚过而立之年，仅三十二岁，没有成家，无儿无女。他有一句励志誓言：革命不成功，不讨老婆。

这部小说，以王如痴的成长和革命经历为主线，以王如痴跟三个革命女同志的情感故事为次线，用小说的方式来诠释他的这句名言，以强化人物的故事性和小说的可读性，希望读者理解。同时，不到之处，敬请读者批评指正。

从王如痴为革命牺牲算起，转眼八十六年过去了。在中国共产党领导下，神州大地发生了"天翻地覆慷而慨"的沧桑巨变，革命先烈们憧憬并为之奋斗的国富民强的梦想正在照进现实。

但当下的中国正处在一个百年未有之大变局的关键时期，我们还没有最后完成祖国的统一大业，可以说"革命尚未成功，同志仍需努力"。

让革命先烈的精神在新时代发光放热！这是我们学习先烈的初心。作为后来者，我们既要守护好、发展好、建设好革命先烈抛头颅洒热血打下的江山，又要继承先烈遗志，弘扬先烈精神，砥砺前行，认真奔跑，努力逐梦，最终完成祖国统一大业，把中国建设成一个富强、民主、文明、和谐的伟大国家，让五十六个民族、十四亿中国人安居乐业，过上美好幸福的生活！

曾高飞

2021 年 3 月 22 日于北京

附录　王如痴大事年表

1903 年

1 月 25 日（农历），出生于湖南省祁阳县永隆乡（今祁东县太和堂镇）。

1911 年

就读于集庆堂私塾。

1916 年

在祁阳县城读小学。

1919 年

参加祁阳爱国学生运动。

1923 年

考入湖南省公立工业专门学校高中预科班。

1924 年

参加长沙学生、工人运动。

1925 年

湖南省公立工业专门学校高中预科班毕业。

1926 年

7 月，在国民革命军第四军第 12 师从事宣传工作。

8 月，加入中国共产党。

12 月，赴苏联莫斯科中山大学学习。

1927 年

莫斯科中山大学毕业，转入莫斯科步兵学校学习。

1928 年

5 月，莫斯科步兵学校结业。

7 月，任井冈山军官教导大队教员。

12 月，任红五军第八大队党代表。

1929 年

1 月，参加反击湘赣之敌对井冈山的第三次"会剿"。

4 月，随红五军回师井冈山。

1930 年

1 月，任红六军第二纵队政委。

9 月，任红三军第八师政委。

12 月，参加第一次反"围剿"作战。

1931 年

5 月，参加第二次反"围剿"作战。

7 月，参加第三次反"围剿"作战。

1932 年

8 月，任红五军团 13 军政委。

11 月，任红一军团 31 师政委。

1933 年

1 月，任红十一军团政委。参加第四次反"围剿"作战。

4 月，任闽浙赣红十军军长兼政委。

8 月，荣获中华苏维埃共和国中央革命军事委员会二级红星奖章。

1934 年

1 月，当选为中华苏维埃共和国第二届中央执行委员会委员。

3 月，任工农红军学校第五分校教育长。

7 月，任皖赣独立师师长。

10 月，任红十军团第 19 师参谋长。

12 月，任 19 师师长。

1935 年

1 月，浴血奋战怀玉山。

8 月 6 日，南昌下沙窝英勇就义。

图书在版编目（CIP）数据

生如夏花 / 曾高飞，王志武，贺重阳著 . —北京 : 作家出版社，
2021.11

ISBN 978-7-5212-1568-7

I.①生… II.①曾…②王…③贺… III.①长篇小说—中国—
当代 IV.① I247.5

中国版本图书馆 CIP 数据核字（2021）第 209194 号

生如夏花

作　　者 :	曾高飞　王志武　贺重阳
责任编辑 :	省登宇　周李立
装帧设计 :	琥珀视觉
书名题字 :	廖争光
插　　图 :	曾云黛

出版发行 : 作家出版社有限公司

社　　址 : 北京农展馆南里 10 号　　　邮　　编 : 100125

电话传真 : 86-10-65067186（发行中心及邮购部）
　　　　　　86-10-65004079（总编室）

E-mail:zuojia @ zuojia.net.cn

http://www.zuojiachubanshe.com

印　　刷 : 唐山嘉德印刷有限公司

成品尺寸 : 145 × 210

字　　数 : 290 千

印　　张 : 10.625

印　　数 : 001-15000

版　　次 : 2021 年 11 月第 1 版

印　　次 : 2021 年 11 月第 1 次印刷

ISBN 978-7-5212-1568-7

定　　价 : 52.00 元

作家版图书，版权所有，侵权必究。

作家版图书，印装错误可随时退换。